ふたえ

白河三兎

目次

第一章　重なる二人

教室のドアが『ガラガラッ！』と喧《やかま》しく開く。担任の久米《くめ》先生が「ほらほら、さっさと座れ」と言いながら入室してきた。毎朝繰り返されるお馴染みの光景だ。久米先生は注意したあとに決まってドアを『バーン！』と閉めるのだが、耳障りだし心臓に悪いからやめてほしい。

ところが今朝は不快な音にビクつかないで済んだ。久米先生がドアを閉めなかったからだ。担任に続いてオーバーニーソックスを履いた生徒が入室し、ドアをゆっくりスライドさせた。転入生だ！　膝上まである長い黒靴下にみんな面食らい、静まり返る。

制服姿の女子高生が履いているのを初めて見た。背が高くてスラッとしているから見苦しくはないけれど、二次元のキャラみたいで気持ち悪い。

スタイルの良さを自慢したいのか、スカート丈が凄く短い。膝上二十センチはありそう。オーバーニーソックスを履いているために、白い太腿《ふともも》が露出しているのは五センチほどだ。その五センチに萌える人がいるらしいが、彼女はお洒落《しゃれ》だと思っているのだろうか？

ゆる巻きヘアーが頬にかかっていて転入生の顔がよく見えない。彼女はロングヘアーをふわふわ揺らして颯爽と歩く。手入れの行き届いている綺麗な髪だ。私は無意識に『いい匂いがしそうだな』と思った。

そして艶やかな光沢を放っているバッグが気になる。どこのブランドだろ？　表側に『Ⓗ』がデカデカとパンチングされた茶色の革バッグを斜め掛けにしている。テレビか雑誌か何かで見た覚えがあるのだが、ブランド名が出てこない。

教室中の視線を浴びる転入生は教壇の中央で私たちの方へ顔を向ける。自分の美意識を疑ってしまうほどの人並み外れた容貌に息を呑んだ。私だけじゃない。みんな圧倒されている。

久米先生が「大阪の高校からうちの『二年五組』に新しい仲間が加わることになった」と言ってから、黒板に大きな字で『手代木麗華』と書いた。変わった名字だ。私は頭を捻る。なんて読むんだろう？

「誰か読めるか？」と久米先生は得意になって質問する。

誰よりも早く口を開いたのは担任の脇にいる転入生だった。

「テシロギ・レイカ」と本人が答えた。

「おまえが言っちゃ駄目だろ」

久米先生が冗談交じりに注意したけれど、手代木さんは無視して「おまえらなんかと仲良くする気はないから、気安く話しかけんなよ」と言い切った。みんなは啞然《あぜん》とする。唐突な宣戦布告にも驚愕《きょうがく》したのだが、アニメキャラみたいな口調に度胆を抜かれた。やっぱりオタクなの？

戦慄《せんりつ》を覚えた一方で、私は『カッコいい！』と思ってしまった。黒板の前で顎をしゃくり、少し体を仰《の》け反らせるようにして不躾《ぶしつけ》な挨拶をした手代木さんが輝いて見える。

意志薄弱で自分の長所を一つも挙げられない私には天地が引っ繰り返っても真似できないことだ。どこからあの自信が湧いてくるの？　その人目を引く容姿で踏ん反り返った態度を取ったら、鼻につくだけなのに怖くないの？

きっとみんなは『とんだ勘違い女が入ってきた』と思っていることだろう。教室が敵意で充満している。クラスメイトみんなを敵に回した転入生はどうやって教室で生きていくつもりなんだ？

「完全アウェーだからって肩に力が入り過ぎだぞ」と久米先生が笑いながら言う。「うちの高校は新入りを手荒い歓迎でもてなす伝統はないから、身構えなくて大丈夫だ」

手代木さんは新しい環境への不安から刺々《とげとげ》しくなっている、と転入生をフォローしてクラスに溶け込ませようとしたのだ。

「だから、もう一度ちゃんと挨拶をしろ」

手代木さんは勝手に空いている席に向かって歩きだす。久米先生が「おい」と呼び止めようとしたけれど、足を止めずにそのまま着席した。

「手代木！」

久米先生が語気を強めて手代木さんの席へ歩み寄る。彼女は不服そうに顔を上げる。

「何故、呼び捨て？　前の学校じゃ、どの先生も生徒に『さん』付けだった。男女関係なく」

「それは……」

久米先生はものの見事に怯《ひる》んだ。普段から生徒のことを呼び捨てやあだ名で呼んでいるが、特に意識していなかったようだ。

「尊敬させてみろ。そうすれば、久米の指導に従う」

教師にまで喧嘩を売るとは。私は開いた口が塞がらない。私だけじゃない。あんぐりと口を開けた顔が手代木さんと久米先生を囲んでいる。

「年下が年上を敬うのは当たり前のことだ」

「年上なら犯罪者でも無条件に敬えってことか？」

「そういうことじゃない」

「俺は自分が認めた人間しか敬わない。だから声を荒らげても無駄。俺を従わせたいなら、今すぐ久米の尊敬できる点を挙げろ。一個でいいから」

正真正銘のオタクだ。ずっと声優を彷彿《ほうふつ》とさせる芝居がかった喋《しゃべ》り方だし、アニメの美少女キャラのように自分のことを『俺』と言った。みんなはギョッとして『こいつは相当にヤバい奴だ』と引いている。私も羨望《せんぼう》の眼差《まなざ》しが一瞬にして曇った。

「恥ずかしくて自分で言えないなら、慕っていそうな生徒を名指しすれば？　その生徒に代弁してもらいなよ」

みんな一斉に顔を伏せる。授業中に『この問題、誰か解ける人？』と難問の答えを問われた時のように、誰もが『自分の名前を呼ぶな』と念じている。私も同じだ。みんなのリアクションは久米先生が慕われていないことを残酷に物語っていた。尊敬されているなら一人二人と手が挙がり、率先して担任の長所を列挙するはずだ。

久米先生を好いている生徒は少ない。嫌われ者の方にランクインしている教師だ。露骨に可愛い女子を贔屓《ひいき》するし、青髭《あおひげ》がキモいし、授業はつまらないし、なんかチャラいし、まだ二十八歳なのにオッサンくさいし、高圧的だし……可哀想なことに、短所ならすぐに挙がる。

教室になんとも言えない重苦しい空気が立ち込める。これは久米先生の公開処刑だ。視線を逸らした生徒たちの前で自分の長所を言っても失笑を買うだけだし、生徒を指名してもその人が答えられなかった時のダメージは計り知れない。

「あとで職員室に来なさい」と久米先生は悲痛な声で言う。

「耳が悪いのか？」

その質問は『頭が悪いのか？』という嫌味だ。手代木さんは『敬えない人には従わない』と言っていたのに、久米先生は『職員室へ来い！』と命令した。筋が通っているのは手代木さんの方だ。

彼女が『あなたが立派な教師であることを証明しなければ、尊敬できない』と迫る気持ちは理解できる。汚い大人はいっぱいいる。先生の中にもくだらない人間がいることは、私でも知っている。時々ニュースで教師の不祥事が取り沙汰されることもあるから、闇雲に教師を信用することはできない。

「勝手にしろ！」と怒鳴って教室から出て行った。

誰の目にも逃げ出したようにしか映らなかっただろう。久米先生は完全に言い負かされた。ほとんどの生徒は『いい気味だ』と胸がスカッとしているに違いない。

だけど手代木さんを持て囃《はや》す人は誰もいない。迂闊《うかつ》に近付いたら今度は自分に噛《か》み付いてくるおそれがある。久米先生と同じように『俺と口を利《き》きたければ、先ず尊敬させてみろ』と言われたら、ひとたまりもない。

手代木さんは完璧に孤立した。誰も話しかけない。絡まない。目を合わせない。転入初日から男子たちは恐れ慄《おのの》いて縮み上がっている。類い稀《まれ》な容姿は弄《いじ》り甲斐があるのに、誰もからかうことはない。

男子は手代木さんが近くを通ると口を閉ざし、丸めた背中を向ける。彼女の目に留まって久米先生みたいにとっちめられたくないのだ。あの公開処刑は見せしめとしての効果が絶大だった。男子は強がってなんぼの生き物だから、情けない姿を人に見られたくない、という気持ちが女子よりも強い。

男子よりも女子の方がお高く留まっている子を受容できないものだが、女子のボスグループでさえも仕返しが怖くてあからさまには手代木さんを疎外できない。どんなに彼女への嫌悪感が強まっても、ひそひそと『生意気』『ブスのくせに』『キモい』と陰口を叩《たた》くのが精一杯だ。

久米先生はあの一件以降、手代木さんには関わらない。傍若無人な振る舞いを黙認している。すっかり威厳を失って意気消沈しているのか、人望がないことが判明して自暴自棄になっているのか、無気力な教師になった。私としては粗野だった久米先生が大人しくなるのは喜ばしいことだった。

圧倒的な存在感を放つ転入生『手代木麗華《てしろぎれいか》』の名前はあっという間に学校中に拡散された。一躍有名人だ。みんなの興味を引いて離さない。学校は彼女の話題で持ちきりだ。

「二年五組にモンスターが入った」

「アニメオタクで自分のことを『俺』って言うんだって」

「久米先生を再起不能にした」

「見た目もパンチ力があるから必見」

「大阪弁を隠すためにアニメ口調なんじゃね？　東京コンプレックスを抱いているんだよ」

「鞄《かばん》も靴もエルメスで、時計はフランク・ミュラーなのはバリバリのお嬢様だから」

「クラスメイトはみんな震え上がっているって」

「近付くと噛み殺されるらしい」

根も葉もない手代木さんの噂話《うわさ》も出回っている。一学期が始まって一ヶ月しか経っていない中途半端な時期の転校だったことを根拠にして、「留年したから、急遽《きゅうきょ》転校した」「子供がデキて東京で堕《お》ろした」「問題を起こして退学になった」などとまことしやかに囁《ささや》かれている。

最も信憑《しんぴょう》性の高い噂によれば、東京に越してきた理由は離婚だ。手代木さんは資産家の一人娘で私立の高校へ通っていた。しかし父親が事業に失敗して多額の負債を抱えたために、転校を余儀なくされた。そして妻子に迷惑をかけたくないと考えた父親が離婚を決断し、彼女は母親の姓に変わり、大阪から母親の実家のある東京へ引っ越してきた。

その噂は手代木さんの近所に住んでいる生徒からもたらされた。手代木さんの祖父母が親しい人にチョロチョロっと漏らしたことが、『ここだけの話ね』という伝言ゲームになって、学校まで届いたらしい。

昔に比べて近所付き合いは減ったと言われているけれど、悪い話にはみんな聞き耳を立てるから、他所《よそ》の家の不幸はすぐに知れ渡る。どこからか漏れ出て話の種にされてしまうのだ。うちのお母さんも井戸端会議で仕入れた不幸話を楽しそうに話していることがあるし、うちのお父さんの酒癖の悪さは近所の評判になっている。

手代木さんの家庭の事情が学校に広まると、クラスメイトは多少同情的な目を向けるようになった。時には、『ダブり』『ブス』『子持ち』と陰で嘲《あざけ》ることもあるが、『転落人生じゃ拗《す》ねるのも無理ないか』『これ見よがしに身につけているブランド品をお嬢様時代の名《な》残《ごり》だと思えば、許容範囲ね』と彼女の好き勝手な言動を大目に見ている。

手代木さんに対して畏敬の念に近いものを抱く私は何も見ないように、何も聞かないようにしている。恐ろしくて一切関わり合いたくない。彼女がどんなことをしても私の瞳には映らないし、彼女のアニメ口調は私の耳には届かない。

また、手代木さんの耳に入ったら大変なことになりそうなので、彼女の悪口は決して言わない。と言っても、私には友達がいないから強く心掛ける必要はない。人の陰口を言い合わなくていいのは、一人ぼっちの利点の一つだ。

他の利点は、お母さんの手抜き弁当を笑われない。折り畳み傘を携帯しない友達と相合傘をしないでいいから、肩が濡れない。テスト勉強を邪魔されない。お腹が痛い時にそっとしておいてもらえる。お菓子を配らないでいい。遊びに誘われないから出費しないで済む。

もちろん欠点の方が多い。寂しくても我慢するしかない。失敗した時には誰も助けてくれない。仲間がいないと舐《な》められる。誰からもノートを借りられないので、風邪でも学校を休めない。情報が回ってこないからブームに乗り遅れる。

他にもまだまだある。楽しいことがあっても誰にも喋れない。一度も口を開かないまま下校時間になることが頻繁にある。恋をしても相談相手がいない。口の端に歯磨き粉が付いていても誰も教えてくれない。修学旅行や遠足の班を決める際に、残飯みたいな扱いを受ける。

私は手代木さんが転入してきた日から、七月上旬に行われる修学旅行の班決めをずっと心配していた。間違いなく私は『ぼっち』の寄せ集めの班に入れられる。その班に一匹狼の手代木さんも組み込まれるんじゃ？

大きな不安を抱えたまま運命のロングホームルームの時間を迎えた。久米先生が「じゃ、先週言ったように、今日は修学旅行の班を決めるぞ。適当に男女五、六人に分かれろ。男女混合だからな」と指示する。

当然のことだが『適当に』とは『仲の良い人たちで』の意だ。みんなはスムーズな動きで集団を形成していく。事前に「一緒の班にならない？」「いいよ」と約束し合っていたのだ。

教室で動かないのは六人だけ。暇さえあれば、スマホで将棋のゲームをしている『渡辺《わたなべ》右京《うきょう》』。どのクラスにも一人はいる地味な男子『宮下寛《みやしたひろし》』。何をやっても鈍くさい『ノロ子』こと私。物静かでクラスで一番大人しい『桜井加代《さくらいかよ》』。タロット占いが趣味の『小堀《こぼり》しずえ』。そしてゴールデンウィーク明けに転入してきた『手代木麗華』。

久米先生は残り物の六人を一人ずつ『さん』付けで呼んで、「おまえたちで一つの班だ」と括《くく》った。そして「各班で机をくっつけてスケジュールを組め。今日を含めてあと三回のロングホームルームで話し合って決めろ」と言い付ける。

私たち『ぼっち班』も向かい合わせにした机を三組連ねた。予想通りの顔ぶれだ。いつも教室でぽつんとしている生徒に「うちの班においでよ」と声をかける人などいない。手代木さん以外は基本的には無害な人たちだ。自分の世界に籠っていたり、活発な人との付き合いが苦手だったりするだけで、周囲に悪影響を及ぼすことは皆無と言っていい。

予想できたことだから覚悟はしていたけれど、いざ手代木さんと同じ班になると身震いした。三泊四日の旅行中にドジな私が何もヘマをしないわけがない。手代木さんの怒りを買わないか今から冷や冷やしている。

もし宮下くんも同じ班にいなかったら、仮病を使って修学旅行を休もうとしたかもしれない。誰も知らないことだが、私は彼のことが好きだ。それだけは自信を持って言える。

中学二年の時から三年近く想い続けている。宮下くんと同じ高校に入りたくて死にもの狂いで勉強した。担任から『ランクを落とした方がいい』と安全策を勧められたけれど、私は耳を貸さなかった。

今思えば、危ない橋を渡ったものだ。うちの家は私立に通わせる経済的なゆとりがないから、滑り止めを受けることができなかった。公立一本。不合格なら中卒だった。良識のある家なら反対しただろうが、私のお父さんは受験に失敗して働きに出てくれることを望んでいた。

試験のヤマが当たっていなければ、私は合格していなかったに違いない。運が味方してくれたのだ。運命が私の背中を押して宮下くんの前へ飛び出させようとしている。今年は中二以来の同じクラス。そして期待していた通り修学旅行では同じ班になった。何かが起こりそうな予感がする。

スケジュールのほとんどは自由行動だ。旅行前に班で話し合って担任に予定表を提出する。先生たちは主要な観光スポットで待機していて、各クラスの班が予定表の通りに回っているのか確認する。だからチェックポイント以外では先生の目は届かない。羽目を外す班もあるだろう。

ずっと班で行動するから宮下くんと二人きりになれるチャンスがあるかも。邪魔者は班員の四人だけ。もしチャンスが巡ってきたら、私の気持ちを伝えよう。

愛の告白に適している観光スポットはあるかな、とデート気分で私は京都のガイドブックの隅々に目を通す。班の中で私だけが目の色が違う。みんなはガイドブックをなんとなしにパラパラと眺めている。

久米先生が「今日でスケジュール決めの三回目だからな。真面目にやれよ」と煽《あお》っても、まるで焦る様子はない。一回目も二回目も誰からも意見が出ないままロングホームルームの時間を終えた。

たぶんうちの班には修学旅行を楽しもうと思っている人はいない。それなら私がイニシアチブを取って予定をどんどん決めていっても文句を言わないだろう。手代木さんも京都に興味がないみたいだし。

手代木さんは旅行先が京都だと知った時、「京都？　ダサッ！　前の学校はハワイだったぜ。って言うか、この学校ってなんで修学旅行が高二なんだ？　前の学校は高一の三学期だったのにさ。そっか、進学校じゃないから高二になっても遊んでいられるのか」と馬鹿にしていた。

大阪に住んでいたから、隣の京都には学校の遠足などで観光し尽くしているのかもしれない。場合によっては、手代木さんは京都を親子三人で旅行したことがあり、その思い出への拒絶反応を起こしたとも考えられる。だから口が裂けても彼女に『京都のお勧めスポットを知っている？』と訊《き》くことはできない。

ホームルームの時間が半分を過ぎても誰も発言しない。時計の針が刻一刻と進んでいく。六人がそれぞれに挨拶も交わさない仲なのだから、何一つ決められないのも仕方がない。

他の班は今から修学旅行が待ち遠しいようで活気に満ちている。スマホで観光スポットを検索していたイケイケ男子が「画面がちいせーから見にくいよ。久米先生はｉＰａｄを持ってねーの？」と質問した。

「機械にばっか頼るな」

「でもさ、隣のクラスは担任が自前のｉＰａｄを生徒に貸してるって」

「自分で買え」

「はーい」とふざけた返事をしてイケイケ男子は引き下がった。

初めから久米先生に嫌味を吐くのが魂胆だったのだ。うちの担任がアナログな人間で機械に疎いことはみんな知っている。ｉＰａｄを持っていないことなど百も承知だ。未だにガラケーを使っている久米先生にｉＰａｄを与えても『猫に小判』にしかならない。

イケイケ男子が担任に舐めた口を利いたのは、修学旅行が楽しみでテンションが上がっていたこともあるが、久米先生を軽く見ているからだ。手代木さんに言い負かされて以来、久米先生は生徒から小馬鹿にされるようになった。

このロングホームルームの時間が終わって、うちの班が『まだ何も決まっていません』と言っても、手代木さんがいるから久米先生は怒らない気がする。でも『なんでもいいなら、俺が決めるぞ。もう修学旅行まで一ヶ月を切っているんだからな』と勝手にスケジュールを立てられたら困る。

他の五人は『自分たちで考えなくてラッキー』と思うだろうが、下心のある私は宮下くんと二人きりになれそうな観光地へ行きたい。よし、私が班長に立候補してこの班をまとめ上げよう。

勇気を振り絞るんだ。運命が味方してくれているんだから大丈夫だ。自信を持て。私は横目で宮下くんのことを見る。班長になれば、みんなに役割を振って宮下くんと二人きりになれる。手代木さんは厄介だけれど、あとの面子《メンツ》なら私でもどうにか率いることができるはずだ。

「あの……」と言いかけたが、小堀さんが私よりも一瞬早く発言したために、誰の耳にも届かなかった。

「行きたい場所がなかったら、タロットで決める？」

みんなが小堀さんに顔を向ける中で、彼女の隣に座っていた手代木さんはガイドブックから目を離さずに言う。「おまえが占うのか？」と。

「うん」と返事した小堀さんは明らかに怯《おび》えていた。

手代木さんがいきなり非科学的なことを言い出した小堀さんに敵意を向けた、と私は肝を冷やした。でも彼女は「当たるのか？」と確率を気にした。占いが好きなの？

「最近、冴《さ》えている」

「証拠は？」

　手代木さんの特徴的な喋り方に他の班の何人かが反応していた。そして『なんか揉《も》めてるっぽい』と周囲に伝え、みるみるうちに教室中の関心が『ぼっち班』に集まった。みんな手代木さんの一挙手一投足に注目しているから、彼女が口を開けばみんなの耳は彼女へ向くのだ。

「ゴールデンウィーク前に、日直当番が回ってきたんだけど、日直日誌にその日に占った結果を書いた。『ゴールデンウィークが明けたら、うちのクラスに災いが降りかかる』って」

　小堀さんの日直日誌は教室でちょっとした話題になっている。たまたまなのか？　予知能力があるのか？

「俺が『災い』ってこと？」

　小堀さんは窮屈そうに頷《うなず》く。

「いい度胸してんね」

　教室が緊迫感に包まれる。なんで小堀さんは喧嘩をふっかけるようなことをわざわざ言ったんだ？　誤魔化そうと思えばできた。好戦的なキャラじゃない。私と同類で教室の隅でこそこそしているのがお似合いの女子なのに。占いに関することだけは何があっても引けないのか？

「まあ、丸っきり間違いじゃないか」と手代木さんは言ってから前のめりになって訊《たず》ねる。「そんな力があるのにどうして教室で小さくなっているんだ？」

「だって外れる時もあるし……自慢できるようなことじゃないし」

「冴えている時は当たる確率が高いんだろ？」と責め立てるような言い方をする。

「うん」

「日直日誌に書いたってことは、自分の力を知らしめたかったんじゃないのか？」

小堀さんは答えない。下を向いて押し黙る。図星だったようだ。

「この班ってなんなんだ？　どいつもこいつも下ばかり見ていて気持ち悪い。クラスメイトから除け者にされていて悔しくないのか？」

私も俯《うつむ》く。手代木さんのような図々しさがあれば、誰にも媚《こ》びずに生きていけるけれど、私たちはそうじゃない。弱者だから隠れるようにして生きていくしかないのだ。

「そこの『眼鏡』、なんか特技はないの？」と手代木さんは渡辺くんのことを『眼鏡』呼ばわりする。

「一応、将棋がアマの三段」

将棋の世界で『アマの三段』がどれくらいのレベルなのかわからない。でも私は『段』という響きに気圧《けお》されて、渡辺くんを見る目が変わった。下手の横好きかと思っていた。

「なら、もっと堂々としろよ。この学校にアマの三段に敵《かな》う生徒はいないんだろ？」

「僕より上の段位を持っている生徒が一人いる。だから威張れないよ」

渡辺くんには瓜《うり》二つの『左京《さきよう》』という弟がいて、うちの高校に通っている。見た目の違いは眼鏡をかけているか、いないか。でも中身は大きく違う。弟は陽気なキャラでクラスの中心人物だが、兄は日陰者だ。しかも、弟に将棋で一度も勝ったことがないらしい。

渡辺兄弟と同じ中学出身の生徒が高校で違いを広めたから、兄の方は『渡辺の劣化版』と呼ばれて肩身の狭い思いをしている。弟に歯が立たないのでは兄の立場は形無しだ。学校で小さくなっているのも頷ける。

「二番目に強いなら立派なもんだ。胸を張りな。それから」と今度は桜井さんに絡む。

「おまえは何ができるんだ？」

「特技はない。卓球部だけど下手だし」

「じゃ、おまえは『美白』だ。よく見れば美人なんだから、偉そうにすればいい。少なくともこのクラスでは一番顔が整っている」

みんなの視線が桜井さんに集まる。確かに透き通った白い肌をしているし、綺麗な顔立ちだ。根暗のイメージが先行するためか、存在感が薄いせいか、全く気付かなかった。桜井さんは恥ずかしそうにしているけれど、頰を染めている赤には嬉しさも混じっていそうだ。

「おまえはみんなから『トロ子』だか『ノロ子』だか言われているみたいだけど」

ついに私の番が回ってきた。

「ノロ子です」

「どっちでもいい。そんなふうに呼ばれてなんとも思わないのか？　おまえにプライドは？」

「鈍くさいのは本当のことだから」

「違うね。陰気《いんき》くさいんだよ。あー、やだやだ。俺が一番嫌いなタイプ。どうせ自分を卑下しているから、なんも取り柄がないんだろ？」

悔しさのあまり『私は宮下くんを好きな気持ちだけは誰にも負けない』と言いたくなった。あともう一押しされたらヤバかったが、手代木さんは私から宮下くんへ切り替えた。

「で、『童顔』は何ができるんだ？」

「何もできない」と彼は即答する。

「学校では謙遜は美徳じゃないんだぜ」

手代木さんが『隠さずに言えよ』と追及したのは、宮下くんには自分を卑下している感じがまるでなかったからだろう。

「本当に長所がないんだ」

私は冷や汗を掻《か》いていた。今に手代木さんが『よく見れば、可愛い顔をしている』と言い出してみんなに宮下くんが可愛い系男子であることがバレてしまわないか。私だけの宮下くんじゃなくなっちゃう。

「じゃ、恋人を作れば？　箔《はく》が付くぞ。女に興味がないわけじゃないんだろ？」

私の胸が不細工に高鳴る。

「それなりに」

「好きな子は？」

更に胸の鼓動が騒がしくなる。仄《ほの》かな期待が何故か後ろめたい。

「いない」

私は肩を落とす。でも失意の中には『恥じらっているのかも？』と夢見ている自分がいて、寒気を覚えた。

手代木さんが「本当か？」と疑っても、宮下くんは「本当にいない」と答えた。

「じゃ、俺が付き合ってやるよ」

彼女の急な申し出に教室中が『えっ？』と驚いた。常にポーカーフェイスの宮下くんも顔を歪《ゆが》めている。

「嫌なのか？」と手代木さんは怖い顔で凄む。

「いや、好きも嫌いもないよ。手代木さんのことはなんとも思ってないから」

「嫌いじゃないなら、付き合っても問題ないだろ？　お試しで付き合えよ。修学旅行が終わるまでの間だけでいいから」

宮下くんは悩ましげな表情を浮かべる。マズい！　彼は押しに弱い。流れに身を任せて流れ着いた先で自分のやるべきことをやる、というのが宮下くんのスタンスだ。だから手代木さんに押し切られて付き合ってしまうかもしれない。

「それじゃ、小堀さんに相性を占ってもらおう。それで良い結果が出たら、付き合うよ」と宮下くんが提案する。

「名案」と手代木さんは言い、小堀さんに呼びかける。「『タロット』、出番だ」

小堀さんは人差し指を自分に向けて「私のこと？」と確認する。

「そうだ。他に誰がいる？　早く占えよ。『タロット』の力を見せつけるチャンスだろ」

手代木さんには有無を言わせない迫力があり、逆らえない。久米先生も何も言えない。見て見ぬ振りをしている。小堀さんは言いなりになって、タロットカードを切り、ピラミッド形に並べていく。手代木さんと宮下くんは小堀さんの指示に従って数枚のカードを選び、裏返した。

小堀さんの説明によると、手代木さんが手にしたのは『魔術師』というカードで、宮下くんとの相性が抜群であることを暗示している。宮下くんが裏返したカードは『運命の輪』で恋愛成就やモテ期の意味だ。私にとって最悪の結果だった。

「最高の相性ってことか？」と手代木さんは小堀さんに訊く。

「うん。でも最後に二人で選んだカードの『塔』は、予期しない破局を表す」

「つまり、長続きしない？」

小堀さんは申し訳なさそうに頷く。

「当たるかどうかは付き合ってみれば判明する。そうだろ、『童顔』？」と手代木さんは宮下くんに同意を求める。

占いで『最高の相性』という結果が出てしまっては、宮下くんが『付き合えない』と言い逃れることはできない。

「修学旅行が終わるまで付き合えばいいんだよね？」

「それはこっちのセリフ。『童顔』はその後も俺と付き合いたいなら、修学旅行が終わるまでに男を上げなくちゃいけないんだぞ。手始めに、班長になれよ。みんなを束ねて少しは自信をつけろ」

「別にいいけど」と宮下くんは簡単に引き受ける。

班長の座を奪われて、私の思惑は脆《もろ》くも崩れ去った。いや、と考え直す。ひょっとしたら『予期しない破局』は私がもたらすんじゃ？　修学旅行中に私が告白して宮下くんを略奪することを暗示しているのかもしれない。手代木さんは占いが好きみたいだから、私が横槍を入れても『これは運命だ』と受け入れるはずだ。

「班長、ちゃちゃっと予定を決めて」と手代木さんは宮下くんを顎で使う。

「それでは、行きたい場所がある人は挙手してください」

宮下くんがみんなに促したけれど、誰の手も挙がらない。この班には修学旅行をいい思い出にしたい人はいない。やる気がない人たちをまとめるのは大変だ。宮下くんを助けるために私が発言しよう。

ベタな清水寺《きよみずでら》や金閣寺《きんかくじ》を言っておけば大丈夫だ。そして私が選び抜いた『告白し易そうなスポット』もさり気なく盛り込もう。挙手をしかけたが、タッチの差で手代木さんに先を越された。

「はい」と彼女は机に肘をつけたまま手を挙げる。

「手代木さん、どうぞ」

「俺は京都国際マンガミュージアムへ行きたい。異論は？」

そんなきつい言い方をされたら、反対意見を出し辛い。私も含めてみんな下を向く。

「それでは、京都国際マンガミュージアムは決定、ということで。他に行きたい場所は？」

私は手代木さんのせいで散り散りになった勇気をもう一度掻き集めながら、目を左右に動かしてみんなの様子を窺《うかが》う。今度こそは発言のタイミングが被らないようにしなくちゃ。

慎重にみんなのことをチェックして頃合いを見計らう。宮下くん、渡辺くん、小堀さん、桜井さん、誰も発言する気配はない。よし、と思った瞬間に手代木さんがさっと挙手した。

「はい、手代木さん」と宮下くんが彼女に発言権を与える。

私はまたしても決断力の鈍さを嘆くことに。あー、なんて優柔不断なんだ！　いっつもノロノロ。ノロノロ。ノロノロ……。

「他にないなら、四日間ずっとマンガミュージアムに入り浸っていればいい。異論は？」

さすがにそれはマズいよ。そんなスケジュールを先生が許すわけがない。

「ちょっと、それは……」と宮下くんが意見する。「一応、京都の歴史や文化を学ぶっていうのが目的の旅行だから、いくつかの歴史的な建造物を回らないと先生に怒られちゃうよ」

「怒られたら、こう言い返せ。『漫画はこの国の重要文化であり、誇れる産業。それを学ぶことになんの問題が？　マンガミュージアムには閲覧可能な漫画が五万冊もあるから、四日でも足りないくらい。絶版になった入手困難な漫画もある。コンビニの立ち読みと一緒にするな』って」

手代木さんは故意に声を大きくし、久米先生に聞こえるように言っている。

「それでもケチをつけられたら、『漫画は一大産業だ。教師よりも経済に貢献している。漫画が出版業界を支えているんだぞ』って言って対抗しろ」

オタクを代表するかのように漫画の美点をアピールした。よほど漫画が好きらしい。班のみんなも『生粋のオタクなんだ』と納得したことだろう。そして『悪くない案だ』と心の中で絶賛しているはずだ。ぞろぞろとあちこちの寺を回るよりは、漫画喫茶のようなミュージアムで各々が自由に過ごす方が気楽だ。

ガイドブックによると、京都国際マンガミュージアムは、『MANGA』と『MUSEUM』の頭文字を取って『えむえむ』と呼ばれている。高校生なら入館料の三百円を払えば、午前十時から午後六時まで漫画を読み放題できる。

博物館だけれど古い漫画だけではなく、最近の少年雑誌や少女雑誌で連載していた漫画も取り揃《そろ》えていて、漫画喫茶に負けない蔵書数を誇る。カフェが併設してあるのでランチの心配はない。入退館が自由だから外でランチを摂ることも可能だ。

久米先生はうちの班の漫画漬けの予定表をあっさり受理した。手代木さんは他の先生にも挑発的な態度を取っているから、『野放しにして他校とトラブルを起こすよりはいい』『厄介者を一箇所に長時間留めておけるのは幸い』と学校が判断したのかもしれない。情けないことに、屁理屈を捏《こ》ねくり回す彼女を論破できる先生はうちの学校にはいない。不用意に手を出しても火傷するだけだ。それなら放っておこう。そんな弱腰が生徒には見え見えだ。

他のクラスにも『手代木麗華の班は四日間ずっと漫画を読んでいるんだって』という情

報が瞬く間に流れた。だから『えむえむ』を予定に入れていた班は慌てて変更した。誰も問題児に近付きたくないのだ。その結果、『えむえむ』で漫画を学ぶのは、私たちの班のみとなった。

そのことは先生たちを安堵《あんど》させただろう。旅行中には気が大きくなりがちだから、些細《ささい》なことでトラブルが起き易い。うちの班に血気盛んな生徒はいないので、手代木さんと喧嘩することは先ずないが、他の班はどうなるか読めない。

普段は『手代木は怖いから争いたくない』と避けている生徒たちが、旅先で『自由行動中にみんなで懲らしめよう』と攻撃的になることは充分にあり得る。だけど『えむえむ』に私たちの班が籠り、他の班が訪れなければ、いざこざが起こることはない。

ただ、手代木さんが『えむえむ』の利用者と揉める可能性はある。学校としては付きっきりで問題児を監視したいところだが、そんなことをしたら、間違いなく手代木さんが大騒ぎする。『なんで俺の班だけ？』『不公平だ！』『納得のいく説明をしろ！』などと。

でも放置しておくことはできない。少なくとも他の班と同じくらいの頻度でチェックしなければならない。そこで学校は担任の久米先生を『えむえむ』の近くの二条城《にじょう》の担当にし、他の班が二条城を訪れない時間帯に、久米先生が定期的に『えむえむ』へ足を運ぶことになった。

二条城はメジャーな観光スポットだから、多くの班が予定に組み込んでいる。『えむえむ』から徒歩十分ほどのところにあるので、掛け持ちをすることはそう難しくない。

実際に、修学旅行の一日目は『えむえむ』に入館したのが昼過ぎだったにも拘《かか》わらず、久米先生は閉館時間の午後六時までの間に三度もチェックしにやって来た。


久米先生が二条城を出発する際に、〈これから『えむえむ』へ行く。十分後に受付に集合！〉と班のみんなにメールを一斉送信することになっていた。みんなは誰とも仲良しじゃないから、バラバラになって読書をしている。渡辺くんはスマホで将棋をしていると思うけれど。

受付にみんなが集まると、久米先生は点呼をとり、班長の宮下くんに何か異常がないか確認し、連絡事項を伝えた。そしてすぐに二条城へ戻った。滞在時間は五分もない。

私はスマホを持っていないことを理由にし、「集合のメールが来たら教えて」と言って宮下くんの近くにいた。やっぱり運命が味方してくれている。四日間『えむえむ』に籠ることは、結果オーライだった。修学旅行中誰よりも宮下くんのそばにいられる。

手代木さんが漫画漬けの予定を提案した時に、気後れして何も言えなかったことを私は後悔した。しばらく引き摺《ず》った。でも今では『下手なことを言わなくてよかった』と運命に感謝している。勢い付いた私は勇気を出して「何を読んでいるの？」と彼に話しかけた。

「『ジョジョの奇妙な冒険』。手代木さんから『読んでおけ』って薦められたから」

「大変だね」

「でも読んでみると、意外と面白いんだよ」

「へー」

「僕は読むのが遅いから、旅行中に半分も読めそうにないけど」

「全部で何巻あるの？」

「百巻以上」

「えー、凄い」

「本当に凄いよね。今も続編が連載されているんだって」

「へー。本当に凄い」

拙い会話ながらも少しずつ和やかな雰囲気を作っていた。それなのに久米先生から〈受付に集合！〉とメールが入ったせいで、せっかく作り上げた二人きりの世界が壊れてしまった。いい感じだったのに！

それが三度続いたものだから、普段怒りを表に出さない私も三回目の点呼時には、さすがに渋い声で返事せずにはいられなかった。でも私以上に不愉快に思っていた人がいた。手代木さんだ。私と違ってストレートに怒りを顕《あらわ》にした。

「いちいち点呼する必要なんてないだろ。今日だけでもう三回目だ。俺は旅行中に『ジョジョの奇妙な冒険』を七部まで読破することに挑戦しているんだから、邪魔すんな。班長がチェックすれば済むことだろ」

私にとっても久米先生は邪魔者だったから、手代木さんの言う通りだ、と心の中で加勢する。誰も何も悪いことはしていない。手代木さんだって『えむえむ』では読書に夢中になっている優等生だ。

そんなに疑うなら入館料を払って久米先生が施設内を捜し回ればいい。抜き打ちでも構わない。一度払えば何度でも出入りできるのだから、大人が八百円を惜しむな。四日連続でも先生にはたったの三千二百円のはず。時給九百八十円でバイトしている私とは違う。

手代木さんに激しい剣幕《まく》で捲し立てられた久米先生はすぐに譲歩した。

「他校の生徒や一般の来館者と揉め事を起こさないって誓えるか?」

「起こしたら退学でいい」と手代木さんは毅然《きぜん》と言い切る。

しばらく二人は睨《にら》み合った。火花が散る。手代木さんの性格から言って、みんなの前で宣言した言葉を撤回することはないだろう。それだけ読書に没頭したいのだ。

「本気か?」

「二度言わせるな」

「じゃ、明日からは班長が俺からのメールを受けたら、みんなのことを見て回って、受付で俺に報告してくれ」

久米先生が宮下くんに押し付けた仕事は、私を喜ばせた。彼が見回ることになったので、益々近くにいられる口実ができた。『私とは連絡が取れないから、目の届かないところにいると捜すのが大変でしょ』は不自然じゃない理由だ。

更に、『私も一緒にみんなのことを捜すよ』と言って行動を共にすることも可能だ。チャンスが大きく広がる。運命が私をぐいぐい後押ししている、と確信を深めた。小堀さんが熱を出して修学旅行を休むことになったのも、追い風だ。邪魔者が一人減った。

明日からは宮下くんとずっと二人きりでいられる。願ってもないチャンスがやって来た。まだ三日あるけれど、明日告白しよう。うかうかしていると幸運が逃げてしまうかもしれないから。

一世一代の覚悟を決めて迎えた修学旅行二日目。『ぼっち班』の五人は宿泊先のホテルで朝食を済ませてから『えむえむ』へ出発した。告白の緊張でほとんど眠れなかった。食事もなかなか喉を通らなかった。でも足取りは軽い。私には運命が微笑んでいる。きっとうまくいく。

予定通り『えむえむ』が開館した直後に到着した。出入り口の門のところで私は『ここが私たちの聖地になるんだ』と意気込んだ。と同時に、手代木さんが「用事があるから、久米には適当に誤魔化しておいて」と言った。

突然のことに誰も彼女が何を言ったのか正確に理解できない。当惑しているみんなを尻目に、手代木さんは路肩から身を乗り出し、目に入ったタクシーを大きく手を振って停めた。

「夕方には帰ってくるから、あとはよろしく」と告げてタクシーに乗り込んだ。

止める間もなくタクシーは走り出す。みんなが言葉を失っている中で、宮下くんが手代木さんを真似てタクシーを拾った。彼女が停めたタクシーとたまたま同じ会社のタクシーだったが、私はなんか面白くなかった。

「手代木さんを連れ戻してくる。久米先生には『班長はお腹を壊してトイレに籠っている』ってことにして、副班長が代わりに報告して」

青ざめた顔をした桜井さんが「わかった」とか細い声で了解する。頼りない返事だ。本来なら桜井さんと比べればまだしっかりしていそうな渡辺くんに任せたいところだけれど、久米先生に疑われないためには副班長が代わりを務めなくてはならない。

宮下くんが「頼むよ」と言ってタクシーに乗ると、私も続いた。力任せに彼を奥に押しやり、ドアを閉めた。体が勝手に動いていた。昨日からずっと宮下くんと二人きりになることだけを考えていたせいか？

「一人じゃ手代木さんに敵わないでしょ」

二人でも敵わないと思うが、鈍くさい私にしては上出来な言い訳だ。咄嗟《とっさ》によく出た。

「うん」と納得した宮下くんは運転手に説明する。「事情があって友達を追っているんです。ちょっと先にこのタクシーと同じ車が走っていると思うんですけど、追ってもらえませんか？」

運転席と助手席の間から中年のオジサンがいかつい顔を覗《のぞ》かせる。

「悪い子ぉたちには見えへんなぁ」

「修学旅行中なんですけど、その友達を連れ戻さないと先生に怒られてしまうんです」

「お友達は男の子？　女の子？」

「女子です」

「一人？」

「はい」

「高校生やなぁ？」

「そうです」

「ちょっと待ってな」とオジサンは言ってガラケーでどこかに電話をかけだす。

早く車を出さないと手代木さんを見失っちゃうじゃないか。私は焦っていたけれど宮下くんは落ち着き払っていた。ハキハキと受け答えをしていたし、頼もしい。

みんなは彼のことを地味な男子としか思っていなくて、『ジミー』というあだ名を付けていたりもする。でも彼はやる時はやる男なのだ。改めて惚れ惚れする。

運転手のオジサンはどうやら配車のオペレーターと話しているようだ。「今さっき、『えむえむ』で女子高生一人を乗せた車を捜してんねん。修学旅行中に脱走したんやて。友達が『えむえむ』で待ったはるから、車を特定して引き返すようにゆうてくれへんか」と頼む。

電話を終えると、「すぐ見つかるて。タクシーにはGPSがついとるさかい、ある程度絞り込める。あとは、オペレーターが無線で呼びかけたら特定できるしな」と言って私たちを安心させた。

しばらくして、無線機からオペレーターと手代木さんが乗っていると思しきタクシーの運転手のやり取りが聞こえてくる。オペレーターは「どんなお客様を乗せたはりますか?」「どこで乗せはりました?」「どこへ行かはります?」と問いかけた。運転手は「女子高生」「『えむえむ』の前」「タカツキ霊園」と答えた。

霊園? 私と宮下くんは顔を見合わせる。なんでそんなところに?

「霊園ってお墓があるところだよね?」

宮下くんは私の質問に答えずに、オジサンに「タカツキ霊園ってどこにあるんですか?」と訊ねる。

「大阪に入ってすぐのところや」

「そのままタカツキ霊園へ行かせてください」

オジサンは即座に応じてオペレーターに「『えむえむ』へUターンさせんでもええ。お客さんの目的地に行くようにゆうてくれへんか」と電話をかけた。

頭の鈍い私でもわかった。鈍いからこそ単純なことしか思い浮かばない。霊園に用があるのは、お墓参りをする人だ。手代木さんは亡くなった人を偲《しの》びに向かっているのだ。

「タカツキ霊園へ行ってください」と宮下くんは運転手に目的地を告げる。

「了解」と言って発車させた。

もしかしたら宮下くんは恋人として手代木さんを心配しているのかもしれない。真意を確かめたくて、いくつもの言葉を出しかけた。「わざわざ行かないでもいいと思う」「『えむえむ』で待っていよう」「お墓参りが終われば帰ってくるよ」「先生にバレたら私たちまで怒られちゃう」「手代木さんは『えむえむ』で揉め事を起こしたわけじゃないから退学にはならない」「心配するだけ無駄だよ」「一人にしてほしいんじゃない？」などなど。すんでのところで全部呑み込んだのは怖かったからだ。何も言わなければ、宮下くんが手代木さんの下へ行くのは『班長としての使命感に駆られているだけ』で済ませられる。事実を受け止める勇気が私になかったのだ。

宮下くんには『人の上に立ちたい』という欲がない。向上心がない、と言う人もいるだろうが、自らの意思で上の地位を求めない。与えられた場所で慎ましやかに生きようとする平和主義者だ。

中学二年生の体育祭の時も受け身だった。毎年各クラスから一ペアずつ二人三脚レースに出場することになっているのだが、男女のペアなので恥ずかしがって誰もやりたがらない。立候補したら『スケベ』『エロいな』と弄られる空気が蔓延《まんえん》していた。思春期にはありがちな心の動きだ。

担任が公平にくじ引きで決めることを提案しかけた。でも二人三脚をどうしても回避したいクラスのボスが「推薦で決めよう」と言い出し、クラスで最も冴えない男女の名を挙げる。みんなはこれ幸いとボスに賛同した。

黒板に書かれた私と宮下くんの名前を見て、私は血の気が引いた。足がもつれて宮下くん共々転びやしないか？　それをみんなが笑い物にするイメージがありありと浮かぶ。私だけならまだしも、他人に迷惑をかけることに縮み上がっていた。

体育祭一週間前に、全校生徒による予行演習が行われた。リレーの選手はバトンパスの練習をしたり、ムカデ競走の選手は並び順を決めたりしている。

「二人三脚の練習をしよう」と宮下くんは私に声をかけた。

「練習しても無駄だよ。私、鈍くさいから」

恥をかくのは本番だけでいいし、男女ペアになって練習するのが照れくさい。他のクラスの二人三脚の出走者は練習していないから、目立っちゃう。

「やってみないと無駄かどうかわからない。だから練習しよう」

「うーん……わかった」と渋々了解する。

「利き足はどっち？」

「えーと、わかんない」

利き足を意識したことがない。体育で幅跳びや高跳びの時に困るけれど、どっちの足が利き足かわからなくても今まで生きてこられた。

「利き手は？」

「右」

「じゃ、たぶん利き足も右だね」

なんで利き足をしつこく確かめるんだろう？

「宮下くんは？」

「僕も右。だけど、女子の方が脚力はないから、譲るね」

何を言っているのか理解できなかった私は要領を得ない顔をしていたようだ。

「一般的に利き足の方が筋力はあるんだ。だから女子は利き足を結んだ方が走り易いと思って」と宮下くんは説明してくれた。

「そっか。利き手の方が重たいものを持てるもんね」

負荷をかけるなら筋力がある方がいい、ということか。

「もしやってみて逆の足を結んだ方が走り易そうなら、言って」と私の右足と自分の左足を鉢巻で固定した。

「うん」

「じゃ、真ん中の足からスタートしてみよう。初めはゆっくりでいいから」

「私は右足ってことだよね？」

「そう。僕は左足から」

「わかった」

彼が「せーの」と合図してスタートする。でもタイミングが合わない。小柄な宮下くんは百五十五センチの私と身長がほとんど変わらないので、歩幅はほぼ同じだ。それなのに、三歩目で大きなずれが生じてしまった。私は三歩目の右足を出すのが遅れて、彼の左足に引っ張られるような形で転んだ。

宮下くんは足を止めて「大丈夫？　ごめん」と謝る。ちょっと涙で目が潤《うる》んでいるのは痛いからじゃない。情けないからだ。周囲からクスクス笑う声が聞こえる。耳に届いていなくても、視線と口の歪み方でわかる。みんな何をやっても駄目な私のことを馬鹿にしているんだ。

「立てる？」

私は差し出された宮下くんの手を無視して自力で立ち上がる。彼の手を握ったらギャラリーが沸いてしまうから。

「歩くところからやってみよう」

「やっぱ、練習しても無駄だよ。恥をかくだけ」

「恥ずかしいことを恥ずかしがってやることが一番恥ずかしい。どんなことでも全力でやれば笑われないよ。もし笑う人がいたら、その人が一番恥ずかしい人なんだ」

一言一言が私の胸に深く刺さった。私は今まで全力で何かをしたことがあったっけ？　たぶんない。最初から『自分なんかが』と諦めていた。失敗を恐れて恥ずかしがってばかりいた。でも私は素直じゃなかった。屈折した私の心が宮下くんの真っ直ぐな言葉を拒絶する。

「頑張っても無意味だよ。みんな私たちのことを笑いたいんだから」

「人生は楽しいことばかりじゃないよ」

「知ってる」

「でも嫌なことを押し付けられた時に、嫌々やっていたら人生が勿体《もったい》なくない？」と宮下くんは表情を崩さずに淡々と言った。

「だから二人三脚を頑張るの？」

「そう。僕は受け身の人間だ。発想力や行動力はない。だから受け取ったことは全力でやろうと思っている。押し付けられたことでも一生懸命に取り組めば、自分の財産になる。頑張った事実が今後の自分を前向きにさせてくれるんだ」

大人たちはなんの保証もないのに、『頑張ればいいことがある』と言う。馬鹿の一つ覚えだ。いくら私が馬鹿でも繰り返し騙《だま》されれば、努力しても報われないことに気付く。親も先生もテレビもみんな嘘《うそ》つきだ。

中でもお母さんの言葉は一番薄っぺらだった。四六時中頑張って家計を支えても、お父さんが一晩の豪遊や一レースに注ぎ込んでパーにしたのを何度も見てきた。この家にいる間は頑張っても無駄なんだ。いや、家を出ても私にお父さんと同じ血が流れている限り、何をやっても無意味なのかもしれない。

宮下くんは人生を悲観していた私に希望を抱かせた。最初から諦めることが心に染み付いているから何もできないのだ。良い結果を残せなくても、やりきった事実は残る。その事実の積み重ねが自分に自信を与えてくれる。いつかこんな私でも胸を張って生きられる気がしてきた。

「歩くところからやってみる」と私は感化されて前向きになる。

「掛け声をかけよう。『一！　二！』って。『一』が内側の足。『二』が外側で」

「うん」

「あと、僕のことはなんとも思ってないよね？　好きでも嫌いでもない？」

なんで急にそんなことを訊くんだろう？　胸がおかしな音を立てた。でも特に意識していなかったから「うん」と頷いた。

「よかった。一緒だ。僕もなんとも思ってないから、肩を組んでも大丈夫だよね？」

ああ。そういうことか。気のない人同士だから問題ないよね、という予防線を張っただけだ。本当になんとも思っていなかったけれど、心がシュンと萎んだ感覚がした。

ゆっくりしたテンポで『いーち！　にーい！』と掛け声を合わせて歩く。難なくできた。少しずつテンポを上げていっても、問題なく歩ける。通常の歩行スピードでも苦にならなかった。

「次は、走ってみようか？」

「うん」と返事した私は自信が漲《みなぎ》っていた。

ちゃんと走れそうな気がする。いいイメージしか湧いてこない。実際にやってみても、びっくりするほど上手に走れた。歩くところから練習し直したから、自然に宮下くんと呼吸を合わせられるようになったみたいだ。周囲から『肩組んでるよ』『ラブラブじゃん』と冷やかされたけれど、お互いに支え合うことで走りが安定する。宮下くんと一心同体になった気分で走ることができる。

本番は私たちがぶっちぎりで一位だった。練習の成果を思う存分出し切って、私が一人で走るのと変わらないスピードを二人三脚でも出せた。クラスメイトは私たちの激走に目を見張ったと思うが、ゴールした直後の私は周囲の目を気にしていなかった。ゴールテープを切った瞬間、何か大事なものを落としたような気持ちになり、そわそわしていた。宮下くんが「やったね！」と喜びを分かち合おうとする。普段の無表情が嘘のように顔を綻《ほころ》ばせる。でも私は心ここにあらずだった。

宮下くんが私たちを結んでいた鉢巻を解くと、不安感の正体がわかった。彼と離れたくなかったのだ。二人三脚を走り終わったから、私たちはただのクラスメイトに戻る。もう挨拶を交わすこともないだろう。

あの時に勢いで告白していたらどうなっていたかな？　度々妄想した。宮下くんは『来る者は拒まず』で私の気持ちを受け止めてくれたかも？

手代木さんと付き合いだしてからは、妄想は後悔へ変わった。宮下くんが難色を示しても、手代木さんみたいに強引に押せばよかったんだ。『お試しでいいから』と譲歩に漕ぎ着ければ、付き合っているうちに情が移って私に好意を持った可能性はある。

宮下くんは与えられたものに感謝する人だから、どんな恋人からでも長所を見つけようとするはずだ。すでに手代木さんにも、なんらかの特別な感情を抱いているのだろう。

二人は付き合った日から、一緒に下校している。距離が縮まった男女の間には、引力が働くものだ。私が宮下くんに惹《ひ》かれたように、彼が手代木さんに恋をしていてもおかしくない。

タクシーがタカツキ霊園に到着した。駐車場には同じ会社のタクシーが停まっていて、恰幅《かっぷく》のいい運転手が車外で煙草をふかしていた。その人が言うには、手代木さんに『ここで待っていて』と言われているそうだ。

宮下くんが「どっちへ行きましたか?」と訊ねると、「あっちや」と斜め上を指差した。太い指先は段々畑みたいな入り組んだ墓地を指している。山に囲まれた霊園。坂や階段を上るのは大変そうだけれど、見晴らしの良さそうなところだ。

宮下くんは私たちを乗せたタクシーの運転手に「ありがとうございました。帰りはこっちのタクシーに同乗します」と言った。オジサンは端数を負けて一万円ポッキリにしてくれる。私たちは半分ずつ出し合った。

彼の賢い判断に痺《しび》れる。タクシーは待機させているだけでもお金がかかる。府境を越えて大阪に入った時、私は密かに『宮下くんはいくら持っているんだろう?』と財布の心配をした。私の所持金は一万円しかない。

急な上り坂に息が上がる。宮下くんは気持ちが逸《はや》っているようで、三年前の二人三脚の時とは違って私の歩調に合わせてくれない。どんどん先を行く。

「手代木さんはここへ来るために、『えむえむ』を推したのかも？」と私は少し非難がましく言った。

「そうかもしれないね」

「宮下くんと付き合ったのも班長にして、予定を『えむえむ』だけにするのが狙いだったんじゃ？」

つまり宮下くんは手代木さんに操られていたのだ。

「たぶんそうだろうね」

「昨日、久米先生に悪態をついて宮下くんに班員のチェックを押し付けたのも、『えむえむ』を抜け出すためだったのかな？」

「間違いないよ」

「宮下くんは腹が立たないの？」

「全部計画通りだとしたら、手代木さんはみんなからあえて嫌われたってことになる。きっと久米先生が点呼をとり続けていても、手代木さんはあとで大目玉を食らうのを承知で抜け出したと思う。そうまでしてここに来たかった大きな理由が手代木さんにはあるんだ。僕はそれを知りたい」

私は考えが浅かった。修学旅行を利用しなければ、お墓参りができない不可解さに思い至れなかった。東京から遠くて交通費がかかるから、などのお金の問題じゃない。お金で解決できるならバイトして稼げば済む話だ。

手代木さんはお墓の所有者にお墓参りを拒まれているに違いない。死者を悼《いた》む命日やお盆やお彼岸には墓前に手を合わせられない。だから修学旅行に便乗してこっそりこの霊園に来た。いったい誰のお墓なんだ？

彼女が以前暮らしていた大阪にある霊園だから、やっぱり親戚のお墓だろう。彼女の母方は東京の人らしいから、父方のお墓だ。祖父か、祖母か？　親戚の誰かまではわからないが、父方と母方の仲が悪いのだ。離婚を機に親権のこととかで揉めて絶縁状態になっているのかもしれない。

階段を上りかけた時に、蕎麦《そば》を啜《すす》るような音を耳にした。なんの音だ？　私たちは足音を忍ばせて一段一段上っていく。二十五段目に差し掛かったところで手代木さんの姿が目に入り、私は思わず「あっ」と声を漏らしてしまった。

手代木さんが階段の近くのお墓の前で咽《むせ》び泣いていたのだ。この世のものとは思えないほど顔を醜く歪め、涙を地面に降らしていた。びっくりして危うく階段を踏み外しそうになった。

彼女は私たちの方に首を捻ると、瞬時に背を向ける。宮下くんがそばへ駆け寄り、顔を見ないようにしてハンカチを差し出した。私は自分が場違いなところにいることをぼんやりと自覚しながらも、二人に近付く。

手代木さんは奪い取るようにしてハンカチを手にし、涙を乱暴に拭った。その間、宮下くんはさっきまで手代木さんが向き合っていたお墓を見ていた。私は宮下くんの視線を辿《たど》る。

お墓の中心にある三つの石が積み重なったものには『菊池《きくち》家代々之墓』と刻まれている。手代木さんは親が離婚する前は『菊池さん』だったのかな？

「なんで追ってきたんだ！」と手代木さんは怒鳴ってハンカチを宮下くんの胸元へ投げ付ける。

ハンカチは『ベチャッ！』という音を立てて宮下くんの胸に引っ付いた。ハンカチがぐしょぐしょになるほど泣いていたのだ。彼は何事もなかったようにハンカチをポケットにしまった。

「心配だったから。このお墓にお父さんも入っているの？」

えっ？　そうなの？『父親が亡くなった』という話は一度も聞いたことがない。よく知らないが離婚でなくても死別でも、手代木さんは母方の姓に変わるのかもしれない。それとも離婚後に亡くなったのか？

その前に、なんで宮下くんはわかったんだろう？　毎日一緒に帰っているから、手代木さんのプライベートについて詳しく知っていても変じゃないけれど。

「そうだけど」と手代木さんは認める。

「挨拶してもいいかな」

　手代木さんは一瞬だけ驚いたような顔をする。全く予想していなかったのだろう。私も『本当にしっかり者だ』と宮下くんの振る舞いに感心した。

「勝手にすれば」

　宮下くんが目を瞑《つぶ》って手を合わせ、私も彼の隣で真似た。でもいつまで目を閉じていたらよいのかわからない。十秒くらいかな？　薄目で宮下くんの様子を探ろうか？　けど、手代木さんに薄目を気付かれたら恰好がつかない。どうしよう？

　私がせせこましいことに頭を悩ませていると、宮下くんの声がした。

「邪魔してごめん。僕たちは駐車場で待っているから、気持ちの整理がついたら一緒に帰ろう」

　急いで目を開ける。宮下くんはまた手代木さんの方へ体を向けていた。

「カッコつけんな。『ある程度の察しがついたから、もういいや』ってのがバレバレ！」

　彼女に鋭い口調で罵倒された宮下くんはたじろいだ。

「なに言ってんの？」と私は一歩前に出て声を張った。「宮下くんは班長として手代木さんのことが本当に心配でここまで来たのよ」

　私は狡《ずる》い。宮下くんを庇《かば》うために立ちはだかったんじゃない。『班長として』を事実にしたくて声を張り上げた。

「中途半端な同情だ。そのことは班長がここに来て思い知っているはず。そうだろ?」

宮下くんは見るからに困った顔をする。口を開きかけたが、思い直したように真一文字にして固く鎖《とざ》した。

「鈍い『トロ子』にサービスで教えてあげる。班長はね、墓誌を見て俺がパパの墓参りに来たことを察した。墓誌には亡くなった日付と享年が刻まれているからな」

「ボシって?」

「っとにトロいんだから」と苛立《いらだ》つ。

鈍いのは否定しないけれど、私は『トロ子』じゃなくて『ノロ子』だ。

「あれ」と手代木さんは面倒くさそうに指差す。

私は彼女の指先に視線を走らせる。『菊池家代々之墓』の脇に黒い石板があり、名前と亡くなった年月日と年齢が並んでいた。一番左端にあった名前は『菊池淳博《あつひろ》』で去年の四月二十八日に他界した。

そして享年は『四十六歳』だ。年寄りの年齢ではないことから、宮下くんは『手代木さんのお父さんかも?』と目星を付けたのだ。凄い。彼の観察力の鋭さに脱帽した。

「何、うっとりしてんだよ」と手代木さんは私の心を見透かす。「そんな様子じゃ、『トロ子』は日付を見てもなんもピンと来てないんだな」

「日付?」

年月日から何がわかるの？　私が宮下くんに助けを求めると、彼は視線を足下に落とした。

「班長は墓誌の日付を見てこう推測した。『手代木のパパは一年前の四月末に亡くなっている。転校の時期がちょうど一年ずれているのは、ひょっとしてパパの死がショックで不登校になり、留年したからか？　学校に居づらくなって転校したのかも？　手代木のママが一周忌を目途に転校を促したんじゃ？』って」

私は仰天する。本当に宮下くんは凄い。日付だけでそんなにまで考えを巡らせられるなんて。父親の死を発端に心を閉ざしてしまった娘に母親が『もう一年が経つし、環境を変えてみない？　東京の学校なら留年したことがわからないわよ』と提案することはあり得ない話じゃない。

宮下くんの聡明さを少しでいいから分けてほしい。私なんか彼女の父親が亡くなっていることにも気付かなかった。段々と自分の間抜けさが恥ずかしくなってきた。

「いくら『トロ子』でも、俺がこそこそパパの墓参りをしていた理由は察しがつくだろ？」

「父方の親戚にお墓参りを禁止されているの？」と私はおっかなびっくり訊ねる。

「正確には、母方も『あんな一族の墓には手を合わせる必要はない』って禁じている。遺産相続で父方と母方がいがみ合っているんだ」

「多額の負債を抱えたって噂は？」

「んなのはガセだ。金がなけりゃ醜い争いは起こらなかった。弁護士が遺言書に基づいて割り当てたんだけど、どっちにも『あっちが取り過ぎだ』『こっちがもっと貰っていいはずだ』って遺恨が残った。その結果、絶縁だ」

きっと手代木さんが『パパの墓参りがしたい』と母親に言っても、父方の親戚に頼んでもどちらも許さないのだろう。だから彼女には修学旅行しかチャンスがなかった。この機を逃したら次はいつお墓参りができるかわからない。並々ならぬ気持ちでこの日を待ち侘びていたのだ。

「班長が小賢《こざか》しいのはね、色々と察して『菊池淳博』が俺のパパであることを確認しておきながら『予想していたよりも問題がデカいな。父親の死。遺産相続。不登校。留年。僕には荷が重い。気付かない振りをして退散しよう』って逃げ出そうとしたこと。そうなんだろ？」

宮下くんは地面を見つめたまま、何も喋らない。

「とっととマンガミュージアムへ逃げ帰れ。大体、自分のことを『僕』って言う男は根性無しって決まってんだ。前の学校じゃ、『俺』を使わない男は『玉無し』って馬鹿にされてた」

「いい加減にして。宮下くんに構ってほしいなら素直になればいいじゃない」

「は？」

「惚《とぼ》けないで。本当は私が邪魔なんでしょ？『班長に打ち明けたいことがあるから、おまえはどっか行けよ』って言えない手代木さんの方がよっぽど根性無しよ」

啖呵《たんか》を切っている間にどんどん興奮していって、最後の方は声が裏返ってしまった。

「ビビりのおまえに言われたくねーよ」

「ビビりなのはそっちでしょ。本当に度胸があるなら、お母さんや親戚に怒られることなんか気にしないで強引にお墓参りに行けたはず。ビビッてるなら、私たちに『大好きなパパの墓参りがしたいから協力して』って頼めばよかったのよ」

「おまえらなんかを当てにしたら一生の恥だ！」と彼女も向きになる。

「人に頭を下げたり、ファザコンだと思われたりするのを恥ずかしがるなんて……」とまで言うと、頭の中が真っ白になって何を言おうとしていたのかわからなくなった。

「なんだよ？　今になって怖気《おじけ》づいてんじゃねー！　言いたいことがあるならはっきり言えよ！」

手代木さんに煽られた私は焦り、考えがまとまらないうちに適当に口を動かした。

「そ、そんなことを恥ずかしがるなんて、手代木さんがお父さんを想う気持ちはその程度だったの？」

失敗した。言い終わってから思い出した。本当は『そんなことは恥ずかしがることじゃない。宮下くんは一生懸命な人を笑ったりはしない。頼めば喜んで協力した。それなのに手代木さんは宮下くんを騙した。傷付けた。そのことを謝ってよ』と言いたかったのだ。

自分のスペックの低さが嫌になる。肝心なところでうまく立ち回れなかった。和解させるどころか、火に油を注いでしまった。手代木さんは父親への気持ちを侮辱されたと勘違いして怒りを爆発させる。

目を吊《つ》り上げて「大好きに決まってんだろ！　おまえに何がわかるんだ！　大好きじゃなかったら、学校に通えなくなるほどヘコまねーよ！　だけど、ママのことも大事なんだ！　哀しませたくないんだよ！」と吼《ほ》えた。

「あ……うん。ごめん。撤回する」

私はすぐに失言だったことを認めたが、手代木さんの怒り狂った目には『変わり身の早い不誠実な奴だ』と映ったらしい。彼女は「ふざけんじゃねー！」と叫んでもの凄い勢いで私に突っかかってきた。

両手を伸ばして私の口を押さえようとする。口を塞ぎたくなるほど私の言葉が癇《かん》に障《さわ》ったのだ。私は反射的に上体を反らした。手代木さんは手が口に届かないと見るや、私の首を摑《つか》んだ。そのまま力を入れて絞める。息ができない。無我夢中で彼女の髪を握る。

「イテーな！」

絞める力が弱まった。

「やめてよ！」と私は喚《わめ》く。

「離せ！　髪は女の命だぞ！」

「全然似合ってない！　ブス！」

「ブスはそっちだろ！」

「鏡を見たことあんの！」

手代木さんは首から手を離し、私を真似て髪を引っ張る。

「おまえこそ、その陰気くさい顔をどうにかしろ！」

「その顔でよくも威張れるな！」

宮下くんが私たちの間に体を入れてきた。手代木さんの腕を掴んで私の髪から手を離させようとする。

「二人とも落ち着いて」

「男は引っ込んでろ！」

彼の手を振り解こうと腕を大きく振った。すると、宮下くんは仰け反り、よろよろと階段の方へ後退《あとずさ》りする。一歩。二歩。三歩。四歩目は地面がなかった。

手代木さんが咄嗟に手を伸ばす。二人の手は繋《つな》がった。しかしいくら宮下くんが小柄でも女子が片手一本で支えられる重さじゃない。反対に手代木さんが宮下くんに引っ張られるようにして、二人とも階段の下へ消えた。

ほんの一瞬の出来事だった。私が階段の下を覗き込んだ時には、宮下くんの体の上に手代木さんが重なって倒れていた。私は気が動転しながらも急いで階段を下り、「大丈夫？」と声をかける。

大丈夫なわけがない。二人とも苦しそうな顔をして目を閉じている。手代木さんの右の足首はおかしな方向に曲がっているし、宮下くんの後頭部からは濁った赤い液体が流れ出ている。

「宮下くん、大丈夫？」

私の呼びかけに彼の瞼《まぶた》がピクピクと動く。

「昔の映画に」と宮下くんが口を開く。「階段から転げ落ちた男女の魂が入れ替わるってのがあったよね？」

頭を強く打ってうなされているの？

「今、救急車を呼ぶから」

すっかり狼狽《ろうばい》している私は叫ぶみたいにして言った。

「これで呼べ」と手代木さんが目を開け、スカートのポケットからスワロフスキーをふんだんにあしらったケースを装着したスマホを取り出す。「『トロ子』んち、貧乏でスマホを持ってないだろ」

「あの、私は『ノロ子』なんだけど」

頭がこんがらかっているせいか、今はどっちでもいいことを気にしてしまった。

「どっちでも一緒だろ」

「一緒じゃない」とつい言い返す。

「二人とももう喧嘩をやめなよ」

目を閉じたままだったが、宮下くんが芯のある声で仲裁した。よかった。二人とも意識がはっきりしている。私は胸を撫で下ろしてスマホを受け取り、一一九番にかける。場所と状況を伝えている間、二人は映画の話で意気投合していた。

「さっきの映画、『転校生』だよな？」

「そうそう。僕たち、入れ替わってない？」

「『玉無し』って言ったことは取り下げる。こんな時に冗談を言えるんだから大した根性だ」

「手代木さんが優しいことを言うなんて、頭でも打った？」

「どうも派手に打ったみたいだから、ついでに言っておく。さっきはごめん。本当は心配してくれて嬉しかった」

「僕の方こそごめん。手代木さんのことを知りたいって気持ちが強くなり過ぎて暴走していた。途中で我に返って『人のプライバシーに踏み込み過ぎた。知られたくないことを自分勝手に知ろうとしたら駄目だ』って反省したんだけど、すでに遅かった。中途半端なことをして本当にごめん」

「男は簡単に謝るな。『ごめん』は禁止」

「わかった」

「『僕』も禁止だ。あと、恋人関係は解消。男らしさが格段にアップしたら、今度は正式な彼氏にしてやる」

「うん」

二人の会話が気になって電話に集中できなかった。何度か聞き逃してしまい、一一九番の人に「もう一度お願いします」と聞き直した。

私は通話を終えると、「無理に体を動かしちゃ駄目だって。そのままの状態で救急車が来るのを待って」と伝える。

「あー、下手こいた」と手代木さんが嘆く。「こんなところで救急車の世話になんかなったら、久米やママに合わす顔がねー」

「ごめんなさい。私のせいで……」

「いや、俺の責任だ」と宮下くんが早速『俺』を使って私を庇う。

使い慣れていない感じが出ていたが、少しも微笑ましくない。彼の『俺』に胸がざわざわする。嫉妬だ。

「どっちでもいいけど、ママのことを考えたら頭が痛くなってきたな」

彼女は母親のことも父親と同じくらい愛している。内緒でお墓参りをしたことがバレたら、母親が『娘が私の言うことに逆らった』と哀しむのだろう。

「けど、お母さんは娘が怪我をしてまでここへ来たことに胸を打たれないのかな？　お父さんの方の親戚だってちょっとは同情しないの？」と私は彼女を元気づけようと前向きなことを言ってみる。

「本当に鈍いな」

「何が？」

「班長、説明してあげて」と手代木さんは他人任せにする。

「手代木さんは勝手な行動を起こしたから、きっと大半の大人は『同情に値しない』って片付けると思う」

「そっか。怪我を押してお墓参りしたわけじゃないもんね」

「ったく、ノロ子は」と手代木さんは脱力した声を出した。「スポーツの試合じゃないんだから、もし怪我した足を引き摺って墓参りをしたとしても、誰も応援し……」

途中で言葉を止めた。

「どうしたの？　具合が悪くなった？」と私は心配する。

「しないこともないか」

「なんのこと？」

「応援しないこともない。明日、また抜け出してここへ来ればいいんだよ。そうすれば『怪我を押して』ってことになって、うまくいけばママたちは心を動かされるはずだ。そんで今後は墓参りを認めてくれるかもしんない」

「本気で言ってるの！」

私は絶叫するほど驚いた。なんてことを言い出すんだ！

「人は怪我人に同情的になるものだけど、そんな簡単にうまくいくかな？」と宮下くんが不安そうに訊ねる。

「僅《わず》かでも同情してくれる可能性があるなら、やる価値はある。大半の人は『二日続けて抜け出したのか！　しかも二回目は足を引き摺ってまで！』って呆《あき》れ返るだろうが、中には呆れを通り越して心を動かされる人がいるかもしれないだろ？　少なくとも、ママは何かを感じてくれると思う。親子だからきっと伝わる。俺はそれに懸ける」

すでに私は呆れ返っていた。凄い人だ。転んでもただでは起きない。怪我をしてしょげるどころか、怪我を利用して大人に立ち向かおうとするなんて。

「おまえら、責任を感じているなら、抜け出す時に肩を貸せよ。足、折れてるっぽいから」

私の心に罪悪感が覆い被さってきて言葉が出ない。惨《むご》たらしい現実を直視したくなくて、ずっと手代木さんの変形した足から目を背けていた。

「やっぱり無茶だよ」と宮下くんが常識的なことを言って止める。「怪我が悪化しちゃう」

「正攻法で駄目だから無茶するんだろ。周囲の奴らを『そこまで父親を想うなら』って感動させられるなら、足の一本や二本どうなってもいい。もし明日ここの階段を上っている時に、怪我の影響でうっかり踏み外して死んじまっても、ママたちが『あの子が成仏できるように父親と一緒のお墓に入れてあげよう』って配慮してくれたら、それで本望だ」

手代木さんは本心を吐露した。嘘偽りのない言葉だ、と断言できるほど彼女の言葉には鬼気迫るものがあった。大人たちがそう都合よく感動してくれるかはわからないけれど、私たちの気持ちは動かされた。

「わかった。抜け出すのを手伝う」と宮下くんは彼女の強い想いを酌《く》み取った。「でも手代木さんは入院するかもしれないよ」

「入院になっても抜け出せばいい。むしろ班で行動している時よりは楽ちんだ」

その通りだ、と私は頷く。手代木さんが松葉杖くらいの怪我で済んだら入院することはなく、明日も『えむえむ』で読書をするだろう。だけどその際は今日のことを踏まえて久米先生がマンツーマンで彼女を見張るに違いない。

「でもさ、班長も入院する可能性があるな。俺より重傷っぽいし。だからノロ子が頼りだ。よろしくな」

「わ、私?」と飛び上がる。

「他に誰がいんだよ」

「そうだよね。仕方ないもんね」

手代木さんは選《よ》り好みのできる立場じゃない。気乗りしなくても私に頼らざるを得ない。

「勘違いしてんじゃねーよ。俺はノロ子の爆発力を買って期待してんだ。俺に向かって『ブス!』って言える奴はそういない」

「ごめんなさい」と私は急いで謝る。

ヒートアップしていたとはいえ、彼女の顔を扱《こ》き下ろしてしまった。私は人として最低な言葉を口にした。『ブス』や『デブ』に該当する人に向かってストレートに言ったら、ひどく傷付けることになる。並外れた醜悪な容貌を持つ彼女がコンプレックスを抱いていないわけがない。

「喧嘩は両成敗だ。気にすんな」と手代木さんは簡単に許す。「理由はさておき、正面切って俺に喧嘩を売れたノロ子はスゲー奴だよ。自信を持っていい。だからこそ俺はノロ子に頼る。俺は弱っている時でも、頼りない奴には頼らねーんだぞ」

彼女の言葉に酔い痴《し》れる。これまで誰かにここまで期待された覚えはない。心が舞い上がると共に自信が湧いてくる。あの手代木麗華が私を頼った。ふわふわした心持ちになった私は調子に乗って「うん。私に任せて。困ったことがあったら、私に言って」と大見得をきった。

「じゃあ、今度は久米に電話してくれ。起こったことをそのまま伝えればいい。どう言ったって『自業自得だ』って斬り捨てられるんだからさ」

「わかった」

「タクシー代の精算もした方がいいよ」と宮下くんが助言する。

もっともな意見だ。こうしている今も運賃は加算されていくし、救急車が来たら支払う機会はなくなる。後々に払うのは何かと煩わしそう。

「よく気付いたな。でも冷静沈着すぎてちょっと引くわ」と手代木さんは言いつつ右手を背中に回す。

腰の上に載っていた斜め掛けバッグの中を弄《まさぐ》ってエルメスの財布を出した。

「俺も頼り甲斐があるところを見せたかったんだ」

宮下くんは冗談めかした口調で私に対抗心を燃やしたが、本気の割合の方が高いように感じられた。手代木さんの前でいいところを見せたかったのだろう。

「その調子でどんどんアピールして俺を惚れさせてみろ」と言い放つと、私に財布を差し向ける。「久米への電話の前に、タクシーの支払いを済ませて」

「うん」と私は財布を受け取り、急ぎ足でタクシーのところへ向かう。

十歩も歩かないうちに背後からまた楽しげな会話が聞こえてきた。宮下くんは私のことを追い払いたくてタクシー代の精算を言い出したんじゃ？　そう疑いたくなるのは、私も手代木さんのことを好きになりつつあるからだ。彼女には人を惹き付ける魅力がある。宮下くんが惚れ込んでいても少しも不思議じゃない。

確かに、顔も性格も難がある。父親のお墓参りのために演じていた部分もありそうだけれど、捻くれ具合が甚だしい。演技だけでクラスの嫌われ者になれたとは思えない。驕《おご》り高ぶった態度が板に付いている。根っから傲慢なのだ。きっと前の学校でもクラスで孤立していたはずだ。

でも手代木さんはみんなと距離があるからか、誰に対しても中立だ。周りに影響されることなく、相手に正当な評価を下す。ほとんどの人は『上から目線で見下しやがって』と嫌悪するが、私は『正当な評価』に好感を持った。

みんなは私のことを『ノロ子は何をやっても駄目な奴だ』と思っている。その先入観でしか私を見ないから、私がみんなと同じようにできても評価は低いまま。常に『愚図』『鈍間《のろま》』『鈍感』などのイメージが固定している。

周りからそうやって『おまえはそういうキャラだ』と押し付けられると、みんなのイメージを崩しちゃいけない気がしてくる。そしてそのキャラを演じているうちに抜け出せなくなる。自分でも『私はそういうキャラだから』と思い込んで型に嵌《は》まってしまう。

中学時代に、宮下くんが『どうせ私なんかが』という後ろ向きの気持ちを払拭してくれなければ、私は今もみんなが抱く私へのイメージに囚われていたに違いない。彼から『自分にはまだまだ可能性がある』と教わった。

手代木さんも宮下くんと同じように等身大の私を見てくれた。悪いところは貶《けな》し、良いところは褒める。その時々で正当な評価を下す彼女は宮下くんと似ているところがある。だから二人は惹かれ合っているのだろう。

価値観の重なりは人と人との結び付きを強くする大事な要素だ。小堀さんの占い通りで二人はお似合いのカップルだ。だけど、宮下くんを譲る気はない。彼女の治療が終わったら、正式に挑戦状を叩き付けるつもりだ。

相手にとって不足はない、とは言えない。強敵だし、先を越された分、向こうが有利だ。勝ち目は薄いかもしれないが、手代木さんが対戦相手なら正々堂々と戦えそう。勝っても負けても清々《すがすが》しく終われる予感がする。彼女は卑怯な手を使わないだろうし、どんな結果になっても恨まないはずだ。手代木さんが相手だからこそ、面と向かって争う気概を持てたのだ。

さっきみたいなお互いの髪の毛を引っ張り合うような泥臭い戦いがしたい。自分の良いところも悪いところも曝《さら》け出して全力でぶつかる。もちろん投げやりじゃない。負け戦に臨む気は更々ない。真っ向勝負して奪い取ってやるんだから。

でも今だけは学校では聞くことがなかった手代木さんの明るい声に免じて、イチャイチャさせてあげる。今だけだからね。二人の弾む声を背中に浴びながら、私は勢いよく歩いて行った。

第二章　素顔に重ねる

修学旅行二日目、七時に起床して身支度を整え、ホテルの部屋を出る。部屋のみんなで指定された大広間に移動すると、結婚披露宴で招待ゲストが囲むような丸テーブルがいくつもあった。

どのテーブルにも中央に部屋番号が書かれたカードスタンドがあり、六、七人分の食事が並べられていた。ご飯、味噌汁《みそしる》、お新香、卵焼き、焼き鮭《じゃけ》、味海苔《あじのり》、きゅうりとレタスのサラダ、フルーツゼリー。いかにも、という朝食だ。

少し遅れてきた人たちもいたけれど、ほぼ予定通りの七時半に生徒と先生が一斉に「いただきます!」と言って食べ始めた。育ち盛りなので、朝から食欲が旺盛な人が多い。中でも、体育会系の男子たちは競い合うようにして早食いし、大きな炊飯ジャーの前に長い列を作った。

私は時間をかけてちびちびと口に箸を運ぶ。「ごちそうさま」の挨拶はみんなで揃えなくていいから、食べ終わった人から部屋へ帰っていく。私たちのテーブルも次々と席を立ち、ついには私だけになった。

他のテーブルも残っているのは一人か二人。でも二人組の中には、片方はとっくに平らげていて、もう片方が食べ終わるのを待っている人たちもいる。クラスの垣根を越えたペアもいた。厚い友情が眩《まぶ》しい。

私にはクラスの中にも外にも親しい人がいないから、誰も待ってくれなかったのだ。内気で根暗な私に寄ってくる人などいない。修学旅行は『ぼっち』には辛い行事だ。至るところで友情を見せつけられて朝も昼も夜も孤独感に襲われる。

八割がた空席となった大広間は閑散としていて、友達同士のテーブルで交わされる和気《わき》藹々《あいあい》とした会話がよく聞こえる。寂しさが募り、味覚が鈍ってくる。何を食べているのかわからない。

「おい！」と久米先生の荒々しい声が響く。「残さずにちゃんと食べろ」

半分以上食べ残して退席しようとした我が校きっての問題児に注意したのだ。一部の人たちから『ダブり』と揶揄《やゆ》されている生徒は「朝っぱらからうっせーなー」と反抗する。

「まだ時間はある。ゆっくりでいいから全部食べていけ」

「もう俺はお腹がいっぱいなんだよ」

「嘘をつくな。箸が使い難《にく》いならフォークを用意してやるぞ」

「ふざけんな！　俺は幼稚園児じゃねー！」とがなり立てて大広間を出て行こうとする。

久米先生は『ダブり』を追いかけて「おいおい」と引き止め、またあれやこれやと注意を促す。そして『ダブり』はキンキンした声で口答えする。学校でお馴染みの光景が修学旅行でも展開されている。

少しも歩を緩めない『ダブり』と共に久米先生も大広間から姿を消すと、「もう見飽きたよね」と私の後ろのテーブルにいた二人組の女子がひそひそ話を始める。

「あの二人は飽きないのかな？　コントみたいになってるのに」

「ホント。昨日も『ダブり』は久米に噛み付いたんだって」

「それ、私も聞いたよ。マンガミュージアムで久米にしつこく絡まれて、ホテルに入ってからもガミガミ言われたからキレちゃったんでしょ？」

「そうそう」

「素行が悪いから自業自得なのにね」

「ちょっとは反省してほしいよね。今回の修学旅行だって『ダブり』のせいで私たちが皺《しわ》寄《よ》せを食っているんだからさ」

「同感。もっと伸び伸びとした旅行になるはずだったのに、あいつが……」

急に口を閉じたのは、久米先生が『ダブり』の説得を諦めて大広間に戻ってきたからだ。渋い顔をして「ったく、どうしようもねー奴だ」と周囲に言い訳するようにしてぼやき、こっちに歩み寄ってくる。

「おい、どうした？」と久米先生は私に話しかける。「全然箸が進んでないじゃないか」

問題児への物言いとは違って言葉尻が柔らかい。それもそのはず、私は生まれつき青白い顔をしている上に、よく体調不良で学校を休む。だからすっかり『病弱キャラ』が定着している。私が旅行先で体調を崩しても誰も驚かないし、仮病を使っても誰も疑わない。

「昨夜から胃腸の調子が良くなくて……」と私はか細い声を出す。

「食べられないなら無理しなくていいぞ」

「はい」と言って私は箸を置く。

本当はもっと食べたいけれど、みんなを欺くために昨夜から空腹を我慢している。

「体調が思わしくないなら、今日はホテルで寝ているか？」

「そこまではひどくないので、マンガミュージアムで安静にしていれば平気だと思います」とこの機に切り出してみる。「あそこなら外の芝生で横になることもできますし」

京都国際マンガミュージアム（通称『えむえむ』）は体育を見学してばかりいる虚弱体質の私には最適な観光スポットだ。『日本の漫画文化を学ぶ』という建前で一日中読書をしているだけ。

「無理してないだろうな？」

「はい。大丈夫です。昔から学校行事は見学班や待機班に入っていたので、じっとしているのは慣れていますし」

「そうか。わかった。他の先生やクラスメイトには俺から言っとく。おまえは自分の体のことだけを考えていればいい」

あっさり私の要望を受け入れただけではなく、周囲に働きかける気遣いをしたことに調子を狂わされる。私の計画がスムーズに進む嬉しい誤算だったが、思わぬ親切に違和感を抱いた。ちゃらんぽらんな教師で通っている久米先生がどういう風の吹き回しなんだ？

いつもは無責任で事なかれ主義なのに？　生徒と同じように修学旅行にテンションが上がっているのか？　違う。保守派だからこその言動なのだろう。きっと何事もなく修学旅行を終えたい気持ちが強いせいだ。私が倒れたりしたら困るから、優しい言葉をかけたに違いない。

「はい。ありがとうございます」と私は気を取り直して感謝した振りをする。

「もしマンガミュージアムで急に具合が悪くなったら、遠慮しないで言えよ。タクシーでホテルへ送ることくらい訳ないことなんだからな」

久米先生の厚意に罪悪感がほんのちょっと刺激された。少しだけ決心が鈍る。人の優しさに応えなくていいのか？　いや、惑わされちゃ駄目。久米先生は自分のために優しくしているんだ。私のためじゃない。

そう自分に言い聞かせて罪の意識を抑え込み、「ちょっとトイレへ行ってきます」と小声で言って席を立った。下腹部を軽く押さえて少し前屈みで歩く私を久米先生は心配そうに見送ったが、これも仮病の演技だ。

お腹は痛くも痒《かゆ》くもないし、催してさえいない。計画の成功率を上げるための布石を打ったのだ。ここで久米先生に『お腹を壊しているんだな』と思わせておけば、あとで私がつく嘘を信じ込ませ易くなる。

久米先生は私の演技にころっと騙されたようだった。成功への手応えを感じる一方で、また心が重くなる。着実に罪が加算されていく。

私は『えむえむ』でも罪を重ねた。「お腹の調子が悪いので、しばらくトイレに籠ります」と見張り役の久米先生に伝えて、トイレでリュックに忍ばせていた私服に着替える。『えむえむ』を抜け出すためだ。

私が姿を見せなくても久米先生はさほど気にしないだろう。学校を休みがちなことも手伝って、みんなの中で私は『いない』が前提になっている。私の不在は当たり前のことなのだ。

それに加えて私は目立たない女子だ。色白の他に際立った外見的な特徴はない。周囲から『気配を感じさせない殺し屋みたい』『擬態で風景に同化している』『本当は幽霊なんじゃ？』と馬鹿にされることがあるほど。だから久米先生が私の存在をうっかり忘れる可能性は少なくはない。

だけどいくら存在感がゼロでも、制服のままではさすがに『あれってうちの生徒じゃない？』と見つかるおそれがある。うちの高校の先生と生徒が京都市内を観光している。擦れ違った時に備えて着替えは華美じゃない服にした。

制服をリュックに詰めたあと、紫外線対策に日焼け止めを塗りたくる。本当は日傘を差すつもりだった。肌の弱い私は日焼け止めだけでは防ぎきれないので、日傘を愛用している。登下校の際にも使うので日傘が私のトレードマークと化している。

でも私に注目している同級生などいないと思うから、脱走中に差していても『あの日傘って見たことない？』と気付く人はいないだろう。日傘で顔を隠しながら歩けばバレないはずだ。そう考えていた。

ところが昨日クラスメイトの中で私だけが日傘を差して集団行動をしていたら、他の学校の修学旅行生や観光客から好奇の視線を浴びせられた。物珍しがって指差す人もいた。私服に着替えても『若い子が日傘を差しているぞ』と同級生の目に付いてしまうかもしれない。目立ってしまうので日傘はやめた方がいい。素顔を晒《さら》していても、私の顔をしっかり認識している人はきっといない。

そうすると問題は直射日光。日焼けして顔が真っ赤になったら、『何をしていたんだ？屋内にいたはずじゃ？』と怪しまれる。そこで昨夜ホテル内のお土産屋で黒色のキャップをみんなに見つからないようにこっそり買った。

キャップの正面に『I ♥ JAPAN』と刺繍《ししゅう》されているから、日本人が被るには勇気が必要だ。でも背に腹は代えられない。日傘よりは人目を引かないと思うし、『侍』や

『忍者』の刺繡入りのキャップよりはマシだった。

キャップを目深に被ってトイレを出た。顔を伏せ過ぎないよう注意して歩く。早歩きにも気をつけて受付を横切り、無事に出入り口の門を通り抜けた。そしてバスで烏丸御池《からすまおいけ》から四条京阪前《しじょうけいはんまえ》へ移動し、スマホの地図を頼りに目的の場所へ向かう。

途中で隣のクラスの生徒たちとニアミスした。心臓が跳ね上がったけれど、想定していた事態だったのでパニックに陥らずに済んだ。予め『慌てて踵《きびす》を返すのは不自然だからそのまま擦れ違おう』と決めていた。

私は手にしているスマホの画面に視線を落とし、操作している振りをしながら生徒たちの方へ向かう。動悸が激しくなるのは禁じ得なかったが、誰一人として私に気付かずに行き違った。

つい気持ちを抑えきれなくなって振り向いてしまう。でも向こうは誰も歩みを止めない。ガヤガヤ、ダラダラ、ぞろぞろと修学旅行を楽しんでいる。中には一年の時に同じクラスだった人もいたのに。やり場のない寂しさを胸に私は再び歩みだす。

お目当てのお店に時間通りに着いた。店員のお姉さんに名前を告げ、「予約していると思うんですけど」と言った。お姉さんは「おこしやす」と弾ける笑顔で応対して待合室へ通し、体験コースの説明をしてから要望を訊く。

私は一時間の近隣自由散策が入っているプランを選び、「本物っぽくしてください」とお願いして同意書にサインした。お姉さんは「ほんまもんより可愛い舞妓《まいこ》ちゃんにしたげるわ」と自信たっぷりに言うと、私をロッカールームへ案内する。

スマホ以外の荷物をロッカーへ入れて着物の下着として使われる肌襦袢《はだじゅばん》に着替え、洗面台で洗顔をする。念入りに顔を洗って日焼け止めを落とす。その後、メイクルームへ。

現代風の和室だった。畳に回転スツールというちぐはぐさはいかにも京都っぽい。中学の修学旅行で訪れた際にも感じたことだが、京都は街全体でなりふり構わず和風を取り入れようとする必死さが見苦しい。

きっと外国からの観光客が多いから、喜ばせようと過剰に和テイストを入れるのだろう。お土産屋で見かけるクオリティの低い丁髷《ちょんまげ》のかつらや、使い道がなさそうな刀型の傘で大はしゃぎする外国人はいいお得意様だ。

でも私は純血の日本人だから、そこまで京都に和風を求めていない。お土産屋に『京都限定』と謳《うた》った抹茶入りのお菓子があっても、景観を守るために軒先だけ瓦屋根にしたマンションを見ても気分は高揚しない。

不調和な軒先に関しては、却《かえ》って景観を損ねているように感じ、京都の人たちの美的感覚に首を傾げてしまう。黒いローソンを見た時も理解に苦しんだ。白い和紙調の看板に黒い文字で『ＬＡＷＳＯＮ』とロゴマークがあった。

だけど全然目立たないから目の前を通るまでコンビニであることに気付かなかった。

『ローソンは青色』というイメージが浸透しているからだ。目を引かない看板になんの意味があるんだ？　シンボルカラーじゃないローソンは無理やり古い街並みに溶け込まされているようで可哀想に思える。

そんなに京都って特別なの？　昔ながらの景観をちまちま守っても、黒いローソンの前は車がびゅんびゅん走っている。結構、外車も見かけた。通行人のほとんどは洋服だし。たとえ街並みが洋風に侵食されつつあっても、そういう変化も文化の一つだ。すでに日本は西洋の生活様式が深く根付いているのだから、頑張って和風を取り入れることはない。下手に抗うからおかしなことになるのだ。

鏡の前に座った私は居心地の悪さが顔に出ていた。体験コースの説明をしたお姉さんは私が緊張していると勘違いして「リラックス。リラックス」と優しく声をかける。

「ウチは悪い魔女やないさかいに、安心して座っててな」

「はい」

私は『魔女』という言葉に反応して笑いそうになったけれど我慢した。魔女と舞妓の組み合わせはシュールだ。京都らしい和洋折衷とも言えるが。魔女を日本的なものと置き換えるとしたら、なんだろう？　陰陽師、妖怪、天狗《てんぐ》、仙人……。

「どっから来はったん？」

「東京です」

「一人で？」

「はい。学校の創立記念日を利用して」

ありふれた口実だから信じないかもしれない。でも理由をあれこれ並べて墓穴を掘るよりはいい。たぶん少々疑わしくても詮索してこないはずだ。

どちらともつかない顔で「へぇ、そうなんや」と頷いたお姉さんは左の胸に『金子《かねこ》』というプレートを付けていた。二十代中頃くらいだろうか？　子供みたいに無邪気な笑い方をするから年齢がいまいちわからないが、私を担当する人が金子さんでよかった。心の中で『当たりっぽい』とホッとする。

誰だって自分と趣味の合わない服装や髪型をしている美容師にカットされたくない。舞妓体験も同じだ。センスが合う人に担当してもらいたい。金子さんのお団子ヘアーは顔とマッチしていたし、服もアクセサリーも体の一部のようにフィットしている。お洒落な人だ。おまけに人柄も良さそう。

「そしたら、これから変身させたげるな」と言って和化粧を施し始めた。

鬢《びん》付け油を顔、首筋、胸元、襟足、背中に薄く延ばして塗る。私の顔面の凹凸や首のラインに合わせて金子さんの両手がしなやかに滑る。マッサージされているみたいに気持ちがいい。でも粘着質な鬢付け油が毛穴を塞いでいくので、徐々に息苦しく感じるようになる。

「舞妓ちゃんが夏場かて涼しげな顔したはるんは、鬢付け油で毛穴を覆ってはるからなんよ」と金子さんが教えてくれる。

彼女は私が退屈しないように手を器用に動かしながら気さくに話しかける。仕事のマニュアルに沿っているだけだと思うが、やらされている感じを受けない。元々、人と接するのが好きなのだろう。

「皮膚呼吸できないと体に悪くないんですか？」

何がおかしかったのか、金子さんは小さな笑い声を上げる。

「確かに代謝は悪なるなぁ。今やったらやめられるけど、どないする？」

「続けてください」

「そしたら、次は水で溶いた白粉《おしろい》を塗るんやけど、ちょっとだけつべたいから我慢してな」

一瞬、聞き慣れない『つべたい』に引っかかったが、すぐに『冷たい』に変換できたので「はい」と返事した。京都弁に触れた経験がほとんどなくてもなんとなく雰囲気でわかる。

白粉を鬢付け油の上に刷毛《はけ》でペタペタ塗っていく。顔、胸元、首筋が終わると、金子さんが「これからうなじに『二本足』っちゅう二本の筋を作るんやけど、集中したいさかいに話すん一旦やめるな」と説明してから口を噤《つぐ》んだ。

舞妓について勉強してきたので、私は二本足を知っていた。二本足は襟足をW字に塗り残す。『W』の真ん中の山が半円形になっているのだが、背骨を中心にシンメトリーの半円形を描くのが大変なのだ。

鏡越しの金子さんの真剣な顔から緊張感が伝わってくる。空気が張り詰め、自ずと私の顔も引き締まる。冷たい刷毛先がうなじに触れた瞬間、私は息を止めた。

厳かな空気に呑まれた私は金子さんが「はーい。『二本足』が完成！」と満足げに言うまで呼吸しなかった。もう少しで酸欠になりかけた。私は大きく息を吸い、新しい空気を取り込む。

お喋りが復活した金子さんは「白粉のムラがないようにせんとな」と言ってパフで細かく叩《はた》き、肌に馴染ませていく。丁寧に白粉をペタペタ重ねる。ペタペタ。ペタペタ。ペタペタ……。

重ね塗りするごとに、私が私ではなくなっていくような感覚がする。違う生き物へと生まれ変わっていく。もうさっきまでの私じゃない。なんでもできそうな気がしてきた。

ベースが仕上がると、次はメイクだ。眉、アイライン、マスカラ、口紅を施す。

「目の周りの赤いラインは『厄除け』ゆうてな、生命力を表してるんや」

「生命力は私に足りないものです」と冗談っぽく言う。「いつも青白い顔をしているので」

今さっき二本足の緊張感から解放された時に、人見知りの緊張も一緒に解けたようで口が軽くなった。

「色白がコンプレックスなん？」

「はい。おかしいですよね？　色白の人が白粉で更に白くなるなんて」

「なんもおかしないて。舞妓ちゃんはみんなの憧れやもん。それに色白も女性の憧れの対象やし。今はちょっと気味悪がられたりするかもしれんけど、大人になったらみんな羨ましがるで」

「本当ですか？」

「現にウチは羨ましい。あんたは将来モテモテになるて。化粧映えのする顔したはるもん。綺麗な二重《ふたえ》やし」

お世辞だと思った。美容師が仕上がりに決まって口にする『似合っていますよ』と同じだ。今まで容姿を褒められたことは一度もない。どこへ行っても幽霊やゾンビ扱い。通りすがりの子供に『お化けがいる！』と絶叫されたこともある。

だけど、鏡の前にいた私は私の知らない私だった。よく見れば私の面影は残っているのだが、眉の凛々《りり》しさ、目力を引き出すアイラインとマスカラ、口紅の色気が私を私じゃなくしていた。

「さあ、次はこれや」と金子さんは後ろ部分だけのかつらを私の頭に被せる。「『半かつら』ってゆうんや。地毛を使うから生え際がナチュラルになるし、『全かつら』より軽いねん」

私のフロントとサイドの髪をかつらに撫で付けながら「なんでうちのお店を選んだん？」と訊く。京都には舞妓のコスプレができるお店がいっぱいある。

「八坂《やさか》神社に一番近いお店だったから」

「舞妓姿で八坂神社を散策したいん？」

「はい」

「なんか八坂神社に強い思い入れがあんのん？」

話すつもりはなかった。でも金子さんはいい人そうだ。散策と言っても、実質は野外撮影のことでお店の人が張り付いていて行動は制限される。金子さんに協力してもらった方が私の計画は順調に運ぶ。

「あの、実はですね、修学旅行を抜け出してここへ来ているんです。仮病を使って」

金子さんがピタッと手を止める。

「怒られへんの？」

「時間までに戻ればたぶん大丈夫です」

「どうしても舞妓ちゃんになって八坂神社へ行きたい理由があるんやね？」

「はい。今日、私の高校は八坂神社を観光することになっているんですけど、誰も舞妓に変身した私に気付かないと思います。みんなは私だってわからずに撮影するはずです」

観光地を舞妓姿で散策すると、本物だと勘違いした観光客が写真を撮りまくるらしい。

「どうしてみんなに撮られたいん？」

「どこのクラスにも一人は、地味な女子っていますよね？　存在感の薄い子が」

「うん。いるわ」

「私がそれなんです。パッとしない外見で、暗くて無口で、特技とかないから、教室で目立たない存在なんです。病弱で学校を休みがちなんですけど、欠席した次の日に登校すると、お昼になって『今日は来てたんだ！』と気付かれたりもします。私は『いるか、いないか、わからない存在』なんです。でも誰からも相手にされないのが寂しい。悔しい」

金子さんの同情を引くために意識して熱っぽく言った。だけど話しているうちに段々と演技と本気の境目があやふやになってきて、私は興奮していった。煮え滾《たぎ》った言葉が次々に飛び出す。

「卒業して何年か経ったら、私のことなんか誰も覚えていないと思う。卒業アルバムを開いても、私の写真は誰の目にも留まらない。かと言って、学校でみんなから注目されることをする勇気もない」

みんなから認識されたい。生まれてきてからずっと『影が薄い』と言われてきた。ずっとだ。親からも存在を忘れられて外出先で置き去りにされたり、はぐれたりしたことが幾度かあった。おかげで迷子のトラウマを抱えている。

私は『いるか、いないか、わからない存在』だ。『いなくてもいい存在』とは違う。『いなくても』はいることが前提だ。あいつは嫌いだからいなくてもいいよね、とちゃんと認識されている。

私には嫌われ者や虐《いじ》められっ子が羨ましく思える。誰からも存在を認めてもらえない私は存在していないことと同じだ。死んでいるようなもの。本当に幽霊になってしまったんじゃ？　そう疑って自分の手を凝視し、透けていないか確認したことは一度や二度ではない。

死人と変わらないなら自殺した方がいいのかも、と考えたりもした。自分の生活圏にいる人が死んだら、記憶に深く刻まれるはずだ。実際に、小学二年生の時に病死した上級生の担任や、去年事故死した一つ上の先輩は私の脳裡《のうり》にくっきり焼き付いている。

もちろん私に死ぬ勇気なんてない。そんなことができるなら、とっくの昔に髪を金髪に染めて注目を浴びようとした。臆病者の私には何もできない。私は教室の隅で縮こまっているしかない。そして誰にも認識されずに一生を終えるのだ。

京都でも気付かれないまま置き去りにされるかも？　そんなことを行く前から心配していたのは私くらいだろう。私は修学旅行の一ヶ月前から不安に苛《さいな》まれていた。みんなとはぐれたらどうしよう？　間違えて他校の修学旅行生についていかないようにしなくちゃ。迷子になった時にスマホを失くしているかも？　充電が切れていることも想定しておこう。

悪い想像ばかりしている私に『このスポットは何が見どころなんだ？』『美味しそうなものはないかな？』『いいお土産は？』などとワクワクしながらガイドブックに目を通すことは不可能だ。

修学旅行の準備に充てられたロングホームルームの時間に、私は各観光スポットの出入り口、トイレ、公衆電話の位置を頭に叩き込んでいた。そうしたら、ふと『一日舞妓体験』というページが目の端に入った。変身願望は地味な人ほど強い。私もその例に漏れない。

そのページに顔を近付けて熟読する。注意事項に、『一時間の散策コースでは観光客に写真を撮られることがある』とあった。スマホで体験者の声を検索してみたら、『散策中にカメラの餌食《えじき》にされた』『本物と勘違いして観光客が集まってきた』『撮られまくって全然はんなりと歩けなかった』と否定的な意見が出てきた。

でも私は『スター気分を味わえるなら最高じゃないか！』と思った。いいな。私もそんなふうに脚光を浴びたい。舞妓になったら、カメラのレンズに臆さないでいられる気がする。仮面をつけているようなものだから、堂々としていられるだろう。

舞妓に変身すれば別人になれる。私のことを知っている人でも、私の顔をしっかり把握している人なんていないはずだ。舞妓姿の私を見破れるわけがない、と確信した次の瞬間、修学旅行を抜け出す計画が閃《ひらめ》いたのだった。

「みんなが私を撮ったら、みんなの中に『修学旅行で舞妓を見た』っていう思い出が残るじゃないですか。私だってわからなくてもいいんです。私は舞妓としてみんなの記憶に残ることができれば、それで満足なんです」

気持ち悪がられるかもしれない。ビクビクしつつ、風変わりな願いを見ず知らずの他人に等しい金子さんにぶつけた。旅先であることが私を積極的にさせていた。『旅の恥は掻き捨て』だ。

「同級生が……」と金子さんが言いかけると、不意に手にしていたスマホが震える。

私は「ちょっと、すみません」と断ってから液晶画面をチェックする。予想通り久米先生だった。『そういえば、あいつは？』と思い出して、私に電話をかけてきたのだろう。

電話には出ずに、〈一旦、トイレを出て休んでいたのですが、また腹痛に襲われたのでトイレに籠っています。今回を乗り切ればお腹は落ち着くと思います。〉とメールを送ってやり過ごす。久米先生は男だから女子トイレに入って確認することはない。

「先生からでした。まだバレていないみたいです」と私は金子さんに説明する。

「怒られんの覚悟の上なんやね？」

「はい」

四時間近く姿をくらますのを『トイレに籠っている』で押し通すのはかなり無理がある。発覚しないで済むには運の要素が大きい。だから『バレなかったらラッキー』くらいの心持ちだ。どんな罰でも受ける覚悟はできている。

「同級生が八坂神社に来るんは何時頃なん？」

「一時すぎです」

あと一時間後だ。修学旅行のしおりには、各クラスの予定が載っている。そしてここのお店のホームページに体験コースの所要時間が載っていたので、自分にとって都合のいい時間を逆算して予約を入れた。

「一時間あったら、充分や。よーし、私に任せてな！」と金子さんは威勢のいい声を出した。「みんなの記憶に一生残るような、撮った画像を永久保存しとうなるような、別嬪《べっぴん》さんな舞妓ちゃんにしたげるしな」

「本当ですか？」

「腕によりをかけるさかいね」と言って鏡の中の私と目を合わせ、力こぶを作るポーズをする。

「はい。お願いします」

半ば我を忘れて鬱積した想いを打ち明けたのがプラスに働いたようだ。『沈黙は金なり』という言葉があるけれど、時にはベラベラ喋った方が事態は好転するのかもしれない。普段、私は口を閉じていることが多い。自分をわかってほしいなら、体裁を気にせずに大声でアピールするべきなのか？

また、スマホが震える。久米先生から〈わかった。辛いなら我慢しないで言えよ。タクシーでも救急車でも好きなだけ呼んでやるからな。〉と返信メールが届いた。

「大丈夫なん？」と金子さんが心配そうに訊く。

「はい」

「そしたら、続けるで。品のええへアスタイルにしてまうからな」

金子さんは櫛《くし》を使って私の髪の毛をかつらに馴染ませていく。十分もしないうちに綺麗に一体化した。産毛《うぶげ》がナチュラルさを醸し出しているからか、本物っぽい。

「かつらを被っているように見えませんね」と言った私の声は自然に弾んでいた。

「額の形がええからよう似合《にお》うてはる。産毛の生え方も綺麗やしね」

私が反応に困るほど褒めた金子さんは「そしたら、次は着物や」と言って着付けの部屋へ案内した。色とりどりの着物が五十着以上ある。壮観だ。どれも美しく、目を奪われる。別世界に迷い込んだような錯覚を起こす。

「迷うやろ？」と金子さんは嬉しそうに問いかける。

「はい」

「老舗の呉服屋さんから仕入れとるから、本物に見劣りせえへんねん。先ずは簪《かんざし》から選ぼ。舞妓ちゃんは毎月その季節のもんをモチーフにした簪挿すさかいに、簪におうた色の着物選んだらええんや。本物志向でええんやね？」

「はい」

「そしたら、七月は団扇《うちわ》やね」

そうレクチャーして簪が並んでいる棚の横にある鏡の前へ私を誘導する。そして数種類ある団扇の簪を一つずつ私の頭に当てる。どの簪も小さな団扇が鈴生りにあしらわれていた。

「どれがええ？」

「これがいいです。とっても可愛い」と私は薄紫色の簪を指差した。

涼しげな花を土台に半透明の団扇が載っている簪。複雑に考えずに単純に一番可愛いと思ったものを選んだ。ところが、金子さんが驚いたような顔をした。私のセンスが悪すぎた？

「私には似合わないですかね？」と恐る恐る訊ねる。

「ごめん。思わず固まってしもたから誤解したんやろ。それ、ウチがデザインして特注で作ってもうた簪やねん」

「凄い！　凄い！」

言葉の使い方が変だった。自分のボキャブラリーの貧困さが嫌になる。でも私は凄く嬉しかったんだ。

「そやけどな、お店に置いて一週間が経っても、誰も手に取ってくれへんさかいに結構へコんでたんや」

「私が最初ってことですか！」と更に興奮する。

「そうやねん！　選んでくれておおきに」

金子さんは頰をまん丸くして喜ぶ。

「ただ単に『これ、可愛いな』って思ったのを選んだだけですから」

「ウチら、波長が合うみたいやね。よーし、この調子で着物も選んでしまおう。その簪には青系の着物がええなあ」

金子さんは三枚の着物を候補に挙げた。私がその中から水色の着物を選んだら、今度は着物の色に合わせた帯を三本チョイスしてくれた。どれも着物とマッチしていて優劣つけ難かった。迷った末にサーモンピンクの帯にする。

選ぶのにはひどく時間がかかったけれど、着付けは瞬く間に終わった。おはしょりをしない着方で、帯をギュッと締めるだけだから早い。でも凄くきつい。私の苦しんだ顔を見て金子さんが「これで七分くらいやで。本物の舞妓ちゃんはもっときつう締めるんやから」と意地悪な声で脅す。

「これ以上締められたら息ができません。もう勘弁してください」

「最初からそのつもりや。一、二時間程度やったら七分くらいで充分やで」

　舞妓姿が完成すると、スタジオで十分ほど撮影した。ピンク色の背景紙の前に立って番傘を持ったり、お座敷の窓辺に座ったり。プロカメラマンの土屋《つちや》さんの指示通りにポーズを取った。

　土屋さんは三十代前半くらいの男性だ。吊り目でワイルドな顎鬚をたくわえている強面《こわもて》だが、気取ったところがなく物腰は柔らかい。土屋さんの指示から『命令』という印象を少しも受けない。『お願い』だ。穏やかな口調で写真を撮られることに不慣れな私をリードしてくれた。

　金子さんのサポートにも助けられた。彼女が補助してくれなければ、着物が重くて座ることも立つこともままならなかったのだ。心の中で『筋トレしていたのに』と嘆いた。

　事前に『着物は十キロ以上あって動くのが大変』という体験談を得ていたので、散策の体力をつけるために自宅で密かに筋トレに励んでいた。でもあまり効果がなかったようだ。いや、筋トレをしていなかったら、もっと大変なことになっていたかも。努力を否定したくないから、そう思うことにしよう。

裾や散策用の籠の持ち方、『おこぼ』と呼ばれるぽっくり下駄の歩き方を金子さんから教わり、いざ八坂神社へ出陣した。土屋さんとレフ板を持った金子さんが同行する。彼女の口から土屋さんにも事情が伝わり、協力してもらえることになった。

外へ出た途端に、道行く人の視線が私に集まっていることをビンビン感じる。背後から聞こえる沸き立つ声とシャッターの音が小気味いい。正にスター気分だ。舞妓を見慣れている人には表情や所作で判別できるそうなのだが、観光客には本物と偽者の見分けがつき難い。特に、舞妓の知識のない外国人や修学旅行生は誤解する。

八坂神社では、更に観光客の目が多くなる。二人組のオバサンが「舞妓だ！　舞妓だ！」と大騒ぎし、外国人がオーバーアクションをする。大半の人がたまたま舞妓を見られたことを幸運に感じているようで、楽しそうな顔をしていた。

私たちは本殿の脇に隠れるようにして我が校の生徒が訪れるのを待った。

「芸名をつけた方がええんちゃうか？」と土屋さんが提案する。「同級生の前じゃ本名を呼べへんし、より本物っぽうなるしな」

「ナイスアイデア！」

金子さんが親指を立てて絶賛し、私に「付けたい名前はあんのん？」と訊いた。でもすぐには思い付かなかったし、舞妓らしい芸名を知らないので「金子さんが付けてくれませんか？」とお願いした。

「そやねえ」と金子さんは口をアヒルみたいに尖《とが》らせてしばらく悩んだ。「えーと、『二《ふた》重《え》』は？　綺麗な二重瞼やし、女子高生に舞妓ちゃんが重なってるし」

「いいです！　とっても素敵です！」

舞妓になりきって別の人格を手に入れたような気持ちになっている私にぴったりだ。

「よかった。そしたら、今から二重ちゃんって呼ぶわ」

「はい」

「二重ちゃんはクラスに好きな人やはるの？」

「えー」と恥じらう。「いないですよ」

「ちゅうことは、違うクラスにやはるんかな？」

金子さんが無駄に色っぽい声で追及してくる。

「いないですって」

「気になる男子くらいはおるんちゃうの？」

私は控え目に小さく頷く。

「なんちゅう子？」

「渡辺左京くん」

「もちろん左京くんもこれから来はるんやろ？」

ピンポイントで『左京くんが目当てでしょ?』と訊かれたような気がして、顔から火が出そう。私は左京くんが八坂神社を訪れる時間を何度も修学旅行のしおりで確認して、それから計画を立てていた。

「うん」

「左京くんが来はったら、教えてや。ツーショット写真撮ったげるさかい」

そう言ってから彼女は土屋さんに『それくらい構わないでしょ?』という顔を向ける。

「お安い御用や」と土屋さんは上機嫌で乗っかる。

「えっ! いいですよ」

本当は嬉しいくせに恥ずかしくて遠慮してしまった。

「大丈夫やて。俺らがうまいことやるさかい」

「そうそう。旅のええ思い出になるやん」

「……はい」

いとも容易《たやす》く二人に言い包《くる》められたのは、期待感に胸が膨らんでいたからだ。すでに頭の中では左京くんと並んでポーズを取っている。

約十分後、見慣れた制服の一行が現れる。私たちは本殿の中央へ移動する。こちらの思惑通り我が校の生徒たちは舞妓の存在に気付くや否や、騒がしく近寄ってきて無遠慮にシャッターを切った。

私は『快く応じてあげる』という体《てい》でポーズを取り、歯を見せない舞妓スマイルで微笑む。誰も私であることを見破れない。みんな京都名物の舞妓をスマホやカメラに収められたことを有り難がった。

「マジ感激！」

「綺麗！」

「ラッキー！」

「ありがとうございます！」

「カワイイ！」

嬉々とした声が飛び交う。私がこれまで味わったことのない優越感に浸っていると、目の隅っこから左京くんの姿が飛び込んできた。

「金子さん」と呼ぶ。

自由に撮っていいのよ、と言った具合に距離を置いていた金子さんがすぐに駆け寄ってくる。

「来ました。あそこです」と小声で言い、視線を左京くんに向ける。

「どこや？」

「あそこに六人のグループがいますよね？　わかりますか？」

「うん」

「右から二番目の男子です」

「わかった」と言った金子さんは土屋さんのところへ行き、何かを耳打ちする。

左京くんたちのグループも私に近付いてきた。舞妓との遭遇に盛り上がり、カメラのレンズを私に向ける。左京くんも私にスマホを翳《かざ》す。今、私と左京くんはレンズ越しに目が合っている。そう思うと胸の中でドキドキが轟《とどろ》いた。

「あんなあ君、ちょっと時間あらへんか？」と土屋さんが左京くんに親しみのある声で話しかける。「数分でええんやけど」

しおり通りなら八坂神社で三十分の自由行動。縁結びの御利益で有名なスポットだから、大抵の人は絵馬を奉納したり、恋愛のおみくじを引いたりする。

「俺？」

突然のことなのに左京くんに戸惑っている様子はない。肝が据わっている男子なのだ。

「そうや。君や。『舞妓と修学旅行生』っちゅうテーマの写真を撮りたいんやけど、モデルになってくれへんかな？」

左京くんの見た目は平均的だ。でも自信家なので彼が『俺なんか画《え》にならないからモデルは務まらない』と拒絶することはないだろう。

「普通っぽい男子を探してたんや。君は俺のイメージにぴったりやねん」

「えー、そう言われてもなー」

左京くんの仲間たちは「やれよ」「せっかくだし」「思い出になるぜ」とプッシュしたが、彼は乗り気じゃないようだ。

「今、こっちの目が」と左京くんは自分の右目を指差す。「ちょっと物貰いになりかけているんでモデルは無理ッス」

　確かに少し腫れている。なんでこんな時に？　ついてない。

「それくらいの腫れやったら、斜めから撮ったら問題ないて」と土屋さんがどうにか説得しようとする。

「でも目が痛くてうまく笑えないかも。こいつらがモデルじゃ、駄目ッスか。どいつもこいつも普通っぽいッスよ」

　左京くんは仲間を薦めた。

「あんたがイメージにおおてるねん。笑顔はいらへんさかいに、てつどうてくれへんかな？」と金子さんは困り顔を作って頼む。

「はい。俺でよければ」

　一転して左京くんが鼻の下を伸ばして引き受けたことに少しムッとした。でも土屋さんが「そしたら、横に並んで」と指示すると、ドキドキが戻ってきた。まさか左京くんと二人で写真を撮られることになるなんて！　夢心地だ。白粉を塗っていなければ、照れが周囲に筒抜けだっただろう。

だけど、恥じらっているのは私だけじゃなかった。左京くんの動きがぎこちない。私と目を合わせようとしない。私に緊張しているのだ。左京くんが私を女性として意識するとは。本当に夢のよう。

ガチガチに固まっている私たちを金子さんが巧みな話術で解してくれた。「カワイイ〜」「にっこりわろて〜」「カッコええで〜」とよいしょしながら、時折「彼氏はどんなパンツ穿《は》いてんのかな?」「ブリーフ派? トランクス派? ボクサーパンツ派?」「舞妓ちゃんはノーパンやで」などと下ネタを挟んで私たちから笑みを引き出した。

そして土屋さんが「ええなぁ、ええなぁ」と私たちを乗せて撮っていく。二人のおかげで空気が和んだ。シャッター音がする度に、私と左京くんの心の距離は縮まる。このまま恋人になれるような気さえする。

だから土屋さんが「はい。お疲れさん」と言って撮影を終えた時に、結ばれかけた二人が引き裂かれたように感じた。したこともないのに大失恋をしたみたいだ。もっと左京くんと写真を撮られたかった。

金子さんが自然な流れで「連絡先教えてくれへんかな?」と左京くんから名前と電話番号とメアドを訊き出す。そしてスマホへの登録と並行して「修学旅行はいつまでなん?」と口を動かした。

「明後日までです」

「どこに泊まったはんの？」

「京都駅の近くのホテルです」と左京くんは顔をデレデレさせて答えてから、うろ覚えのホテル名を伝える。

「あのホテルの斜向《はす》かいにあるラーメン屋さんがなかなかイケんねんで」

「夜、抜け出せたら、行ってみます！」

私は会話をしている二人に割り込んで、「ありがとうございました」と左京くんに握手を求める。彼は「こちらこそありがとうございました」と言って私の手を恭しく握った。

私が元クラスメイトであることにまるで気付かない。私は口を開いても小声なので、私の声を記憶している人などいないのだろう。

「あの、お名前は？」と左京くんが上擦《うわず》った声で訊く。「俺は渡辺左京です」

「二重です。二つ重ねると書いて」

「へー、いい名前ですね」

「私も気に入っています」

「いくつなんですか？」

「十七歳です」

「マジで？　俺も十七なんだ！　なんかスゲー！」

本物の舞妓だと信じ込んでいるのに、私が京都弁を使わないことに疑問を感じないようだ。同い年であることに大喜びしている彼が痛々しく思えた。

ううん。違う。痛いのは私の胸だ。急に自分のしていることが虚しく思えて、胸が苦しくなったのだった。


お店に戻ると、着付けした部屋で金子さんに手伝ってもらって半かつらを外し、着物を脱いだ。それからシャワー付きの洗面台のあるロッカールームへ移動して和化粧を落とす。自分では取れない首の後ろや背中は金子さんが綺麗にしてくれた。

最後に前髪を洗ってドライヤーで乾かす。これで元通り。金子さんがかけてくれた魔法は解けた。鏡の中にいるのはいつもの自分だ。『二重』だった私が名残惜しかったが、戻れて安心もした。

誰の目にも入らない存在であっても、私は自分に愛着を抱いている。舞妓になってみて自分をそこまで嫌っていないことがわかった。腐れ縁のようなものだ。これからも鏡はこの私しか映さないのだから、もう少し上手に自分と向き合っていこう。

待合室で五分ほど待ち、２Ｌサイズの写真が十枚入ったアルバムを受け取る。スタジオで撮ったのが四枚。屋外で撮ったのが六枚で、二枚は左京くんとのツーショット。どれもよく撮れていて自分であることを忘れてうっとりする。

私は会計を済ませ、金子さんに心からお礼を言った。土屋さんにも感謝したかったけれど、次の撮影に取り掛かっていたので、金子さんに伝言を頼んだ。

「楽しかったです。本当にありがとうございました」

「ウチも楽しかったで」

「金子さんが親切な魔女でよかったです。本当に！」

「魔女は健気な女子の味方やもん。当然のことをしただけやん」

「あの、金子さんは魔法で美しく着飾って王子様を射止めたシンデレラが幸せになれたと思いますか？」

「ズルして騙したのにってこと？」

「はい」

「卑怯ゆうたら卑怯かもしれんな。王子様もシンデレラの外見に一目惚れしたみたいやし。見た目で惚れる男にろくな奴おらんのも確かやし」

「そうですか」と言ったあとに、他人にはわからない小さな溜息を吐く。

心が暗くなった。

「そやけど、王子様がろくでもない男やっても、玉の輿《こし》に乗りたいんやったら結婚したらええし、お金より愛を重視するんやったら別れたらええねん。『ウチのことを幸せにして』って他人任せにせんかったら、選択権はいつでもその人にあるもんや」

「幸せになれるかはシンデレラ次第ってことですか？」

「そうや。そやからあんたも頑張りや」と励まして左京くんのアドレスが書かれたメモを私に手渡す。「アタックしてみい？」

「無理です。そんなことはできません」

私は慌ただしく否定した。滅相もない。

「すぐに名乗り出られへんのやったら、舞妓ちゃんの振りをして左京くんにアプローチしたらええんや。『現像できたから、写真を送りたいんだけど』ってメールしてまうんや」

「でも……」と尻込みする。

「現実の世界では、ガラスの靴を落としても王子様が拾うとは限らへんのやから、積極的にいかなアカンて。ウチの魔法はもう時間切れ。あとは自分の力でどうにかせんとしゃあないて。ガラスの靴を送り付けて王子様に見つけてもらわな」

「それで写真を送るんですか？」

「プロのカメラマンは被写体の心も写せるんや。左京くんが二重ちゃんに惚れていたり、メールのやり取りを通して惚れるようになったりしたら、二人のツーショット写真を特別な気持ちで眺めるやん。そしたらきっと二重ちゃんの正体に気付けるて」

現実では待っていても何も起こらない。未練がましい王子様が私の前に現れることはない。自分で動かなくちゃ何も始まらない。それは舞妓体験を通じて骨身に染みてわかったことだ。

私が清水の舞台から飛び降りる覚悟で修学旅行を抜け出したから、思い切って金子さんに協力を求めたから、左京くんとのツーショット写真が撮れたし、彼のアドレスを手に入れることができた。

「やってみます。本当に本当にありがとうございます。どう感謝していいかわからないくらい金子さんにはお世話になって……」

「もう感謝せんでも大丈夫やて」と彼女は遮って私にそれ以上言わせない。「さっきも『ありがとう』ゆうたやん」

「でもなんか申し訳なくて」

「そしたら、ウチへの感謝の気持ちを自分の近くにいる人へ使ってえな。それで貸し借りはなしってことにしよ」

「私、またここへ来ます。来店して直接金子さんに恩返しをします」

「もう二重ちゃんになる必要はないんやろ？」

その通りだった。私に舞妓への憧れはない。周囲から注目されたかっただけだ。そして一番の目的は左京くんに写真を撮られることだった。そのために舞妓体験を利用したのだ。

「ウチに恩返しをしたいんやったら、自分の周りにいる人に優しくして。そしたら回り回ってウチのところに優しさが届くし。世の中ってそういうふうにできてるんやて」

「『情けは人の為ならず』ってことですか？」

「そうや。ウチは学校の先生に教わってそれを実践してるねん。その先生は学生時代の恩師から教わらはった。意外と世の中って善意で回ってるんや。そやしあんたもその回転に加わらへん？」

「はい」と私は穏やかな気持ちで返事した。

「応援してるわ。ウチはあんたのこと、忘れへんし。ずっと覚えとくさかい」

「私もです」と言ったと同時に、左目から涙が溢れる。

初めて人に認められた。私がずっと耳にしたかった言葉を金子さんが言ってくれた。嬉しい。嬉しくて堪らない。右目からもあとを追うようにして涙が零《こぼ》れ、頬を伝っていく。

金子さんのお店を出てからもしばらく涙が引かなかった。視界がぼやける。行き交う人々も街並みも歪む。私は潤んだ瞳を隠すために極端にキャップを目深に被り、足下を見ながら歩いた。

完全に涙が止まったのは、四条京阪前のバス停に着いた頃だ。顔を上げ、時刻表を確認する。あと五分ほどで来る。ふと、反対車線のバス停の日除けが瓦調であることに気がついた。

周りを見回してみると、歩道のアーケードも、地下鉄の出入り口の屋根も瓦調だ。灯籠型の街灯と茶色の電柱も目に留まる。でも違和感や嫌悪感を抱かなかった。自然にすっと目に馴染んだ。

なんでちぐはぐに感じないのだろう？　舞妓に変身した影響で京都かぶれになったのか？　それとも京都人の金子さんや土屋さんと知り合って京都を贔屓目に見るようになったのか？　う−ん、なんか違うような……。

舞妓体験を通じて心境の変化があったのは確かだ。私は少しだけ自分を好きになれた。ずっと自分が嫌だった。だから『自分を変えたい』『変わりたい』と思ってばかりいた。でもそれは主に外見だった。外側を変えることに囚われていたからこそ、舞妓体験に心を鷲摑《わしづか》みにされた。

ところが舞妓になってみると、自分の素顔が『満更捨てたものでもない』と思えた。ないもの強請《ねだ》りをするのも時には必要だけれど、元からあるものを大事にしなくちゃ。ベースは私なんだ。土台をそっくり変えることは不可能。元々の私を否定したら、何も積み上げることはできない。

もしかしたら京都の景観も同じことなのかもしれない。昔からある街並みを大事にするのは、歴史や文化を積み重ねるため。『景観を守る』ということは、見た目だけじゃなく『歴史や文化を大事にする』ということなのだろう。

目に見えないものを守りたいから、細かい条例を定めてみんなで古都の街並みを維持している。私は表面的なことしか見ていなかった。変身願望が強いあまり、京都が変わることを怖がっているように思えたのだ。

浅はかだった自分が恥ずかしくて、心苦しくて私はまた下を向いた。バスに乗っても窓の外の景色を眺めることができなかった。今の私には目の毒だ。でも俯いていても京都人が紡いできた想いが心に入り込んでくる。目を瞑っても同じだ。

直視できない街並みがバスの左右を流れていく中で、私は悔い改めた。京都人の精神を見習って、もっともっと自分を大事にしよう。少しずつ自分を肯定していくんだ。そうすれば、いつか自分に自信を持てるようになるはずだ。

十五時前に『えむえむ』に戻り、トイレで制服に着替えてから、気だるそうな顔を作って久米先生の下へ行く。

「何度も電話してくれたのに、すみませんでした。なかなかトイレから出られなくて。出てもすぐにまたお腹が痛くなって」

久米先生から合計で四回着信があり、いずれもメールで〈トイレ中で電話に出られません。私にとってはよくある腹痛なので、心配はいりません。〉というような内容を返しておいた。

「もう大丈夫なのか？」

「はい。すっきりしました」

「よくあるのか？」

「月に何度か。そういう時は学校を休んでいます。今日みたいにトイレに籠りっきりになるので」

「ホテルで寝ていればよかったのに」

「読みたい漫画があったんです。実は、そっとトイレに持ち込んで読んでいました」

「そりゃ、退屈しなくてよかったな。紙がなくなっても、安心だし」

久米先生の下ネタは金子さんとは違って下品だ。無精髭《ぶしょうひげ》が嫌らしさを漂わせているから？　それとも単にセンスがないからか？　とにかく私は愛想笑いをして、どうにかその場を誤魔化した。

　久米先生の責任感の無さと鈍感さ、そして私の存在感の無さのおかげで、私が抜け出したことは発覚しないで済んだ。まだ一日は終わっていないが、今日はなんて幸運な日なんだろうか。

　施設内のカフェで遅めの昼食を摂る。ホットドッグを齧《かじ》りながらスマホを弄る。いきなり『写真を送りたいので住所を教えてください』と頼むのは、事務的で味気ないか？　少し打ち解けてから切り出した方がいいかも？　悩みに悩んだ末に、〈八坂神社で会った舞妓の二重です。」先程はありがとうございました。あの、唐突ですが、私と友達になってくれませんか?〉とシンプルなメールを左京くんへ送った。

すぐに返信が届く。

〈友達、大歓迎です! よろしくお願いします! ザッと自己紹介しちゃいますね。東京都在住。B型。趣味は、パン作りと将棋とカラオケ。ペットはカニンヘンダックス。将来の夢は有名になること。ちなみに彼女募集中です!〉

閉館時間の十八時まで、私はメールを打ち続けた。相手を待たせたくなくて、私への興味が薄れないためにも、短い文章を即座に返した。また、自分のことを話すとボロが出てしまうから、質問されないよう先にこっちから質問ばかりした。

〈パン作りって面白そうですね。料理教室に通っているんですか?〉

〈通ってない。母ちゃんから教わっている。将棋は教室で。カラオケは三つ離れた姉ちゃんの影響。どれか一つでも興味があったら、是非一緒に!〉

〈カニンヘンダックスってどんな犬ですか?〉

〈画像送るよ!〉

〈かっわいい! 目がクリクリしてる。名前は?〉

〈ミランダ。姉ちゃんが自分の好きなモデルの名前を勝手につけたんだ。〉

〈ミランダ・カー?〉

〈そう。百歩譲って『カー』にしてほしかった（笑）〉

他愛もないメールのやり取りだ。でもまともに口を利いたことのない私にとっては特別なことだった。

左京くんに惹かれたのは一年生の時だ。彼はいつもクラスの中心にいた。どんな時でも堂々としていて誰に対しても物怖じしない。人を従わせる凄みがあり、私のような日陰者が媚び諂《へつら》う対象だ。

彼はクラスで誰よりもスポーツや勉強ができるわけではないし、見た目が秀でてもいない。それなのに自信に溢れる言動がとれるのは、将棋を得意としているからだ。「この学校に俺に敵う奴はいない」と自負し、常に携帯用のマグネット式の将棋セットを持ち歩いて随時挑戦者を募集している。

将棋が強いことは誰からも一目置かれる長所ではない。人によっては『そんな長所いらねー』『オタクっぽい』などと軽んじる。でも『自分には誰にも負けない長所がある』というのは強みだ。自分に自信を持てる。それが左京くんのメンタリティの強さの源であり、私を惹き付ける要因だ。

ホテルに戻ってからも私はメールを打ち続けた。大広間で夕食を摂っている時も、片手にはスマホ。入浴は『カラスの行水』で済ませてすぐにメール。私の行動に関心を向けている人はいないから、『食事中に行儀悪い』や『もうお風呂に入ったの？　早くない？』と邪魔されることはなかった。

二十三時の就寝時間まであと一時間。私はホテルのロビーにいた。ソファに座ってスマホと睨めっこ。みんなは部屋で過ごしている。あちこちの部屋を行き来してトランプや人狼ゲームに興じたり、スマホのゲームで遊んだり。恋バナや怖い話で盛り上がっている部屋もあるだろう。

私はスマホを握り締めて苦悶《くもん》していた。文章を作ったけれど、送信する勇気を絞り出せない。

〈今、左京くんの泊まっているホテルのロビーにいます。写真を届けたいので、ロビーに来てくれませんか？〉

左京くんとメールを送り合っていたら、彼を騙していることに心が耐えられなくなった。罪悪感がギシギシと締め付ける。悠長に左京くんが『二重』の正体に気付くのを待っていられない。正直に話そう。大丈夫。彼は受け入れてくれるはずだ。私たちの心はもう繋がっているのだから。

でも最悪のケースを想像すると腰が引ける。左京くんが私だと知ってがっかりしたらどうしよう？　怒らないかな？　心が萎縮して三十分以上送信できないまま。

私は舞妓のアルバムを開く。別人の私が十枚。金子さんに魔法をかけられた私は威風堂々としている。本当に別人だ。けど、これも私だ。私に『二重』という名の舞妓を重ねただけだ。

舞妓の私は周囲の視線を独り占めにした。私が動けば、ギャラリーも動く。走り寄ってくる人たちもわんさかいた。私が中心だ。スポットライトの真下にいるのは私だ。主役は私なんだ。私が動かなくちゃ、物語は何も始まらない。

私は意を決して送信した。一分も経たないうちに〈マジで？　この近くに来る用事があったの？　詳しいことは会ってからでいいよね。今すぐ行きます！　待ってて！〉と返ってくる。

アルバムから左京くんとのツーショット写真を二枚抜く。左京くんが好きな方をあげよう。私は二基あるエレベーターが見える位置に座っていた。階数表示を凝視する。左のエレベーターが六階まで上がり、下ってきている。修学旅行のしおりには部屋割りも載っていて、左京くんの部屋は六階だ。

エレベーターが到着してドアが開き始めると、ホテルの備え付けの浴衣を着た左京くんがドアの隙間から勢いよく飛び出してきた。忙《せわ》しなく頭を左右に振る。舞妓姿の人を捜しているのだ。

よほど慌てて駆け付けたらしく浴衣が乱れ、中に着ているTシャツの胸元が顕になっている。あんなにまで一生懸命になっている彼の前に私が現れて平気だろうか？　また気持ちが後ろ向きになる。

彼は舞妓の二重を求めている。この私じゃない。正体を明かしたら、大っぴらに落胆するかもしれない。声を大にして怒りだすことも考えられる。どうにか罪の意識を心に閉じ込めて、メールで関係を深めてからカミングアウトするべきだったんじゃないか？

怯んじゃ駄目だ、と自分を鼓舞して立ち上がる。教室では誰からも相手にされていないが、金子さんは『化粧映えのする顔』『色白も女性の憧れ』『綺麗な二重』と褒めてくれた。

舞妓でもすっぴんでも顔の形は変わらない。私は私だ。左京くんだって私を認めてくれるに決まっている。顔だけなら、彼に負けていない。それに舞妓になっても中身は私のままだった。多少は調子に乗ったけれど、心は変わらない。一緒に写真に写ったのも、メールをしたのも私だ。

変な歩き方で左京くんに近付く。錆《さ》び付いたロボットみたいに膝が思い通りに動かないのだ。

「あの」と背後から話しかける。

急いで振り返った左京くんとバチッと目が合った。彼は『誰?』という不可解な顔をする。

「ああ、えーと……」

その『ああ』は『なんだ、元クラスメイトか』という失望の表れだった。そして私の名前が瞬時に出てこない。

「これ」

私が2Lサイズの写真を二枚とも渡したら、彼は数回瞬きして驚く。

「はっ？　どういうこと？」と左京くんは困惑する。「なんでこの写真を？」

「あのね」と私は体中から集めた勇気を一つの束にして切り出す。「実はね……」

「そっか。舞妓の人から預かったんだな。二重ちゃんは照れて帰っちゃったのか。そういうところも可愛いな。奥ゆかしいっていうか。とりあえず、渡してくれてサンキューな」

勘違いした左京くんははだけた浴衣を直そうとする。その際、Tシャツの胸元にプリントされている『奇数先！　偶数後！』という字が目に入った。将棋用語か？　いや、今はそんなことはどうでもいい。

「その写真は……」と言いかけたが、すぐに彼が私の言葉に被せてきた。

「悪いけど、これは秘密の写真だ。誰にも言わないでくれ。妬まれちゃうから」

そう言って写真を浴衣の懐に大事そうにしまった。そして部屋へ戻ろうとエレベーターへ向かう。

「あっあの」

小声しか出なかったけれど、必死に呼び止める。

「ん？」と半身になる。

「私の顔をよく見て」

「どうした？」と眉を歪めて顔を突き出す。

「何か思うことは？」

「今日は具合が良さそうだな」

違う。顔色じゃない。

「そうじゃな……」

否定しかけた時、エレベーターから『ダブり』が降りてきた。空気が一変する。左京くんも『ダブり』には一歩引いている。年上だし、問題児だから無理もない。

私たちは『ダブり』のために通路を空ける。ビビッているからでもあるけれど、杖をついている怪我人には道を譲るのがマナーだ。私と左京くんの間を平然と通過した『ダブり』は出入り口へ。

「おいおい！」と大声が響き渡る。「どこへ行こうとしているんだ？」

ロビーの端でソファに大股を広げて座っていた久米先生が『ダブり』を立ち止まらせたのだ。不意をつかれた『ダブり』は動揺を隠せなかった。私も驚いた。四十五分ほどロビーにいたのに、久米先生の存在に気付かなかった。

両手に新聞を広げて読んでいる人のことは視界に入っていたけれど、久米先生だったとは。新聞で顔を隠して生徒がホテルから抜け出さないか監視していたようだ。

ゆっくりと体の向きを変えた『ダブり』は新聞コーナーからスポーツ新聞を手に取った。それから私がさっきまで座っていた席と対面する席に腰を下ろし、新聞を読み始める。

「ったく、油断も隙もあったもんじゃないな。また怪我を増やす気か？」と久米先生は注意する。

嫌味に聞こえなくもない。でも『ダブり』が足を引き摺って歩いているのは、問題行動の報いなので仕方がない。ほとんどの人は『修学旅行中に恋人と抜け出して大騒動を引き起こしたんだから、同情の余地はない』と冷ややかな視線を向けている。

「新聞を読みに来ただけだ」

「外へ行こうとしただろうが」

「雨が降ってないか確認したんだ」

「私服を着ている奴が言っても説得力がないぞ」

「あんなダセー浴衣なんて着てられるか」

横暴な先生と問題児が言い合っている間に、「じゃ」と左京くんがエレベーターに乗り込んだ。

「わ、私ね」とエレベーターの外から呼びかける。

「どうした？　部屋に戻るなら乗っていいんだぜ」

私は『違う。そうじゃない』というふうに頭を横に振る。すると、左京くんはドアを閉めるボタンを押す。『駄目！』と思ったけれど、声も手も出なかった。ドアが完全に閉じる最後の一瞬に、彼が写真を入れた懐を浴衣の上から愛しそうに押さえているのが見えた。

私はがっくりと肩を落とす。弱虫な自分に腹が立った。でも同じくらいの怒りを左京くんにも抱いた。なんで気付かないんだ？『暗い』『印象が薄い』『地味』などの私のイメージが強すぎて、彼の目を曇らせているのだろうか？

『見た目で惚れる男にろくな奴おらんのも確かやし』

金子さんの言う通りかもしれない。左京くんは人を見る目がない。そして私も。私は教室の中心にいながらも、印象の薄い顔立ちをしている彼にシンパシーを感じた。見た目で判断して『左京くんとなら釣り合うかも？』と勝手に射程圏内に入れた。

私は周囲を見回し、自分が背伸びして手の届きそうな人を探したのだ。上を見たらキリがないし、高望みをしても徒労に終わる。だから自分と顔面偏差値が同じレベル、若しくは低いレベルの男子の中から、彼氏にしたら優越感を抱ける左京くんを選んだ。手頃な恋をしただけだった。

ふられたわけじゃないけれど、恋が終わったような心境だ。ううん、ふられたんだ。私は『二重』に負けた。左京くんは『二重』を選んだ。彼が恋をしているのは私じゃない。『二重』への嫉妬心が沸々と湧いてくる。

自分自身に嫉妬するなんて馬鹿みたいだ。でも恋敵が『二重』だからこそやりきれない気持ちが募って悶々とする。なんで？　なんで私じゃ駄目なの？　私が『二重』なんだよ。私のことをちゃんと見て。私を好きになってよ。

こんなことになるなら素顔のままで告白すればよかった。わだかまりが胸に支えていて上手に傷心することができない。左京くんに『ごめん。タイプじゃない』とバッサリ断られてシンプルに失恋した方が救いはあった。

どんどん後悔が押し寄せてくる。だけどもう取り戻しようがないので、『悪いことをして罰が当たったんだ』と捉えることにした。他人への善意がぐるぐる回って自分に返ってくるのなら、悪意も自分に跳ね返ってくるのだろう。

私はみんなを騙して『えむえむ』を抜け出し、姿を偽って左京くんに言い寄った。弄《もてあそ》んだと言っても過言ではない。正に自業自得だ。黙って受け入れる他ない。

卑怯なことをした私に恋をする資格はない。私は心が醜い。目も当てられないほどだ。部屋に戻って寝よう。私の恋はタイムオーバー。魔法が解けた私にスポットライトが当たることはもうない。

現実の自分にうんざりしながらエレベーターが降りてくるのを待っていたら、横に『ダブり』が並んだ。もう新聞を読み終わったの？　早くない？

　負け惜しみで言ったのがバレバレでも久米先生に『新聞を読むため』と言い返したのだから、もうしばらくは新聞を読んでいる振りをするものだ。でないと、久米先生に『全然読んでねーな。嘘つきが！』と思われてしまう。

　せめて私が去るまで待ってほしかった。今でも相当気まずいのに、エレベーターで二人きりになったらどうなるんだ？　憂鬱な気分に拍車がかかる。

「おまえのだろ？　これ」

「えっ？」

　私にアルバムを差し向けた。失意のあまりロビーのテーブルに置き忘れていた！　でもなんで？　私のだけれど、どうしてわかるの？　だって『ダブり』はあとから来たから、私があの席にいたのを知るはずがない。

「これ」とアルバムを開く。「おまえじゃないのか？」

「う、うん。私」とたどたどしく認めて受け取る。「ありがとう」

「気にすんな。忘れ物は誰にでもあるもんだ」

　そうじゃない。私だってわかってくれたことに感謝したんだ。エレベーターが一階に到着してドアが開く。私の心も開かれていくように感じた。本当に私の目は節穴だ。私のことをちゃんと見られる人がここにいた。

この人は客観的な目を持っている。私から受ける印象や周囲の私の評価に左右されないで、見たままの私を心に投影できる。普段から公平な目でみんなを見ているから、舞妓に変身した私を見破ることができたのだ。

それなのに、大半の人が『ダブり』を遠ざけているのに倣って私も『問題児』『付き合い難い』『絡まれたくない』と避けていた。私は偏見の塊だった。なんて私は馬鹿なんだ！　この人と友達になるべきだった。

でも今ここで『友達になって』と頼んでも、『ダブり』は私以上に拗ねた心の持ち主だから『メンドクセー！』と拒絶されるに違いない。捩じ曲がった心を解きほぐすのは一筋縄じゃいかない。

なかなか素直になれない。それも個性の一つだ。『ダブり』の個性を認めた上で少しずつ歩み寄っていけたらいい。仲良くなりたい。力になりたい。優しくしたい。そういう気持ちが私たちに魔法をかける。私たちを魔法使いにさせる。

エレベーターに乗っていた人がみんな降りると、『ダブり』は私から離れてもう一基のエレベーターの前へ移動する。私と一緒に乗りたくないようだ。ううん。違うかも。私が避けているのを察しているからだ。

私は目の前のエレベーターに乗って右手の人差し指を伸ばす。その指先で半円を描くようにして「エイッ！」と開くボタンを押した。そして押したままエレベーターの外へ首を伸ばし、「一緒に乗っていこうよ」と声をかける。

のそのそと杖をついて乗ってきた『ダブり』は、ほんの少しだけ会釈した。いつもは誰が何をしても素っ気ない反応しかしない。私の魔法がかかったのだ。金子さんが言った通りだ。世の中は善意で回っている。善意は現実世界に存在する魔法なんだ。

第三章　重なる想い

三泊四日の京都修学旅行が始まった。移動中の新幹線や宿泊先のホテル以外は五、六人で構成された班で行動する。各班で相談して決めたスケジュール通りに観光スポットを回っていく。

修学旅行後に日本文化についてのレポートの提出が課せられているので、どの班も歴史的な価値のある建造物を巡る。清水寺、金閣寺、銀閣寺《ぎんかく》、三十三間堂《さんじゅうさんげん》、二条城、平安《へいあん》神宮、龍安寺《りょうあん》、八坂神社などなど。

でも僕たちの班は『えむえむ』という愛称を持つ京都国際マンガミュージアムにしか行かない。四日連続で漫画漬け。一日目も二日目も三日目も四日目も、時間の許す限りずっと漫画を読んでいる予定だ。

うちの班長は担任の久米先生に予定表を提出した時に、「漫画も日本の文化なので四日かけて学ぶ価値があります」と説明した。そのこじつけを学校がすんなり受け入れたのは、うちの班に教師が手を付けられない問題児がいるからだ。

誰にでも見境なく嚙み付く狂犬を野に放ったら、何をしでかすかわからない。他校の生徒と揉め事を起こすことも充分に懸念されるので、一箇所に留めておく方が好都合なのだ。先生たちは気を揉まないでいい。

漫画漬けの予定を考案したのが問題児だったことは、学校にとって『鴨《かも》が葱《ねぎ》を背負《しょ》って来る』に等しかったのだろう。問題児と一緒の班の僕たちにもラッキーなことだった。クラスの余り者をひとまとめにした班に、修学旅行の思い出を青春の一ページに刻みたがっている人はいない。

足並みが揃わないメンバーでぎくしゃくしながら観光地を巡るよりは、漫画喫茶みたいな『えむえむ』で閉館時間まで好き勝手に一人で時間を潰している方がいい。うちの班の誰もがそう思っているに違いない。

小学校の建物を再利用して作られた『えむえむ』は、五万冊の漫画を自由に閲覧することが可能だ。図書館のように館内のあちらこちらで読書できる場所があり、全面に芝生が植えられた元校庭では寝そべって漫画を楽しめる。

一日目、班員は施設内で散り散りになって自由な時間を過ごした。読書したり、昼寝したり。僕は漫画にさほど興味がないので、スマホで将棋のゲームをプレイしていた。

班のみんなと顔を合わせるのは招集をかけられた時だけ。『えむえむ』から徒歩十分くらいのところにある二条城で、他の班が予定通りの時間に訪れるか見張っている久米先生が、手の空いている時に数回『えむえむ』へやって来る。そして僕たちを受付に集合させ、悪さをしていないかチェックする。

多くの班が『えむえむ』を予定に入れていたら、先生を一人『えむえむ』に待機させることができ、久米先生がわざわざ足を運ばずに済んだ。でもうちの班以外に『えむえむ』を予定に組み込んでいる班はない。問題児の悪名は学校中に広まっているから、『触らぬ神に祟《たた》りなし』と誰もが敬遠しているのだ。

久米先生は二条城を出発する前に、班のみんなに〈これから『えむえむ』へ行く。十分後に受付に集合！〉とメールを送って集めた。そして連絡事項を伝え終わったらとんぼ返りする。

数分で解散するのだが、僕は面倒くさがっていた。集合の度に対局を中断すると気持ちが切れる。いい迷惑だ。おまけに僕は大雑把で卑しげな久米先生を生理的に受け付けない。近くで顔を見ると不愉快な気分になる。

三回目の集合の際にも、僕は苛々し、『点呼なんて時間の無駄だ』と思いながら「はい」と返事した。一人ずつ名前を呼ばなくても全員揃っていることは一目瞭然だ。そもそも集合自体が無意味だ。きっとみんなも『集合や点呼は必要ない』と思っているはずだ。

みんなで決起して訴えたら要望は通るだろうか？　無理だな。この面子に『呉越同舟』は期待できないし、たとえ一丸となったとしても久米先生がチェックをやめることはない。精々、回数を減らすのがやっとだ。

そんなことを考えていると、いきなり問題児がキレた。

「いちいち点呼する必要なんてないだろ。今日だけでもう三回目だ。俺は旅行中に『ジョジョの奇妙な冒険』を七部まで読破することに挑戦しているんだから、邪魔すんな。班長がチェックすれば済むことだろ」

問題児にやり込められたことのある久米先生は大人しく引き下がった。二日目からは班長にだけメールで訪問を予告し、久米先生が『えむえむ』に到着するまでに班長が施設内を見回って班員をチェックし、受付で報告することになった。

招集を煩わしく思っていた僕はほくそ笑む。問題児のおかげで明日からは思いの限りネット将棋に集中できる。品行の悪い問題児は学校にとっては鼻摘まみ者だけれど、生徒の目には『正しい』と映る時がある。合理的な正論を振り翳すからこそ、先生たちはたじたじとなるのだ。

問題児は教科書をスキャンしてｉＰａｄに入れ、ノートをとるのもｉＰａｄを使っている。『鞄が軽くなる』『手書きより早い』『ペーパーレスでエコ』と言い張る問題児に対してどの教科の先生も理解を示さずに注意した。でも五月末に行われた中間テストで問題児が全教科で学年トップの点数を叩き出すと、一様に口を閉じた。

数字は誰の目にもわかる指標だ。テストの点数は問題児の勉強法が効率的であることを雄弁に立証した。学習意欲がある人はｉＰａｄの購入を考えずにはいられないだろう。

良いか悪いかは別にして、問題児の発想は新鮮だ。面倒な手順や無意味なルールを省いて最短距離を進もうとする。唯我独尊の面には呆れ返ってしまうけれど、共感できるところがある。iPadの勉強法。漫画漬けの修学旅行。誰も困らないアイデアだ。マイナスの要素はない。むしろプラスだ。

必然性に欠ける点呼の廃止も納得できる。問題児は自分のことを『俺』と呼ぶほどのオタクの女子高生だから、純粋に漫画を読み漁りたいだけだ。そのために強引なスケジュールを僕たちに強要した。そして僕たちは喜んで受け入れた。望んで『えむえむ』に籠っている。班のみんなに不満はないのだから、悪さをするはずがない。

漫画に囲まれた場所で羽を伸ばしたとしても高が知れている。京都市内を気ままに行動できる他の班の方がよっぽど危険だ。久米先生もそのことを承知していると思う。だからあっさり譲歩したのだろう。

とばっちりを受けた班長には少し同情するが、班長は将棋の『王』じゃない。僕たち班員も『王』を守るための駒じゃない。班員が快適な修学旅行を過ごせるように庶務をこなすのが班長の務めだ。うちの班に『王』がいるとしたら、問題児だ。誰も逆らえない独裁者。意のままに駒を操る。僕たちは問題児が『えむえむ』で気持ちよく読書をするために動かされている。

ところが問題児が久米先生を鬱陶しがったのは、読書に没頭したいためではなかった。

二日目、朝食後にみんなでホテルを出て電車で『えむえむ』へ移動した。到着すると、突然問題児が出入り口の門の付近で「用事があるから、久米には適当に誤魔化しておいて」と言った。そしてタクシーを捕まえて僕たちの前から去っていった。

問題児は初めから単独行動をするのが目的で、漫画漬けの予定を立てたのだ。『京都なんか興味ない』『読書しか眼中にない』と装って久米先生や僕たちを欺いた。もしかしたら故意に『俺』を使い、みんなにアニメオタクだと思わせて『えむえむ』へ入り浸ることに違和感を抱かせないようにしたのかもしれない。

なんて大胆なことをやってのけるんだ！　僕は呆気に取られてある種の放心状態に陥っていたけれど、班長が逸早《いちはや》く動く。路肩から身を乗り出して挙手し、タクシーを停車させた。

「手代木さんを連れ戻してくる。久米先生には『班長はお腹を壊してトイレに籠っている』ってことにして、副班長が代わりに報告して」と指示してタクシーに乗り込む。

クラスで一番地味な男子が班を束ねる長としての責任を果たそうと迅速に行動した。そのことが僕に強い衝撃を与えた。状況判断がおそろしく早い！　本当はデキる男なのか？　更に『ノロ子』呼ばわりされるほどの鈍くさい女子が、班長に続いて乗車したことにもショックを受けた。機転を利かせて『問題児を連れ戻すのに班長一人じゃ難しい』と加勢したのか？

違うな。自己主張の乏しいノロ子が自分から動くことはない。たぶん『列があったら、とりあえず並んでみよう』みたいな条件反射で班長の動きに釣られただけだろう。でも敗北感のようなものが胸に去来している。僕は負け惜しんでいるのか？

車内で班長と運転手が何か喋っている。テレビドラマみたいに『前の車を追ってくれ！』が簡単には通じないのだ。ガキの悪ふざけだと思われても全然おかしくない。

個人的には、乗車拒否された方がいい。僕たちが問題児を連れ戻す理由はない。どこへ行こうが気にならない。放っておいても閉館時間までには戻ってくるはずだ。久米先生に問題児が逃亡したことがバレても、みんなで『止める間もなかったんです』と口を揃えればいい。

班長は残される側のことも考えてくれ。三人も『えむえむ』から抜け出したことが知られたら、言い訳のしようがない。ちょっと先読みすれば、居残り組が『なんで班長たちを止めなかったんだ！』と久米先生に叱られることがわかるだろうに。

タクシーのドアを開けて『追わない方がいい』と引き止めたい。でも班長が『問題児でも班の仲間だから放っておけない』と発言する可能性がある。それは必勝の手だ。それを指されたら、僕が薄情者のような感じになってしまう。

ノロ子と副班長を女子として見ていないが、何故か二人の前では恰好つけたくなる。班長の行動が偽善であっても、彼が臨機応変に対応したことで『意外と頼もしい！』『班長に相応《ふさわ》しいリーダーシップ！』と株が上がっているはずだ。それに対して僕は棒立ちだった。これ以上班長に差を付けられたくない。

僕の願いとは裏腹にタクシーが動きだした。班長とノロ子が車内から僕たちへ手を振る。気が進まなかったけれど僕も軽く手を挙げた。副班長も手を振って見送った。

気が重い。不安でいっぱいだ。久米先生にバレないだろうか？　副班長は生きてんだか死んでんだかわからないと思えるほど覇気がない。そんな彼女が上手に立ち回れるか怪しい。

生徒の前で問題児に恥をかかされて以来、久米先生の権威は失墜した。でも気弱な副班長にとってはまだまだ充分に威圧的な教師だ。副班長が挙動不審になる未来が浮かぶ。久米先生が『どうした？　なんか変だぞ』と追及したら、簡単に自白してしまいそうだ。

発覚した場合、久米先生は真っ先に僕を叱り飛ばすだろう。逃走した問題児や追いかけた班長たちはこの場にいないし、副班長は女子だから強く怒れない。久米先生が怒りの矛先を向けられるのは、僕しかいない。

僕は修学旅行を休んだタロットオタクのことを恨めしく思った。うちの班にはもう一人メンバーがいたのだが、昨日の朝に熱が出て修学旅行に参加できなくなった。タロットオタクも女子なので彼女が居残り組に入っても、怒られ役が僕であることに変わりはない。

だから『タロットオタクが休んでいなければ』とは思わない。僕は『ズル休みするなんて小憎らしい』と彼女に出し抜かれたことを悔しがったのだ。おそらくタロットオタクは仮病だろう。タイミングが良すぎる。

僕の頭には『仮病』という選択肢がなかったので、久米先生から「『熱が出たので休みます』って電話が入った」と聞いた時に、僕は『やられた！』と感じた。その手があったか。盲点だった。修学旅行を休んで家でオンライン将棋をしている方が有意義な時間を過ごせた。

副班長と取り残されてタロットオタクへの苦々しさと敗北感が一段と強まった。休めばよかった。なんでその手を導き出せなかったんだ？　そんなに難しいアイデアじゃないのに……。このままじゃ詰んでしまう。王手をかけられているような状況だ。

いっそのこと発覚する前にチクるか？　いい子ぶって『みんなが何かの事件に巻き込まれたり、事故に遭ったりしないか心配になって、断腸の思いで久米先生に打ち明けた』を前面に押し出そう。そうすれば一定の理解を得られると思う。

やっぱり駄目だ。問題児が根に持って仕返しをする可能性がある。少なくともみんなの前で『クラスメイトを売った根性無し！』と僕を叱責するだろう。他の手はないか？　どこかに突破口はある。起死回生の一手を探せ。頭を柔らかくして逆転の発想をするんだ。

将棋を指している時と同じ思考で頭をくるくる回転させながら、副班長と『えむえむ』の中へ入っていく。くるくる。くるくる。くるくる……。

入館料を払おうとポケットから財布を出しかけた時に、頭の回転が止まった。僕は「先に入ってて」と副班長に声をかけ、スマホを手にしてメールを打つ。

〈以前、京都在住って言ってたよね？〉

オンライン将棋で頻繁に対局している『SAE』に送信する。平日の午前十時を少し回ったところだけれど、彼女は不登校児だから家にいるはずだ。


SAEとは半年ほど前にオンライン将棋で知り合った。自分の腕前に応じた対戦相手を選べるシステムで、僕は勝って自信をつけたいこともあって、レベルを二つ下げて対戦していた。要は、弱い者虐めをしたかったのだ。

対戦相手は僕の指す手に右往左往すると、チャットに〈キビシー！〉〈ちょっと待って！〉〈それはないよ！〉〈えげつない！〉などと打ち込む。そういう反応を引き出したり、心行くまで手玉に取ってから〈王手！〉と宣言したりするのは快感だ。

SAEは恰好の獲物だった。適度に手応えがあり、窮地に立たされた時のリアクションが大きく、こっ酷《ぴど》い負け方をしても少しも不機嫌にならない。対局後には潔く勝者を称え、〈お手合わせありがとうございました！〉と清々しく感謝した。

相手の低姿勢に気を良くした僕は、開始から終局まで、あるいは一部を再現して互いの手を言い合う感想戦で丁寧に〈この手が悪かった。〉〈ここはこうした方がよかった。〉と解説してあげた。そして次回の対局を約束する。

それから週に数回ネット内の待合室で落ち合って指すようになった。対局というよりは、指導に近い。従順なSAEに教えるのは、自分が立派な人間になったような錯覚を起こす。身の程知らずであることは重々承知していたが、悪い気はしなかった。

SAEは感想戦のあとに決まって〈次はいつにしますか?〉とがっつく。僕が自分の都合を伝えてから〈SAEの空いている日は?〉と訊くと、いつも〈何日でも、何時でもいいです。〉と返ってきた。

ニートなのか、時間を持て余している主婦や老人なのか? 初対局から四ヶ月が過ぎても、僕はSAEのことを何も知らなかった。相手のことを詮索しないのはネットのマナーだ。知る必要はなかったし、特に知りたくもなかった。

ところが急に気になり始めた。何がきっかけなのかわからないが、どんどん関心が高まる。SAEのことが知りたい。女のようだけれど、本当に女なのか? 年齢は? 気になってしょうがない。でも傷付くのが怖くて単刀直入に訊けない。もし男やオバサンだったら……。

〈SAEはいつも家にいるの?〉と僕は遠回しに探ってみた。

〈私、もうずっと学校に行ってないんです。〉

〈不登校ってこと？〉

〈はい。〉

〈中学？　高校？〉

言葉遣いから考えて小学生ではないだろう。

〈高校です。〉

〈何年？〉

自分から学年を明かさなかったのは、ＳＡＥが年上だと不都合だからだ。先輩ヅラがし難くなる。

〈本当なら二年生なんですけど、学校に行ってないから……。〉

留年しているようだ。虐めか？　病気か？　真面目そうなＳＡＥから『赤点』や『停学』は想像できない。

〈じゃ、僕と同い年なんだ！〉と話題を明るい方へもっていく。〈偶然、年が同じなんてびっくりだね！〉

〈本当ですか！　なんか嬉しいです！〉

ＳＡＥは単純にテンションを上げた。素直でいい子だ。でもその『いい子』には『扱い易い子』という意味もあった。僕は心の狭い男だ。自分の手の中に納まりそうな大人しい子しか好きになれない。自分に自信を持てないから。

同い年であることがわかってから、ＳＡＥは僕に親しみを覚えるようになる。自分のことをよく喋り、時には冗談も言った。チャットが盛り上がると彼女は師弟関係を忘れてタメ口になったが、僕は気分を害さなかった。親密度が増したような気がして嬉しい。

ＳＡＥが将棋を始めたきっかけは虐めだ。高校に入学してすぐに性悪な子に目を付けられた。一ヶ月ほど陰湿な嫌がらせを受け続けたＳＡＥは自室に引き籠るようになる。

彼女の両親は「嫌やったら無理して通うことないやん」と不登校を容認した。一緒に住んでいるお祖父《じい》ちゃんも柔軟に受け入れ、「暇やったら相手になってくれへんか。最近、将棋始めたんや」と覚えたばかりの将棋のルールを教えた。

ＳＡＥは暇つぶしに将棋に付き合ってあげていたのだが、お祖父ちゃんには思惑があった。孫がルールを完璧に呑み込むと、「餡蜜《あんみつ》食べに行かへんか」と騙して外出させ、近所の将棋センターへ連れて行った。老若男女が入り乱れて対局しているところへＳＡＥを放り込んで、人と交流する機会を設けたのだ。

彼女は初めこそ嫌々指していたけれど、次第に将棋にのめり込んでいく。小学生と競い合い、老人に教えを乞い、同年代をライバル視し、半年でめきめき上達していった。お祖父ちゃんはあっという間に置いてけぼりにされた。

ただ、毎日将棋センターに通い詰め、朝から晩まで入れ代わり立ち代わりで対局していたために、同じ人とばかり指すことに飽きてきた。その将棋センターには四十人ほど通っているのだが、ほとんどが小学生だ。あとは老人と同年代が二、三人ずつ。

小学生は戦法の幅が狭いので高校生程度の思考力があれば、何度か対局していくうちに相手の弱点をつけるようになる。複雑な思考ができる上に、適応能力の高いSAEは小学生には負けなくなった。でも経験豊富な老人には簡単に捻られる。

同年代とはいい勝負をするが、繰り返し対局をしているから相手の手の内が互いにわかっていてつまらない。それでSAEは自分の腕を磨く場を求めてオンライン将棋の世界へ飛び込んだのだった。

SAEはスポンジのような吸収力で僕の技術を吸い取っていった。学習能力も高く、一度使った戦法は通用しない。加えて、飽くなき向上心を持っている。彼女の夢はプロ棋士だ。

少しでも強くなりたい気持ちから、〈急に時間が空いた時は、連絡してください。対局しましょう。〉と僕に携帯電話のメアドを教えた。数年前に流行った曲のタイトルを捩《もじ》ったありがちな文字列だった。でも僕には異世界への扉を開く特別な暗号のように思えた。それくらい嬉しかったんだ。

彼女のメアドを得たのは修学旅行の一ヶ月前くらいだったが、その頃にはもう他の人と対局する気が起きなくなっていた。SAEとだけ指したい。SAEじゃなきゃ嫌だ。

だけど、彼女は僕のことよりも将棋に夢中だ。対局を理由にしてもっと親しくなりたい、という意図がまるで感じられなかった。きっと僕に勝てるようになったら、僕への関心は失せるに違いない。より強い対戦相手を求める。

ＳＡＥが『将棋センターで同じ相手とばかり指すことに飽きたんです』と言っておきながら僕と対局し続けるのは、どうしてか？　好意じゃない。勝てる見込みがある相手だと思っているからだ。

僕が雲の上の存在なら『出直してきます。私が腕を上げた時には、再びお手合わせお願いします』と言ったはずだ。ＳＡＥにとって僕はちょうどいい高さの踏み台なのだろう。高すぎず低すぎず。ステップアップに適した相手なのだ。

対局すればするほどＳＡＥは強くなり、徐々に僕の考える時間が延びていく。以前のようにポンポン指せない。僕の予想を上回る手を指してきて、指導者気取りでいられなくなった。

将棋を始めて一年ほどで将棋歴十年の僕が冷や汗を掻かされるとは、僕のアマチュア三段の肩書きが泣く。でも僕はこの世の中が不平等の上に成り立っていることをとっくに知っている。持って生まれた資質の差はどうにもならない。悔しいが、ＳＡＥには特別な才能があることを認めざるを得ない。

ここ最近は危うく負けそうになることもある。胸を貸している場合じゃない。負けたら次の対局はないかもしれない。彼女との接点がなくなる。失恋の危機意識を持った僕は手段を選ばずに勝つことに固執した。

ＳＡＥは僕の期待に応え、すぐに返信してくれた。五分も待たなかった。

〈はい。京都生まれ京都育ちですよ。急にどうしたんですか？〉

〈今、修学旅行で京都にいて、自由時間に単独行動できるんだけど、直に対局しない？〉

今度はすぐに返ってこない。迷っているのか、突然の申し出を気持ち悪がって当たり障りのない拒絶の言葉を探しているのか……。

ＳＡＥに惚れている僕は一手指すごとに会ってみたい気持ちが膨らんだ。東京と京都は小遣いを数ヶ月貯めれば往復できる距離だ。夜行バスに乗って一眠りしたらＳＡＥに会える。でもリアルの僕を見てがっかりしないか不安だったから、『会わない？』と切り出せずにいた。

昨日、京都駅のホームに降り立った時、『ＳＡＥに近付いた』と胸が高鳴ることはなかった。どんなに物理的な距離が縮まろうとも、会う決心がついていなければ意味がない。僕は修学旅行で京都へ来ただけで、ＳＡＥに会う気はこれっぽっちもなかった。

遠距離でも近距離でも関係ない。どれほど離れていても近くにいても、踏み出す勇気がないことには何も生まれない。僕は意気地なしだ。ＳＡＥが同じ東京に住んでいた場合でも、会う勇気は湧かなかったと思う。

修学旅行中に抜け出して会いに行く、という選択肢を夢想すらしなかった。でも問題児や班長たちに刺激された。瞬く間にタクシーでエスケープした問題児。瞬時に追跡を始めた班長。誰よりも早くサポート役を買って出たノロ子。

特に鈍間でいつもうじうじしているノロ子が積極的に行動したことに強い影響を受けた。やっぱり悔しかったのだ。あのノロ子にできるなら僕にできないわけがない。

幸いなことに、ＳＡＥは京都にいる。広島や福岡だったら、今から会いに行こうと思っても不可能だ。これは天恵だ。恋のキューピッドが僕を援護射撃してくれている。この機を逃したら二度とＳＡＥと対面できない。今しかない。

東京へ戻れば、会いたい気持ちは弱まってしまうだろう。旅費を工面したり、ＳＡＥとのアポをとるのを躊躇《ためら》ったりしているうちに、消極的な思考へ舞い戻るに違いない。

二十分以上経ってから、〈いいですよ。〉と届いた。相当悩んで覚悟を決めたと思われるが、僕を嫌っていないことがわかって安堵した。少なくともＳＡＥは僕のことを『会ってもいい人』と位置づけている。きっとメールを返すのを恥じらっていたんだ。

これまで上達するために我慢して僕と嫌々対局していたなら、『オンラインだけで間に合っている』という思いから、適当な理由をつけて対面を断ったはずだ。ＳＡＥも僕に会いたい気持ちが多少はあるのだ。

彼女は待ち合わせ場所を指定した。市内の将棋センターだ。その近辺がＳＡＥのホームタウンのようだ。僕はスマホで行き方を検索して〈迷わなければ、一時間以内に行けると思う。〉と送った。

もしＳＡＥが京都の外れに住んでいたら移動に時間がかかり過ぎるので、中間地点で落ち合うつもりだった。スマホの将棋アプリを使えば、盤や駒がなくてもどこでも対局できる。駅のホームで待ち合わせて電車内で対局することも想定していた。

副班長に貧乏くじを引かせるようで心苦しかったが、〈僕も用事があるから抜け出す。あとは任せた。〉とメールを送信した。仕方がない。『えむえむ』に留まっていても、久米先生に怒られるだけだ。

どうせどやされるなら、抜け出した方がいい。久米先生には『僕もみんなのことが心配になってあとを追った』と言い訳をしよう。副班長が孤軍奮闘して久米先生を出し抜くことはほとんど期待していない。十中八九嘘を見破られるだろう。

僕が『えむえむ』から徒歩数分の烏丸御池駅に着いた時に、副班長から〈わかった。〉と返信が来た。一言だけだから快く了承したのかは疑わしい。どんなに気の良い人でも『なんで私だけ？』と不満に思うものだ。

烏丸御池駅から電車を乗り継いで太秦《うずまさ》広隆寺《こうりゅうじ》駅へ。そこから地図を表示したスマホを片手に、SAEが待っている将棋センターを目指す。知らない街へ来ると、周囲の人が『あいつはよそ者だな』と見抜いているように感じるのは僕だけだろうか？

なんか落ち着かない。よそ者が足を踏み入れてはいけない場所に来てしまったんじゃ？よそ者だとバレたら叩き出されるかも？ 不慣れな場所が僕を不安にさせ、妄想を抱かせるのだ。特にこの街はいつも以上に僕に疎外感を与えている。SAEと会うことに緊張しているからか？

十五分ほど歩いてから、この街の空は高いな、と気付いた。どうしてだ？ そうか。高い建物がないから視界が遮られていないんだ。周囲をぐるりと見回してみる。二階建ての一戸建てばかりが目に付く。中高層の建物は見当たらない。何かの決まりごとがあるのか？

兎にも角にも、疎外感の正体は空の高さだったようだ。僕の暮らしている街は中層マンションが多くて空が圧迫されている。必ずと言っていいほど高い建物が視界を邪魔する。そのために空が低く感じるのだ。

原因がわかったのでネガティブな妄想は萎んでいった。そして次第に不安に取って代わって期待が大きくなる。もうすぐSAEに会える。胸が熱い。興奮を抑えきれない。

オンライン将棋をする時の僕のハンドルネームは『№2』だ。頭文字は『N』。一方、SAEの頭文字は『S』。NとSと言ったら、磁石しかない。僕たちは磁石だ。N極とS

極が近付くにつれて互いを引き合う力が増していくように、歩を進めるごとにＳＡＥが僕の心を惹き付ける力は強まる。

正しく有頂天。僕は『失望されないか？』という心配をどんどん置き去りにして、前へ前へと突進していく。今まで生きてきてこんなにまでポジティブな気持ちになったことはなかった。

体の内側から力が漲ってくる。今ならどんな障害でも軽々と飛び越えられる。ＳＡＥを一目見た瞬間に告白してしまいそうなくらい僕は勢い付いていた。


約束した時間よりも少し早く目的地に到着した。知らず知らずのうちに早歩きになっていたのかも。将棋センターは二階建ての低層マンションの一階にあり、『うぜん将棋クラブ』という表札がかかっていた。僕はインターホンを鳴らす。

運命の顔合わせに否応なく気持ちが高ぶる。どんな子か？　想像の中のＳＡＥは清純派アイドルだ。黒髪の色白。痩せ型で小柄。目が大きく、睫毛《まつげ》はクリンとしている。鼻は小さく、唇は薄いピンク色。はにかんだ笑い方が純粋さを感じさせ、陰のある表情は虐めの凄惨《せいさん》さを漂わせる。

もちろんそんな子であるはずがない。ただの幻想だ。過度な期待はしていない。見た目で好きになったのではないから、可愛くなくても太っていても受け入れられる。外見も中身もイマイチな僕は人の容姿をとやかく言える立場ではない。

急にドアが乱暴に開く。僕の前に同い年くらいの女の子が現れた。ぽっちゃり体型で上下グレーのスウェット。肩にかかった金髪は生え際が黒くなっている。眉毛が不自然に細く、髪の間から髑髏《どくろ》のピアスが見え、これぞ不良という印象を受ける。

僕の顔を睨み付けるようにして見てから、「№２か？」とつっけんどんに訊く。僕とＳＡＥはお互いに本名を教えていなかった。

僕は小刻みに二回頷く。イメージしていた姿とかけ離れていることに狼狽して『ＳＡＥなの？』と確かめられなかった。唯一想像と一致していたのは『陰のある表情』だけ。でも僕が思っていた陰とは大違い。ダーク過ぎる。

うちの問題児と同じでツンツンしているから、教室から弾かれてしまったのかも？　不登校児になってからグレてしまったのだろうか？　どちらにせよ、やさぐれた女の子は想定していなかった。

びっくりし過ぎて腰が抜けたのか、立っている感覚がしない。膝に力が入らない。足下がふらつく。彼女が「上がって。靴は適当に棚に入れて」と言わなければ、その場にへたり込んでしまっただろう。

怖い人には逆らわない、という負け犬根性が僕の足を動かしたのだ。ほとんど無意識で彼女の言葉に従ってマンションへ入り、彼女のあとについていく。

まさかそっち系とは……。よりによって僕が一番苦手にしているタイプの女子とは……。肉食動物と草食動物は共生できない。途端に磁力はゼロになり、帰りたい気持ちでいっぱい。もう悲劇を通り越して喜劇だ。

でもやっぱり信じられない。あまりにも違い過ぎる。これは夢なんじゃ？　僕は悪い夢を見て……。

「……ないんでしょ？」

「えっ、何？」

ぼんやりしていて彼女が何を言ったのか聞き取れなかった。

「だから、時間がないんだろ？」

苛立った声が僕の鼓膜に刺さった。

「はい。ありません」と僕は慌てて答える。

「じゃ、そこに座って」

彼女がクイッと顎を出した方向のテーブルに、駒が初期配置に並べられている盤が置いてあった。

「はい」と言って急いでパイプ椅子に座る。

リビングらしき部屋には四人ずつ向き合って座れる長テーブルが三つあり、老人一組が対局していた。どちらも険しい顔で盤上を凝視していて、こちらの方には少しも意識を向けない。

彼女も着席すると、自分の陣地の『歩』を五枚手に取って盤上に落とす。『振り駒』と言って、表が三枚以上出たら振った人が先手だ。表が四枚だった。彼女は散らばった『歩』を並べ、すぐに一手目を指す。

「あの」と脅えながら発言する。「オンライン対戦の時とは、だいぶ雰囲気が違いますね」

「かまととぶっていたに決まってんだろ。そうしねーと対戦したがる奴が寄ってこねーから。んなことはいいから、早く指せよ」

「はい」

生まれつき気性が荒いのか、向こうも僕の外見が好みに合わずに落胆したのか、口調がきつい。元からのような気がするが、どっちでもいいか。感動の対面を夢見ていた僕が馬鹿だったのだ。早く終わらせて帰ろう。僕は何も考えずに指した。

僕が一手目を指した直後に、貫禄《かんろく》のあるオジサンが入室し、彼女の右隣の席に着いた。

「ここの将棋の先生」と彼女は紹介する。

道理で眼光が鋭いわけだ。

「渡辺右京です」と僕は挨拶して会釈する。

「観戦させてもらいまっせ」

外見通りの威圧感のある声だった。おっかない顔とガッチリ体型。厳しい先生に見えるのに不良を更生させられないのか？　僕が通っていた将棋教室は『将棋を通して礼儀作法や身だしなみを身に付け、心を育てる』がモットーだ。でも優しい風貌の先生だったから生徒たちはあまり言うことを聞かなかった。

「はい」と僕は答えたが、内心では『ギャラリーがいるとやり難い』と煙たがった。

僕が四手目を指した時には、詰襟の学生服を着た少年が入ってきて彼女の左隣に座った。彼女が「今日は学校が早く終わる日？」と少年に声をかけたら、被っていたニューヨーク・ヤンキースのキャップのつばが大きく上下した。

「こっちは梶《かじ》くん」と彼女は紹介してから『王』の囲いを作る。

僕はまた会釈する。梶くんもちょこんと頭を下げた。この調子でどんどんギャラリーが増えたら堪らないな、と辟易《へきえき》しながら五手目を指す。

「さっき『渡辺』って言ったよね？」

「はい」

「私は冴島《さえじま》」

名字の『冴島』から『ＳＡＥ』にしたのか。ヤンキー風の当て字で『鎖獲《さえ》』にしていたらオンライン対戦をすることはなかったのにな、と思ったらクスッとしかけた。どうにか笑みを堪える。

駒に触れていたら、少し気持ちが落ち着いてきた。冷静になろう。頭を切り替えるんだ。純粋に対局しに来たと思えばいい。ここへ来たのは、面と向かってSAEと指したかった。ただそれだけだ。そう思い込もう。

冴島さんは『金』と『銀』で守りを固めると、どんどん厳しい手で攻めてきた。僕は受けに回る。序盤で軽率に早指しをしたことが悔やまれる。いや、一手目から慎重に指していても戦局は苦しくなっただろう。今日の冴島さんの指し方は鋭い。

オンライン対戦の時には見られなかったキレがある。直に指す方が燃えて力を発揮するタイプなのか？　盤上を見つめる冴島さんの眼差しはギラギラしている。さっき玄関先で睨まれたが、その時とは比べものにならないほど鋭利な目だ。思わず、左京に言われた言葉を思い出す。

『兄ちゃんと将棋をしてもつまんない。だって闘志を全然感じないんだもん』

四年前、対局後に言われた。これまでの最短手数で勝負がついたから、やる気が感じられないと左京は憤ったのだ。手を抜いたつもりはなかったけれど、何度やっても歯が立たなく、勝機が少しも見えない相手にどうやってモチベーションを保てるんだ？

僕と左京は十年ほど前に一緒に将棋を習い始めたが、弟に勝ったことは一度もない。猛練習しても、どんなに研究しても、いつも左京が軽々と僕の上を行った。そのため、よく将棋教室の生徒から「情けねー兄貴だな」と馬鹿にされた。何故か僕よりも弱い人からも軽く見られた。

顔も体型も瓜二つの兄弟なので「渡辺の劣化版」と言われることもある。兄としてのプライドはズタボロだ。牙《きば》はとうの昔にへし折られている。将棋だけじゃなく、何をやっても左京には敵わない。勉強もスポーツも男らしさも左京の方が勝る。見た目は同じでも、生まれ持った資質に雲泥の差があるのだ。

骨の髄まで負け犬根性が染み付いている僕は、自分に自信を持つことができない。家の中でも外でも身の置き所がない思いをする。みんなが『兄貴のくせにみっともない』と嘲《あざ》笑《わら》い、『外側だけ似ていて紛らわしい』と批判しているように思えてならなかった。

少しでも外見に差異をつけようと、それほど視力が悪くないのに眼鏡をかけ、髪型が左京と被らないようにした。それでも時々左京の友達に「いつもはコンタクトなのか？」や「髪型を変えたんだ」と話しかけられた。彼らは間違いに気付くと、口では謝るが『んだよ、劣化版の方か』という顔をした。

僕は『中学を卒業するまでの我慢だ』と自分に言い聞かせ、息を潜めて過ごした。別々の高校に通えば、左京と比較されない穏やかな青春を送れるはず。そう信じて卒業の日を待ち焦がれた。

ところが左京は僕と同じ高校へ進学した。兄よりも偏差値の高い高校へ入れる学力を持っていたのに、「制服がカッコいいから」というつまらない理由でランクを下げた。そのせいで、僕は現在も息苦しい毎日を過ごしている。

左京に他意はなかった。いつも溌剌《はつらつ》としていて、打算を働かせるのは将棋をする時だけ。弟じゃなかったら『友達になりたい』と思える爽やかな奴だ。でも弟だからこそ収まりのつかない怒りが込み上げてくるのだ。

普段、左京とはほとんど喋らない。劣等感を刺激されるから接触するのを避けている。だけど向こうは何も察していない。平然と話しかけてくる。時には「たまには対局しようよ」と誘ってくることも。

小さいことを気にしない左京は『兄ちゃんと将棋をしてもつまんない』と言ったことを忘れているのだろう。でも僕はずっと引き摺っているので、『つまんない』と言われて以来、兄弟で対局していない。「おまえの弱点が見つかったら対局するよ」や「まだ研究中」を理由にして誘いを断り続けている。

中学二年生の途中から将棋教室に通わなくなった。もう左京と比較されたくなかったのだ。その後は、専らパソコンやスマホの画面上の将棋盤と向き合った。コンピューター対戦やオンライン対戦でスキルアップを図った。

弟と同じことをしていても差が縮まるわけがない。僕なりに足掻《あが》いていた。でも左京は「リアルで指さないと、相手の熱量が伝わってこないから意味がない」と僕の向上心を全否定した。

僕は「精神論なんて古臭い」と言い返してパソコンに齧り付いた。コンピューターは人と違ってミスをしないから手強い。ネットなら家にいながら不特定多数の人と対局できる。ネットを利用して手軽に経験値を上げることのどこが無意味なんだ？

コンピューター対戦で腕を磨き、オンライン対戦ではレベルを少し落として、新しい戦法を試した。そして時々は自信をつける目的で弱い者虐めをした。左京の前で自尊心を保つためにどうしても必要なことだった。

ＳＡＥのことも初めは噛ませ犬にした。でも彼女は少しもめげなかった。負ける度にきちんと学習して挑んでくる。同じ手には引っかからない。新たな手に返り討ちにあっても、闘志が衰えることはない。どんどん僕から吸収していった。

僕にもＳＡＥのような素直さがあれば、いつかは左京を負かすことができるのかもしれない。そう思った時、特別な感情が芽生えた。彼女には劣等感ではなく憧れを抱いた。

それはいつの間にか恋と呼べるものへ変化していたが、恋心と一緒にＳＡＥと直に対局したい願望も膨らんでいった。『どんな子か会ってみたい』という想いとは別の気持ちがあったのだ。

左京の発言を認めたくはないけれど、薄々オンライン対戦では伝わらないものがある気がしていた。闘志を迸《ほとばし》らせるＳＡＥと面と向かって対局すれば、何かが変わるかもしれない。いや、きっと変わる。その予感が僕の背中を押し、修学旅行を抜け出させた。

僕は大きく深呼吸して気持ちを入れ直す。目の前にいるのはSAEだ。夢にまで見たSAEが一手一手魂を込めて指している。僕はこの姿が見たかったんじゃないのか？　せっかくここまで来たんだから、全身全霊で指さないでどうするんだ！

僕は持てる力を総動員して盤上で冴島さんと激突した。気合を注入して劣勢からの巻き返しを試みる。凌《しの》いでいれば、チャンスが巡ってくるはず。SAEは大事なところで集中力を欠いてポカをすることがよくある。それまで辛抱して形勢逆転を狙うんだ。

でもリアルのSAEは手も足も出ないほどキレキレだった。先手先手で果敢に攻めながらも、陣形を崩さないから付け入る隙がない。尚且つ、オンライン対戦とは違って指すのが早い。相手が考え込めば、こっちも作戦を練る時間が増えるのだが……。

これが本来の実力か？　冴島さんはパソコンの扱いに不慣れで、それで遅かったのかもしれない。オンライン対戦の時よりも指し方が鋭いのも、リアルの方が集中できるからだろう。

僕はSAEを前にしても発憤できなかった。彼女のようにいつも以上の力を出すことはできずに、防戦一方のまま屈した。惨敗だ。全くいいところを出せなかった。初めてSA

Eに負けた。

「もう一局、駄目ですか？」と僕は頼む。

「駄目。何度やっても一緒」と手厳しく返す。「だって渡辺は弱いんだもの。話になんない」

「序盤は緊張していたから、調子が出なかったんです。次は平常心で指せると思います」

「中盤も終盤も怖さを感じなかった。クソ弱かった。『本当にNo.2か？』って疑ったくらい。要所、要所での粘り強さや死角からの指し手が全然なかった」

「敵地だから落ち着いて指せなくて……」とビクつきながら言い訳する。「誰だって多少のやり難さを感じるものじゃないかな」

「敗因はなんだっていいよ。反省は一人でやって。私は勝利の余韻に浸りたいから勝ち逃げする。もう対局はしない」

「そんな……」

初勝利に浮かれたい気持ちはわかるけれど……。

「渡辺は何しに来たの？」

「何しにって……それは……」

あわよくば告白しよう、と思っていたから言葉が滞った。

「SAEとリアルの対局をしたかっただけか？」

「そ、そうです」と言わされるような形で同意した。

「なら、目的は済んだはず」

「悔いのない対局をしたいんです。京都に来る機会はそうそうないから」

「自分が勝って終わりたいんでしょ？　そんなのはそっちの都合。『いい勝負をしないとすっきりしない』や『勝って終わりたい』ってのは、単なる自己チュー。私には私の都合があんの」

自己中心的だ、と言われたらその通りだ。完全に言い負かされた僕は何も言い返せずに、「ありがとうございました」と言って席を立った。

しょうがない。勝負弱い僕が悪いんだ。玄関へ向かいかけたが、途中で足が止まった。疑問が頭を横切る。僕は勝負したか？　愚問だ。何も勝負してないじゃないか！

僕は体の向きを変えて「やっぱりもう一局だけお願いします」と冴島さんに頭を下げた。『お願いします』としか言えない。だって勝って終わりたいから。本当のことを言ったら冴島さんに怒鳴られてしまう。

確かに僕の独り善がりだ。でもリアル将棋でSAEに勝ちたいんだ。その一勝はただの白星じゃない。僕を変えてくれる一勝になる。ＳＡＥに打ち克《か》つことで自分が生まれ変われる予感がしてならない。

「しつこいな。私はもう指す気はない。リベンジはオンラインでいいでしょ」

「そこをなんとかお願いします」

「嫌だね」

「少しは相手さんの気持ちを考えてあげや。わざわざ東京から来てくれはったんやで」と将棋センターの先生が間に入ってくれた。

「修学旅行のついでだろ」

「ついでじゃありません。抜け出してきたんです」

大人のいる前で打ち明けたくなかったけれど、出し渋っている状況じゃない。どうにかして僕の本気度をわかってもらわなければいけない。冴島さんは「へー。意外とやるね」と感心し、先生は「平気なんか？」と心配した。

「夕方までに戻れば平気です」

副班長が久米先生を欺ければ、というのが大前提だ。まあ、無理だろう。僕のスマホになんの連絡も入っていないからまだバレていないと思うが、時間の問題だ。

「そんじゃ、先ず梶くんとやってみなよ。勝ったら対局してやる」と冴島さんが態度を軟化させて条件を出す。

「うへっ！」と梶くんは変な声を出す。

驚いて声が裏返ったのか、耳がキーンとする高い声だった。

「大丈夫だって。渡辺は不調っぽいから梶くんでも勝てるよ。梶くんもいっつも同じ人と対局するのに飽きていたでしょ。いい機会だよ」

どうやら梶くんの腕前は冴島さんよりも劣るらしい。梶くんは顔を伏せて押し黙る。悩んでいるのだろうか？　入室時からずっと俯いて僕と視線を合わせないでいるから、極度の人見知りのようだ。

「お手合わせお願いします」と僕はできる限りの優しい声を出して頼む。

キャップのつばが少しだけ上下した。

「よし。やっつけてやれ」と冴島さんは発破をかけて梶くんと席を替わった。

僕の目の前に座った梶くんは極端な前傾姿勢だったので、キャップのつばに顔が隠れて口元しか見えない。対人恐怖症なのか？　異常なほどおどおどしている。

左の襟に『中』の字が入った校章をつけているのが目に入った。中学生のようだ。ふと、今になっておかしな点に気付く。暑くないのか？　今は七月だ。京都の学校は年中上着を着なくちゃいけない決まりがあるのだろうか？　それともこの周辺の不良の定番なのか？

学生服にキャップ。うちの高校や地元では見ない組み合わせだ。漫画やテレビに出てくる不良の恰好だ。でもキャップ以外に不良の要素は見当たらない。髪は耳にかかるくらいの長さで染めていない。ピアスもしていない。

小柄で華奢《きゃしゃ》な体つきをしているから、喧嘩が強そうな感じはしない。大方、冴島さんの舎弟なのだろう。少しでも舐められないようにキャップを被らされているのかもしれない。

将棋の怖さも微塵も感じない。左京や冴島さんとは違う。強者の風格を漂わせていない。冴島さんよりも弱いなら苦戦しないはずだ。でも油断は禁物。序盤でのミスは命取りになる。最初から全力で挑もう。

いざ、対局が始まっても、梶くんには脅威を感じない。一手目から熟考し、不安げに駒を動かす。冴島さんから将棋の手解きを受けたのか、先生の指導に因るものなのか、指し方が冴島さんと似ている。だけど鋭さに欠けているので怖さは皆無だ。

ただ、ふわふわした手を指すから、何が狙いなのかわかり難い。深い考えがあってそこに置いたのか？　あるいは適当か？　適当な気がするけれど、慢心は要注意。

でも考え過ぎると墓穴を掘ることにもなる。万全を期しつつ、攻めの将棋をしよう。梶くんがとっておきの秘策を練っていても、受けに回らせれば『王』を守ることで手一杯になる。

序盤は僕が怒濤《どとう》のごとく攻め、梶くんがどうにか凌ぐ、という展開だった。攻め落とせそうでなかなかしぶとい。あと一息というところで、梶くんは起死回生の一手を指して、陣形を整える時間を稼いだ。

中盤からは梶くんが盛り返してくる。僕が焦りから、刺し違えで陣形に穴を開けようとしたのが裏目に出た。梶くんは冷静に見極めて僕の攻撃をいなし、反撃に転じる。少しずつ形勢が不利になってきた。

僕が揺さぶりをかけても梶くんはあたふたするものの、完全には釣られない。僕の狙いを見抜いてきちんと対処する。僕が手強さを感じ始めるにつれて、梶くんの指し方に勢いが出てくる。

駒を摘まみ上げて盤上に置く際の音が劇的に変わった。一手目の音とは比較にならない。指し方が活き活きとし、梶くんの駒は盤上で躍動している。ちらりと見えた口元は笑っていた。将棋への情熱を内に秘めるタイプのようで、初めは伝わってこなかったけれど、じわじわと熱い気持ちが外へ漏れ出て僕の肌を焦がしていく。

冴島さんとの対局でも感じたことだが、久しくリアル将棋をしていなかったから、一手一手で相手の心情の揺れ動くさまが新鮮に感じられた。表情、息遣い、指先から放たれる音などの変化がダイレクトに感じ取れるのは、リアルの醍醐味《だいごみ》だ。

左京が言っていたことは正しかった。直接指さないと得られないものがある。ネットでは感じられない熱が僕の心に火をつける。眠っていた闘志を呼び覚ます。僕は『負けてたまるか！』という意気込みを駒に込めて指した。

九升四方の盤上で、双方の気持ちが激しく交錯する。不良漫画で『拳で語り合う』みたいな描写があるけれど、僕たちは一手指すごとに打ち解けていく。言葉はいらない。相手が全身全霊で指し、こっちも負けない気持ちで指す。それだけで充分に伝わる。

左京に対しても気持ちの入った対局ができていれば、負けっぱなしでも僕を認めてくれたのかもしれない。持てる力を振り絞って負けた相手を侮辱する人なんていないはずだ。

『修学旅行から帰ったら左京と将棋をしよう』

そう誓って梶くんに「参りました」と頭を下げた。負けたが、楽しかった。ずっと指していたかった、と思えるほど充実した対局だった。終盤は『負けたくない』よりも『終わらせたくない』の気持ちが強かった。一手でも長く対局していたくて、全ての駒を犠牲にしてでも『王』を死守しようとした。

梶くんはスロースターターだった。序盤はゆったりした手を指し、相手の陣形や戦法を見極めてから、尻上がりに調子を上げていった。エンジンが温まった終盤は完全に力負けした。

僕よりも一枚も二枚も上手《うわて》だ。まだまだ荒削りで隣に座っている冴島さんのような圧倒的な怖さは感じないが、キラリと光るセンスがある。十局やっても僕は二回勝てればいい方だ。

梶くんは無言で頭を小さく下げて『ありがとうございました』という意を表した。これまで梶くんは一言しか発していない。驚いて甲高《かんだか》い声を上げた時だけ。

「君の方がＳＡＥなんだよね？」

確信があった。梶くんの指し方には覚えがある。この半年間に何十回と対局してきた僕にわからないわけがない。

「ありゃりゃ、バレちゃった」と冴島さんはおどけて言う。

終盤に差し掛かるあたりで気付いた。梶くんとの対局が楽しくなった頃だ。あれ？　なんか冴島さんよりも梶くんの方がＳＡＥっぽい。ひょっとしてこっちがＳＡＥなんじゃ？　梶くんは性別と年齢以外はＳＡＥに該当するところが多い。控え目な性格。真面目。草食系。指し方。

「私の方が『梶』なんだ。で、こっちが『冴島』の冴ちゃんだ。よろしくな、渡辺」

改めて自己紹介をした梶さんはばつが悪い顔をしている。笑って誤魔化したい魂胆が透けて見えて、僕は苦笑いもできなかった。入れ替わっていた理由は、冴ちゃんがチャットで詐称していたからだ。

おそらく子供扱いされたくなくて年齢を偽ったんだ。性別は明言していなかったけれど、終始女子っぽい言葉を使っていたから間違いなく初めから騙すつもりでいた。女子の振りをした方が親切にしてくれると思ったのだ。

「ごめんなさい」と冴ちゃんはキャップを取って頭を深く垂れた。「本当にごめんなさい。渡辺くんから急に『対局しよう』って誘われてびっくりして……」

緊張しているのか、声が高かった。元々、高いのか？　中学生だからまだ声変わりをしないのかもしれない。

そういえば、先生は京都弁だけれど冴ちゃんと梶さんは標準語だ。時々イントネーションに『おや？』と思うことがあるものの、ほぼ東京人と変わらない話し方をする。SAEはチャットやメールも標準語だったから、たぶん京都の若者は方言を使わないのだろう。

「その……パニクって……てっきりお別れに来たと思って……」

「お別れ？」

「冴ちゃんはね」と梶さんがうまく喋れない冴ちゃんの代わりに説明する。「オンライン対戦でずっと渡辺に負けていたから、『対局するのに飽きちゃって決別しに来る。もしリアルでも負けたら、もうこれっきりになっちゃう』ってビビッていたの」

「僕が最後の記念にリアルの対局をしに来たって勘違いした。そういうことですか？」

本当か？　僕を騙していたから会いたくなかったんじゃないのか？　でもそれなら何か理由を作って会わなければいいだけのような……。

「私は『そんなことない。ただの修学旅行のついでだよ』って言ったんだけど、冴ちゃんに『絶対に決別だって。自分よりも弱い人と対局してもメリットがない。No.2は子守りに疲れちゃったんだよ』って泣き付かれたから、代打を引き受けた」

正論だ。弱い人にとって強い人と対局するのはメリットがある。いつも勝てる相手と対局しても成長は見込めない。向上心の強い冴ちゃんが不安になるのは当然のことだ。

「自分よりも強い人に『ＳＡＥ』と名乗らせて№２を打ち負かせれば、№２が今後もオンライン対戦をしてくれるって考えたんですね？」

「その通り」

きっと先生にも口裏合わせを頼んだのだろう。

「ごめんなさい。梶さんは何も悪くないんです」と冴ちゃんは弱々しい声を出して頭を下げ続ける。

「顔を上げてよ。冴ちゃんだけが悪いんじゃない。僕も悪いことをした」

ＳＡＥが詐称していたことを差し引いても僕の罪の方が重い。

「渡辺くんは何も悪くありません」

冴ちゃんは顔を伏せたまま言った。こんなにまで平謝りされた経験はない。

「いやいや、渡辺も悪いよ。急すぎ。もっと前から言ってくれれば、冴ちゃんは心の準備ができた」と梶さんは僕を責める。

「いえ、そうじゃなくて、僕は弱かったですよね？」

「聞いていたほどの強さは感じなかった。どっちの対局にも冴ちゃんが絶賛していた『粘り強さ』や『盲点を突く』の長所は出ていなかった。でもアウェーだし、調子が出ない日もあるから」

「オンラインよりも弱かったでしょ？」と今度は冴ちゃんに問いかける。

「うん」

　申し訳なさそうに小声で認めた。

「僕も代役を使っていたんだ。急成長したSAEに負かされそうになった時に、僕よりも上手な弟にアドバイスを貰って指していた」

　自室のパソコンでオンライン対戦をしながらスマホの将棋アプリでSAEとの対局を再現し、旗色が悪くなってくると隣の左京の部屋へ行って『この局面、おまえならどう指す？』と訊いた。

　だからSAEの腕前が上がってきてからは、弟が在宅している時間にしか対局の予定を入れなかった。左京に教えを乞うことにさほど抵抗を感じない。本来なら屈辱的な行為であるはずが、『恋のため』と割り切れた。

　一度でも負けたらSAEが僕に見向きもしなくなる可能性は高いのだから、左京を忌み嫌っている場合じゃない。むしろ将棋が強い弟がいてラッキーだ。天恵と言ってもいい。左京を利用しない手はなかった。

「えっ……それって……」と冴ちゃんはまごつく。

　思い掛けない裏切りに言葉が詰まったようだ。

「先に渡辺がズルをしていたってことか。ヒデー話だ！」

　梶さんはストレートな言葉で僕の心を抉《えぐ》った。でも回りくどく言われるよりは遥かにマシだ。

「ごめんなさい」

「言葉だけじゃ誠意が伝わらないから、コンビニでお茶でも買ってこい。喉が渇いた」

「お茶なら、いつものように私が淹《い》れて……」と先生が言いかけた。

だけど梶さんが「私はコンビニのお茶がいいの！　だから渡辺が買ってこい！」と大声を出して制した。

「わかりました」

ここに来るまでにローソンを見かけていた。走れば十五分くらいで戻ってこられるだろう。僕が机に手をついて立ち上がろうとすると、梶さんが「冴ちゃん、案内してやって。渡辺はこの辺に不慣れだからさ」と言った。

「私がっ？」

冴ちゃんは驚きの声を上げたが、すぐに梶さんの意図を察して席を立った。僕も先生も同時に理解した。僕と冴ちゃんを二人きりにさせるために、梶さんが気を利かせた。お互いの罪を一対一で謝罪し合う機会を作ったのだ。

続いて僕も椅子から腰を浮かす。その際に目の前の冴ちゃんを見上げるような形で起立したので、やっと顔が見えた。中性的な可愛らしい顔をしている。詰襟の学生服を着ていなければ、女子だと見間違える人もいそうだ。

冴ちゃんが「暑いからもう脱ぐね」と言って上着を脱ぎだした。すると、Tシャツ姿になった冴ちゃんの胸元に女性特有の膨らみがあった。

「お、女の子？」と僕は目を疑う。

そうだ！　さっき『私』って言った。呼び方も『くん』付けじゃなくて『ちゃん』付けだし。声が高いのも女子だからか。

「冴ちゃんは私と渡辺の対局を見たがったんだ。それで私の弟から冬服の制服を勝手に借りて変装させた。校章は私が中学時代につけていたものだけどね」

「なんで男装を？」

「よっぽど馬鹿じゃない限り、私の隣に大人しい女子がいたら『こっちがSAEかも？』って気付くだろ」

「完全に騙されました」と僕は言ったけれど、もちろん少しも悔しくなかった。

小躍りしたいサプライズだ。これから冴ちゃんに懺悔《ざんげ》するにも拘わらず、恋が復活したことに僕の心は上向いた。

マンションの外に出てすぐに冴ちゃんが「駅へ行こうか？」と言った。僕が修学旅行を抜け出していることを心配したのか、単に追い返したいだけなのか、どちらか判断はつかないが僕は「うん」と同意した。コンビニへのパシリは表向きの理由に過ぎないから、お茶を買わなくても平気だ。

余所余所しさを挟んで並んで歩く。何を話したらいいのかわからない。冴ちゃんは怒っていないだろうか？　僕のことを見損なってはいないか？　不安が僕から言葉を奪う。対局中の無言とは異なり、重くて冷たい。

「私ね」と冴ちゃんから沈黙を打ち破った。「学校、辞めようと思うんだ」

「本当に？」

「うん。周りから『あいつ、ダブったんだぜ』って目で見られたくないし、留年を隠して転校しても年下の中に溶け込めない気がするから」

「そうだね。勇気がいることだよね」

「留年なんて大したことないって思っていた。でも実際にダブってみると、想像以上に重たかった。自分でもわかるの。『あー、心がどんどん押し潰されていってるー。重たくて自分のことしか考えられないなー』って」

自分に置き換えて想像するのが難しい。体験者にしかわからない重みなのだろう。うちの班の問題児は『留年したから転校してきたんじゃね？』と噂されているけれど、本当のことのように思えてきた。あんなにまで自分勝手なのは留年しているからなのかもしれない。

「将棋センターで梶さんと出会えたから、少しは気が楽になったんだけどね。梶さんもダブりなの。私と同じで不登校が原因で。今は高三だけど、一年生を二回やっている」

梶さんは僕たちよりも二つ上なのか。きっと冴ちゃんのお祖父ちゃんは登校拒否の経験のある梶さんが将棋センターにいることを知って孫に将棋を勧めたんだ。孫はシンパシーを感じ合える人にならら心を開くかも、という優しさだ。

「以前は私みたいな大人しい生徒だったんだけど、ダブってからはあんな感じになったんだって。きっとああやって自己防衛しないと、学校に通えなかったんだと思う」

「そうなんだ」

「梶さんはよく遅刻したり、サボったり、先生と揉めたりしているんだけど、そういうことも自分を守るためなんじゃないかな」

年下の同級生に馬鹿にされないために悪ぶるのは安易な方法だ。でも『僕はダブっても同じことをしない』とは断言できない。心の中がぐちゃぐちゃになって、自分のコントロールが利かない状態に陥ってしまえば、何が起こっても不思議じゃない。

留年した人の気持ちはよく理解できないけれど、普通から外れることの辛さなら僕も経験している。『普通は先に生まれた兄の方が弟よりなんでも上手にできる』という固定観念を押し付けられてきた。出来のいい弟のせいで理不尽な目に遭ってばかり。

でも『留年』は『弟に敵わない兄』よりもずっとずっと普通のことじゃないから、僕が舐め続けた辛酸とは比較にならないはずだ。梶さんや冴ちゃんには、ひょっとしたら問題児にも、とんでもない重圧が伸《の》し掛かっているのだ。

「私には梶さんみたいに自己防衛できる強さがない。『留年』って看板を掲げる力がないの。だから辞める。親も『辞めたいんやったら辞めてもええんやで』って言ってくれたし」

「辞めてどうするの？」

「将棋」と真っ直ぐに言い切った。

そう。冴ちゃんには将棋がある。そして将棋しかないからひたむきに指せる。彼女は一歩一歩高みを目指している。練習台にしていたつもりが、いつの間にか僕の方が練習台になっていた。踏み越えられた僕はもはやお払い箱だ。

「ごめん。真剣勝負に泥を塗るようなことをして」

「弟がいたんだね。お姉ちゃんとの二人っ子だと思っていた」

「うん」

姉がいることは伝えていたけれど、左京のことは伏せていた。

「いいね。兄弟で対局できて」

「最近は弟と指してないんだ。向こうが強すぎて」

「そっか。ごめん」

それから僕たちは駅まで一言も喋らなかった。冴ちゃんが口にした『ごめん』は不適切でありながら適切だった。冴ちゃんは言ったことを後悔し、僕は彼女に謝らせた自分を恥ずかしく思った。

太秦広隆寺駅は無人駅だからホームへの出入りは自由だ。冴ちゃんはホームまで一緒に来て見送りをしようとする。タイミングが良いのか悪いのか、ちょうど路面電車が入ってきた。

僕は冴ちゃんの正面に立って「あの」とせっかちに切り出す。

「はい」

「騙していてごめんなさい」と改めて謝る。

「うん」

「でも悪気はなかったんだ。負けたら、もう僕は用済みになる気がして、それで、つい魔が差して」

「私も同じことをしたから、気持ちはわかる」

「今日、対局しに来たのは正々堂々とＳＡＥとぶつかってみたかったからなんだ。真剣勝負をして自分を変えたかった。ＳＡＥと顔を合わせて対局したら、また将棋を好きになれるような気がしたんだよ」

「渡辺くんは梶さんにも私にも負けたけど、自分には勝った。将棋を愛する気持ちが渡辺くんを勝たせたんだと思う」

心が重なった、と感じた。ＳＡＥに会いたい想いだけが僕を突き動かしたんじゃない。将棋のことも愛していたからだ。むしろ将棋の比重の方が大きかった。僕は将棋指しとして成長したかった。それが第一の目的で修学旅行を抜け出したのだ。

温かい気持ちが僕の心に流れ込んでくる。今後将棋では繋がれなくても、新しい関係を築くことは可能だ。この流れに乗って告白しようと思った矢先に、冴ちゃんが「弟くんもオンライン将棋をするの？」と目を輝かせて訊いた。

「いや、弟はリアル派なんだ」

「一回だけでいいからって対局を頼めないかな？」

「無理だと思うけど」

「駄目で元々で頼んでみて」と僕に向かって手を合わせ、頭を下げる。

女は薄情だ。僕を追い抜いていたことがわかった瞬間から、僕への興味が失せた。電車が停車して発車するまでの間にお願いしたのも計算の上か、と疑いたくなる。僕は時間がないから「一応、頼んでみるよ」と言う他なかった。

「ありがとう」と満面の笑みを浮かべる。

僕はやるせない気持ちで「それじゃ」と言って電車に乗り込み、ドアの近くに立つ。冴ちゃんが小さく手を振る。僕も力の入らない体に鞭《むち》を打って振り返す。

「渡辺くん」

「何？」

「もし渡辺くんが弟くんよりも強くなったら、弟くんの振りをして私と対局してもいいんだよ」

失恋の傷が癒えるまでは当分笑えないだろうと思っていたが、冴ちゃんの提案に呆れ果てて頬が緩んだ。見かけによらず強《したた》かな女だ。僕を誑《たぶら》かしてまた踏み台にするつもりだ。でもまだ利用価値があると思われているなら、望みはある。こうなったら強くなってやる。欲しいものがあったら奪い取らなくちゃ駄目なんだ。弱い男に惚れる女なんていない。

虐めで惨めな思いをした冴ちゃんが強い力を求めるのは当然の成り行きだ。左京なんかに負けてたまるか。ついでに梶さんのこともやっつけてやる。さっさと蹴散らして冴ちゃんの関心をまた僕に向けさせるんだ。

「僕が弟に勝ったら付き合っ……」

早口で告白している最中にドアに邪魔された。冴ちゃんは閉じられたドアの向こう側で、どっちとも取れない曖昧な顔をして笑っている。聞こえなかった振りをしているのかもしれない。女は怖いな。いや、女じゃない。将棋指しが怖いんだ。薄情で強か。だけど僕は負けない。ここから這《は》い上がろう。

負け犬のままは嫌だ。才能が足りない分は努力で補うんだ。地道に進もう。最弱の

『歩』だって一升ずつ前進して『と金』になり、相手の『王』を仕留めることができる。前を向くんだ。下を向くのは盤上を見つめる時だけでいい。

第四章　偶然に重ねる

我が校の二年生は京都へ修学旅行中。今はホテルで朝ご飯を食べている頃だろうか？　二日目の朝は、寝不足の生徒が多発する。いつもと違う寝床に寝つきが悪かったり、徒《いたず》らに夜更かししたり。眠そうな顔で朝食を摂っている生徒たちの姿が容易に浮かぶ。

でも向こうは私が何をしているのか想像することは難しい。自分たちの教室に私が忍び込んでいるとは夢にも思わないはずだ。二年生の教室はどこも人っ子一人いない。静寂に包まれた教室で私は物思いに耽《ふけ》る。

椅子の背もたれの裏側に貼られた名前のシールを頼りに宮下寛の席を探し、彼の椅子に座りながら『宮下くんはどんな気持ちで修学旅行に参加しているんだろう？』と考えていた。ふと、黒板の端に相合傘の落書きがあるのに気付く。ハートマークの傘の下に『宮下寛』と『手代木麗華』の名前が並んでいる。

クラスメイトの中に『ツンツンしているからムカつく』『おまえたちのせいで修学旅行が台無しだ』『同情に値しない』『ダブりのくせに』などと不満に思っている人がいるのだろうが、性質《たち》の悪い悪戯《いたずら》だ。思い詰めて自殺してしまったらどうするんだ？

私は席を立ち、黒板消しを手にする。心無い落書きを消そうとしたが、思い直して『手代木麗華』の名前だけ消した。そしてチョークを摘まんで『小堀しずえ』と書き込む。でもすぐに虚しさに襲われ、黒板を引っ叩くようにして相合傘を消した。

なんで私はあの二人をくっ付けてしまったんだ？　あの時こそインチキ占いをするべきだった。いくら悔やんでも悔やみきれない。あの時に戻りたい。クラスの日陰者が集まった『ぼっち班』で修学旅行の予定を決めていた時に戻ってやり直したい。タイムスリップ願望が私の胸を掻き乱す。

幼い頃に夕ご飯そっちのけで観ていたテレビで超能力者が「私は寝ている間に魂が体から抜け出て、自由に時空を超えることができる。過去へ戻ることも、未来へ行くことも可能ですし、その時代の人々と関われます」としたり顔で言っていた。

何故かその言葉が私の記憶にこびり付いていて、タイムスリップと聞くと必ずその超能力者の言葉が連想される。科学者が作ったタイムマシンや時空を超えるきっかけとなる落雷や階段落ちよりも、先に思い浮かぶ。

機械に頼らず、体に刺激を与えることもなくタイムスリップできるのはお手軽でいい。なんとも羨ましい能力だ。過去へ戻ってあやふやな記憶を補完するのも、歴史を変えるのも、未来へ飛んで有益な情報を得るのも、思いのままだ。時空を飛び回って好き放題になんでもできる。

私は幽体離脱みたいに自分の体から魂が抜け出ていくのをイメージする。乳首と臍《へそ》の三点のトライアングルの中心から、ソフトボールくらいの大きさの青白いものがすっと出てくる。これから私は時間を遡って……。

空虚な妄想だ。過去へ思いを馳《は》せることになんの意味があるのだろうか？　時間は巻き戻せない。失ったものは奪い返せない。でも無意味だとわかっていながらも、タイムスリップを夢想せずにはいられなかった。

過去へ戻りたい。悔恨の念が私を過去へ引っ張る。あの時、班で修学旅行の予定を決めている時に、私がちょっとした出来心で「行きたい場所がなかったら、タロットで決める？」と言ったばかりに……。

生き甲斐にしているタロット占いを悪用して目立とうとしたのだ。修学旅行中に些細なトラブルは付き物だし、うちの班には『前の学校で留年したから転校してきたんじゃ？』と噂される問題児の手代木がいるので、何から何まで予定通りにいくわけがない。大なり小なり不運やごたごたが発生するはずだ。

だから私が班にとって吉兆の観光スポットを占いつつ、それとなく「旅行中のうちの班の総合運はあまり良くない。『失敗』や『争い』の暗示が出ている」と盛り込めば、占いは的中する。

単なるインチキだけれど、そうでもしなければ誰も私の占いに興味を持たない。どうにかしてみんなの見る目を変えたかった。今までずっと『タロットオタク』と馬鹿にされてきたから。

私が占いに嵌まったのは小学三年生の時だ。テレビに出ていた『マダム・ミナコ』という初老の占い師がタロットカードで芸能人の悩みを次から次へと解決していくのを観て『この人しかいない！』と思った。

ネットでその占い師のお店を調べ、親の財布から一万円札をくすね、三時間待ちの列に並んだ。そして自分の番が回ってくると、「どうしたら虐められなくなりますか？」とミナコ先生に助けを求めた。

私は半年ほど虐めに悩み、『死んだ方が楽かも？』と考えるほど追い詰められていた。頼れる友達はいなかったし、思い切って親に相談しても真剣に取り合ってくれなかった。ミナコ先生は私が学校で受けている虐めの内容と、親や友達との関係を訊き、私の話に熱心に耳を傾けた。それから「しずえちゃんのことはタロットで占う必要がないわね」と言った。

「どうしてですか？」

タロット占いに救いを求めてやって来たのに。

「しずえちゃんにはどんな結果でも受け止めきれる強さがまだないから。悪いカードが出たら、とっても落ち込んじゃうでしょ？」

「うん」

絶望して死にたくなるかもしれない。

「反対に良いカードが出ても糠《ぬか》喜びするだけ。しずえちゃんは『今』をどうにかしたいと思っている。でも占いで『今』を切り抜けられても、『その先』で不幸に襲われたら、どうするの？　たとえば、来年クラス替えをして、違う子から虐めを受けるようになったらどうするのかしら？」

「またミナコ先生に占ってもらいます」

「不幸になる度に占ってもらうの？」

「はい」

「それじゃ駄目なの。辛い目に遭う度に占いに頼っていたら、しずえちゃんはいつまでも成長できない」

「成長って？」

「しずえちゃんが強くなって虐めを乗り切ればいいの」

「できません」

簡単に言わないで。人に言われて強くなれるなら、とっくに虐めっ子にやり返している。

「人生は山あり谷あり。運勢が良い時もあれば、悪い時もある。悪い時にはいくら占ってもどうすることもできないの」

「占いは無力ってことですか？」

「残念ながらね。未来を大きく捩じ曲げる力はないの。でもね、運勢が悪い時に『前を向く気持ち』を与えることはできる。不幸に襲われた時に上手に我慢できると、運勢が良くなった時に大きなご褒美が貰えるのよ」

「ご褒美？」

「いっぱいの幸せが訪れるの」

「本当ですか？」

「私は嘘を言わないわ。それに、できない人に向かって『頑張って』とも言わない。大丈夫よ、しずえちゃんは強くなれる。タロットカードを使わなくても、オーラでわかるの。しずえちゃんは虐めごときに負けるような子じゃない」

「本当ですか？」と私はまた訊いてしまった。

「本当よ。しずえちゃんは前を向ける。もし挫けそうになったら、これを握って私の言葉を思い出して」

そう言ってミナコ先生は封の切られていないタロットカードの箱を私に渡した。

「これって？」

「お守り代わりよ。しずえちゃんが『今』の虐めを乗り越えられたら、そのカードで占ってあげるわ。占ってほしいことをなんでも」

「本当で……」とまで言いかけて失言に気付き、無理やり言葉を曲げる。「……すよね？」

「もちろん。だから代金はその時に貰うわ。今日はタダでいい」

「ありがとうございます」と目に涙を浮かべて感謝した。

私はミナコ先生の言葉を心の支えにした。学校で虐めっ子に嫌がらせをされた時に、頂いたタロットカードを握り締めながら「もうやめて！」と怒鳴った。相手の目を睨んで強く主張したら、虐めっ子は気圧されてすごすごと引き下がる。それを機に私への虐めは少しずつ減っていき、いつの間にか消滅していた。

ミナコ先生のお言葉通り簡単だった。拍子抜けするほどあっさり虐めに打ち勝てた。自分にこんな力があるなんて。びっくりした。そして私から勇気を引き出した占いの凄さに感激した。

虐めっ子が次のターゲットを見つけ、私への虐めが終わったことを確信すると、すぐにミナコ先生のところへ駆け付ける。ミナコ先生は私が望んでいた以上に私を褒め称えてくれた。こんなにまで私のことを認めてくれた人は初めてだった。

両親はどっちも私にあまり関心がない。いつも忙しそうにしていて私が話しかけても、『今は手が離せないから自分でできることは一人でやって』とつれない対応をする。虐めの相談をした時も邪険にされた。両親にとっては『子供の虐めなんて遊びのうち』くらいの認識なのだろう。

「それじゃ、約束通りにそのタロットカードで占ってあげるわ。何について占ってほしいのかしら？」

「占わないでいいので、私にタロット占いを教えてくれませんか？」

ミナコ先生は目を細めて笑った。

「そう言う気がしていたわ」

その後、私は月に一、二度ミナコ先生がお店を開ける一時間前に訪れて、占いの手解きを受けた。自分一人で占えるようになっても、何か理由をつけてミナコ先生に会いに行った。私は人生の恩師である彼女を心から慕っていた。命の恩人と言っても言い過ぎではない。

だから中学一年の梅雨時に、ミナコ先生が脳梗塞で他界した時は、ショックで六日間食事が喉を通らなかった。私にとって世界中の誰よりも大事な命だった。両親二人分の命でも全然釣り合わない。

悲嘆に暮れ、生きる希望を失いかけた。でもミナコ先生が亡くなる二週間前に「近いうちにしずえちゃんに大きな試練が訪れるから、楽しんで乗り越えるのよ」と言っていたことを思い出し、私は前を向くことを決意した。ミナコ先生は死期を悟っていたのだった。

私は恩師の死による喪失感を『私もみんなに希望を与えられる占い師になる』という大きな夢で塞いだ。知識と感性を高めてミナコ先生みたいにたくさんの人を幸せに導きたい。今度は私が救う番だ。

一年が経過して哀しみが薄れだした頃、二年生に上がって同じクラスになった田所美羽《たどころみう》に「小堀さんっていつもタロットカードを弄っているけど、占いが好きなんだよね？　私は姓名判断に凝っているんだ」と話しかけられた。

休み時間にタロット占いの本を読んだり、机にタロットカードを並べたりしているのだが、みんな気味悪がって私を避けている。

虐めを克服して以来、友達を作っていない。一人でも問題ない。価値観を押し付け合って笑顔の仮面をつけるくらいなら、孤立している方が楽だ。そんなふうにきっぱり割り切るようになったのは、虐めに私の友達も加担していたからだ。

美羽とは共通の話題があったためにすぐに仲良くなれた。占いの話で意気投合できる同級生と巡り合えるなんて、と私は歓喜した。これはミナコ先生の死を上手に耐え忍んだご褒美なのだ。

美羽は私と同類の我が道を行くタイプの子で、ファッションや流行りものに興味がない。姓名判断にだけ夢中になっているので、周囲から『オタク』扱いされていることも全然気にしない。彼女とはずっと友達でいられる。そう信じていた。

でも中学を卒業して別々の高校へ通うようになると、段々と疎遠になっていった。私から連絡しても気のない返事ばかり。「美羽の高校に面白い画数の生徒はいた?」と訊いてもつれなかった。時には無視されることもあった。

きっと新しい生活に慣れるのが大変なのだろう。しばらくそっとしておこう。慣れたら美羽からメールしてくるはず。そう思って連絡を控えたけれど、ウザがられていることに薄々気付いていた。案の定、そのまま音信不通になり、私たちの友情は脆くも自然消滅した。

　高校でも私は『タロットオタク』と蔑《さげす》まれた。だけど、夢を追いかけているだけ。読書や携帯ゲームをしている人よりは遥かに高尚だ。それなのになんで白い目で見られなくちゃいけないんだ?　日に日に不満が鬱積していった。

　いつか見返してやりたい。復讐《ふくしゅう》心に近い感情を燻《くす》ぶらせたまま二年生になった。二年のクラスも一年と変わらない。美羽みたいなクラスメイトはいない。ほとんどの人が『あいつ、タロットなんかやっている』『近付いたら呪われそう』という目で私を見た。呪いをかけられるものなら、本気でそいつらを呪い殺したかった。

　そんな負け犬の遠吠えのような貧相な殺意を抱きながら下校していたら、家の最寄り駅の近くで「しずえ!」と私の背中に声が飛んできた。大声に驚かされて心臓が波打つ。

振り向くと、髪を濃い茶色に染め、うちの高校の校則ではギリギリアウトになる濃さのメイクをしている今時の女子高生が小走りで近付いてくる。でも見覚えがなかった。他校の制服を着ているが、誰なんだ？　そもそも私は『自分の青春がスタンダード』というツラをした人に私の名前を馴れ馴れしく呼ばせたりはしない。心当たりが全くなかった。

「あれ？　わからない？　私だよ。美羽」

「えー！　美羽！」

嘘っ！　だって美羽は私と似たり寄ったりの野暮ったい女子だった。

「えへっ」と笑ってしれっと言う。「高校デビューしちゃった」

恥ずかしさや引け目をおくびにも出さなかった。高校デビューに成功したみたいだ。

「変わり過ぎて誰だかわからなかった。中学の頃はおかっぱでぶ厚い眼鏡でスカート丈が膝下だったから」

「しずえは全然変わらないね。まだタロットやってんの？」

美羽が急に高圧的な言い方になったのは、私が嫌味を言ったと思ったからだ。嫌味じゃない。事実を言ったまでだ。

「やってるけど、美羽は？　姓名判断もやめたの？」と『も』を強調して言った。

これが嫌味だ。

「やめたよ。あんなのなんの役にも立たないもの。日本には『鈴《すず》木《き》一朗《いちろう》』って人が何人もいるけどさ、みんながみんなイチロー選手みたいにメジャーリーガーになってない。名前で人生は決まらないってことに気付いたの」

「でも改名して人生が変わった人がいるって」

以前はそう言って画数の持つパワーについて熱弁していた。

「それは思い込みの力よ。気持ちを切り替えて前向きになれば、大抵のことはうまく運ぶ」

「ふーん。要は、名前を変えるよりも髪型を変える方が手っ取り早いって結論に至ったんだ？」

「占いに縋《すが》るよりはずっと健全よ」と美羽は切れ味鋭く言い返す。「私、高校でチア部に入ってんだ。誘われてやってみたら、意外とリズム感があって自分でもびっくりって感じなの」

「それで調子に乗ってるんだ？」

「なんでそんなに突っかかってくんのよ？　あー、わかった。羨ましいんでしょ？　私が楽しそうに高校生活を送っているのが面白くないのよね？」

違うよ。ただ寂しいだけなのに。どうしてわからないの？　でも何故か『寂しい』と言えない。

「そうそう、昨日ね、美羽の夢を見たから、なんか心配になって占ってみたの。そうしたら……」と言いかけて勿体ぶる。

「何よ？　なんなの？」

「そうしたら、『聖杯の10』の逆位置が出た。覚えてる？　そのカードが逆向きに出たら、何を暗示しているのか？」

孤独感。疎外感。信頼関係の崩壊。人間関係のトラブル。

「もう高校生なんだから現実に目を向けなよ。占いなんて気休めでしかない。信じても友達は増えない。恋人はできない。カーストは低いまま。なんにも変わらない」

美羽は友達も恋人もできたようだ。

「信じるも信じないも自由だけど、あんまり調子に乗っていると虐められるよ。占いに出ている」

「出鱈目《でたらめ》を押し付けないで！」と怖い顔をして怒りだす。

彼女の言葉は正しい。私が言ったことは全て出鱈目だ。美羽が出てくる夢を見ていないし、占ってもいない。

「信じないなら無視すればいいだけのことよ」

「当然よ。信じるわけがない」

そうは言っても、不吉な占い結果が出たら誰だって多少は気にするものだ。美羽がいい例だ。占いから足を洗ったくせに、私の言葉に翻弄されて感情的になっている。

「そんなインチキ占い、私にだってできる。しずえの名前は全部、『小』も『堀』も『し』も『ず』も『え』も画数が奇数だから、とんでもない大凶名ってことは前に教えたと思うけど、しずえにとって偶数は全て凶数。避けた方がいい。偶数との相性は最悪なの」

「本気で言ってんの？」

「奇数の回数しかタロットカードを切れない。対になっている手袋や箸を使えない。誰とも二人きりで行動できない。観ていいテレビは奇数のチャンネルだけ。漫画も読むのは奇数の巻だけ。絶対に偶数には触れちゃ駄目。避けて。でなければ、後回しにして」

私をビビらせたいのだろうが、無茶苦茶すぎて脅しになっていない。私は靴を履いちゃいけないのか？　偶数月はどうすればいい？　ずっと片目を閉じているのか？　アホらしい。

「先ずは自分が虐められないように気をつけることね」と私は警告してから、美羽に背中を向けてその場から立ち去ろうとする。

「しずえの方こそ、気をつけたら？　大体ね、タロットカードばっか見ていたら、青春を無駄にするわよ」

私の背中を追いかけてきた美羽の言葉は負け惜しみであるはずなのに、どういうわけか耳障りに聞こえた。偉そうに！　ちょっと高校デビューに成功したからって！

家に帰ってからも腹の虫が収まらなかった。ムシャクシャして数学Ⅱの宿題が全然捗《はかど》らない。問題が頭に入ってこない。偶数が美羽の厚顔をちらつかせる。彼女の浮ついた言葉が耳の奥でリフレインする。

美羽の占い結果なんて少しも信じていないが、偶数を見るとどうしても彼女のことを思い出してしまう。問題に集中できない。だから私は数学Ⅱの宿題を後回しにして先に日直日誌を片付けることにした。

事実を書くだけなので頭を使わないでいい。今日の時間割と授業の様子や出来事をさらさらっと書き込んだ。そして最後に、クラスに対して思っていること、自分の趣味や夢、クラスへの要望などを記入する欄に『ドアの開閉は静かにしましょう』と書こうとする。

でも途中でシャーペンを止めた。消しゴムで空白に戻し、『今日の占い』と題して『ゴールデンウィークが明けたら、うちのクラスに災いが降りかかる』と書き殴った。

私が何を書いたのかわざわざチェックする物好きはいないだろう。だけど、クラスの誰かの目には触れる。数人くらいは『オタクが気持ち悪いことを書いているな』と頭の片隅に留めるはずだ。

もちろん『今日の占い』も出鱈目だ。ちょっとした憂さ晴らしで書いた。占いを馬鹿にする奴らに仕返しをしたくなったのだ。小さくていい。すぐに消えてもいいから教室に波紋を起こせたら、少しは気が晴れる。

一般的に、占い結果は受け手の想像力に委ねる部分が大きい。だから抽象的なことを言うと、受け手が自分の都合のいいように勝手に解釈する。『災い』は占いにおいて便利なワードの一つで、いかようにも受け取れる。

連休ボケで注意散漫になったクラスメイトが事故に遭うような大きな不幸も、窓から蜂が入ってくるような小さなトラブルも、意地悪な先生が課す大量の宿題も『災い』に括られる。

何も起きなかったら、ゴキブリか蜘蛛《くも》を捕まえて授業中に放てばいい。そう目論んでいたが、ゴールデンウィーク後に傍若無人な転入生『手代木麗華』が現れてクラスを混乱に陥れたので、私が画策する必要はなくなった。

手代木は口を開けば、うちの高校と転入前の私立の学校を比べて文句を言う。常に前の学校のルールを押し通そうとするから、生徒から疎まれ、先生からは再三注意を受ける。でも口が達者な彼女は臆さずに先生に言い返した。

「一度胸に手を当てて、自分が人にものを教えることができる立派な人間なのか、自問自答して。親を困らせたことは？　学生時代に虐めを見て見ぬ振りしたことは？　コネで教師に採用された知り合いを受容していないか？　生徒に嘘をついたことは？　社会経験がないのに物知り顔で生徒に説くことを恥ずかしいと思わないのか？　生徒を差別したことは？」

手代木を言い負かした先生は一人もいない。みんな決まりの悪い顔をしてお茶を濁すことしかできなかった。そんな先生たちのことを生徒は情けなく思う一方で、『一』言うと『百』返す手代木に『当たらぬ蜂には刺されぬ』と誰も近付かなかった。

トラブルメーカーの転入生のおかげで、私のタロット占いに関心が集まった。半信半疑ではあったけれど、クラスメイトの私を見る目が少しだけ変わった。陰気な性格で見た目も華がない私はどんよりとした空気を纏《まと》っているから、『怪しげな力を持っていてもおかしくない』『霊感が強そう』と思えるのだ。

手代木の機嫌を損ねることを危惧していたが、彼女は自分が占いの『災い』だと知っても、露骨に嫌な顔をしなかった。むしろ興味深そうな反応をし、すんなりと私のタロット占いを受け入れた。

手代木が占いに偏見の目を向けないで理解を示したことに、私の胸は痛む。本来、占いは人を幸せにするためのものなのに、私は人を誑かす目的で占いを利用した。占い師の端くれとしてあるまじきことをした。今更『あれは悪戯だった』とは謝れないけれど、もう占いを悪用するのはやめよう。無闇に人の心を惑わしちゃ駄目なんだ。

占いに対して肯定的な手代木とは友達になれそうだ。彼女はアニメオタクのようだから、人の趣味に対して寛容なのだろう。狂暴であることは気にならない。相手の価値観を尊重できる美点さえあれば、どんな汚点も霞《かす》む。

ちょうどいいことに、修学旅行の班が同じだから、手代木と親しくなれるチャンスだ。

クラスのみそっかすを集めた班には、私が密かに想いを寄せている宮下くんもいるので、この修学旅行は大きなイベントだ。美羽から見ればチンケな青春だろうが、私なりに謳歌《おうか》しようとしているのだ。

手代木と仲良くなれるかも、という新たな楽しみが増え、更に修学旅行が待ち遠しくなる。その矢先に、手代木がみんなの前で「お試しで付き合えよ。修学旅行が終わるまでの間だけでいいから」と宮下くんに迫った。

私が驚愕しながらも『宮下くん、断って！』と念を送っていると、彼は「それじゃ、小堀さんに相性を占ってもらおう。それで良い結果が出たら、付き合うよ」と提案した。

大変なことになった。なんでこんな時に私の占いに白羽の矢が立つんだ？　悪用した天罰か？　でも付き合うかどうかが私のタロット占いで決まるのなら、私の裁量一つで二人の恋路を邪魔することは可能だ。

私は占いの結果を操作できる立場にある。タロット占いに精通していないど素人には、捲《めく》られたカードが何を暗示するのかわからない。みんなは私がいい加減なことを言っても鵜呑《うの》みにするしかない。

ただ、問題がある。私が意図的に『二人の相性が悪い』という結果を出したら、大部分の人は『占うまでもなかった。宮下は迷惑そうにしていたもの』『タロットオタクはちゃんと占わなかったんじゃ？』『占いじゃなくて単なる予想だ』と思うはずだ。占い師が競馬で『一着は一番人気の馬』という占い結果を出したら白ける。それと同じだ。だけど私がフェアに占って『二人の相性が悪い』を導き出した場合も、みんなは興醒める。中には『卑怯者』『腰抜け』と私を小馬鹿にする人もいるだろう。

どうしたらいい？　私はタロットカードを切りながら思い悩む。インチキをするか、フェアに占うか？　恋を優先するか、運命に任せるか？　真っ正直に占っても、『二人の相性が悪い』が出る可能性はある。どっちみちバッシングされるならインチキをするべきか？

やっぱり駄目だ。無心で占わないとタロットカードに愛想を尽かされてしまう。私は正式な手順でカードを配り、宮下くんと手代木に捲らせた。そして嘘偽りなく占いの結果を告げた。

「最高の相性だけれど、予期しないことが起こって破局する」

信じられない。信じたくない結果だった。『最高の相性』ってなんなの！　私は何百回占っても宮下くんとの相性は『最高』にならなかったのに。でもタロットカードが出した結果を受け入れるしかない。

占いによれば、そのうち別れるみたいだし、何も起こらなくても破局するのは目に見えている。水と油みたいな関係の二人が長続きするわけがない。期間限定のカップルだから肉体関係にまで発展することはないはずだ。

異色のカップルの誕生に教室は騒然とした。ところが数日して興奮が収まると、『タロットオタクの占いは嘘くさくない？』という疑いが私にかけられるようになる。

「どうせ交際しても修学旅行が終わるまでのお試しカップルだから、いずれにしても別れる。タロットオタクは無難なことを言っただけだ」

「タロットオタクは手代木が怖くて交際を後押しするカードを故意に引かせたんだ」

「付き合ったら面白いなっていう教室の空気をタロットオタクは読んだだけ。本気で占ったわけじゃない」

「ゴールデンウィーク後の災いがたまたま当たっちゃったから、『今回も当てなくちゃ』ってプレッシャーがかかって、外れるリスクの低い結果を出したんだ」

心外なひそひそ話が私の耳に入ってきた。ひどい。私は真剣に占ったのに。正直者が馬鹿を見るとは、正しくこのことだ。百歩譲って、私への非難は受け止める。馬鹿にしたいならすればいい。だけど「所詮、占いなんてどれもインチキだ」と軽んじられるのは我慢ならない。美羽みたいに占いを鼻で笑う人は許せない。

元々、ほとんどの人は占いを誤解している。結果だけを見て「当たった！」「外れた！」と一喜一憂するのは愚かな行為だ。占い師は予言者ではない。『運勢を読む』という特殊な力を有しているけれど、予知能力とは異なる。

ミナコ先生は「占い師はゴルフのコーチと似ている」と教えてくれた。生徒のスイングを見るだけでボールがどの方向へ飛んでいくのかがわかるコーチは、生徒の悪い癖を指摘し、ボールが真っ直ぐに飛ぶようにアドバイスする。ゴルフのコーチがボールの軌道を予測するみたいに、占い師は運命の軌跡を読む。相談者の未来がどの方向へ進むのか示唆し、その未来が望ましいものであれば実現できるように、望ましくないものであれば回避できるように助言するのが役目だ。

そして結果はさほど重要ではない。望まない結果になったとしても、そこへ至るまでに最大限に努力できたのなら、その先へ繋がる。人生は結果が出たあとも続く。結果は通過点でしかない。

結果がどうであれ、その先を前向きに生きられること、『自分の力で幸せを手にするんだ！』と思えることが肝心だ。ゴルフ教室に通っている時だけ真っ直ぐにボールを飛ばせても意味はない。

占いは断じて気休めなんかではない。現に私は占いに支えられて生きてきた。だから占いを誤解されると、ミナコ先生を侮辱されたように感じて頭にくる。悔しくて堪らない。でも誤解をとくのは難しい。誰も私なんかの言うことに耳を貸さない。占いオタクの女子高生の言葉には説得力がない。私がミナコ先生の教えを素直に聞き入れられたのは、彼女が高名な占い師だったからだ。実績のない人がどんなに声高に訴えても、誰の心にも響かないのだ。

なら、実績を作るしかない。単純な発想だが、それが最も近道だ。みんなが誤解していることを逆手に取ろう。結果しか気にしないのだから、バンバン的中させれば馬鹿丸出しで『占いってスゲー！』と感心し、『どうか占ってください』と私の足下にひれ伏すようになる。

そうなった時には、私の言葉はみんなの耳に届く。占いの存在意義を語って誤解をとくことができる。となると、問題はどうやって的中させるか？　未熟者の私は運勢を的確に読めない。たとえ、読めたとしても百発百中は不可能だ。占いはあくまでも予測だ。

正攻法が無理なら、インチキをするしかない。相談者のことを徹底的に調べ上げてから素知らぬ顔で占いをするのだ。反響を巻き起こす簡易な方法は、みんなが大好物の色恋沙汰を当てることだ。

そのためにはなんとしてでも恋バナの情報を掻き集めなくては。誰が誰に恋をしているか？　どのカップルが別れそうか？　みんなが知らない、ごく一部の人しか知らない情報を得たい。

熟考に熟考を重ねている時に、不意に中学時代に足を怪我した男子がいたことを思い出した。彼が「松葉杖が面倒だから、修学旅行に行かないことにした」と言い出したら、クラスメイトは「みんなで介助するから行こう」と連帯感を示した。

でもその年頃の男子は優しくされればされるほど反発してしまうから、彼は頑なに意志を変えなかった。先生も彼の『クラスに迷惑をかけたくない』という気持ちを酌んで不参加を認めた。

彼は『修学旅行中は家で安静にしていよう』と思っていたが、毎日学校へ通わなくてはならなかった。でないと、欠席扱いになるからだ。無論、彼は「俺、足が悪いから旅行をやめたんだぜ」と文句を垂れた。

その思い出が私にあるアイデアを浮かばせる。ひょっとしたらうまくいくかもしれない。早速、私はうちの高校にも修学旅行に参加しなかったら学校へ通う決まりがあるのか、担任以外の先生に訊いて確かめた。そして私の中学と同じ決まりがあることがわかると、仮病でズル休みすることを決断した。

修学旅行中の教室は蛻《もぬけ》の殻と化しているから、情報が眠っている机を好きなだけ物色できる。大抵の人は教科書やノートを持ち帰らずに机の中に置きっぱなしにしている。虱《しらみ》潰《つぶ》しに漁っていけば、何気なく書き込んだ落書きや友達同士で送り合った手紙が見つかるはずだ。それらの中から重大な秘密が出てくるかもしれない。

修学旅行を辞退することに少しも後ろ髪を引かれない。以前は心待ちにしていたけれど、交際中の宮下くんと手代木のカップルは目障りだ。三泊四日もの間、見せつけられては気が狂いかねない。

しかも手代木は期間限定の彼氏を班長に任命し、班長を意のままに操って班を掌握した。初めから修学旅行の予定を自分の好きなように決めるのが目的で、班の中で彼氏を作ったのだろう。手代木が我がまま放題の班なんかうんざりだ。

もう手代木と仲良くなる気はない。彼女は恋敵だ。宮下くんのことをよく知りもしないくせに、横から掻っ攫《さら》っていった憎き女以外の何ものでもない。彼女が悠々自適に修学旅行を満喫するのは苦々しい。だからちょっと意地悪してやった。

修学旅行の一週間前、ロングホームルームの時間に班で集まって話し合いをしていた時、私は「旅行は中止にした方がいいかも」と手代木の耳元で意味深なことを囁いた。

「なんだ、急に？」と彼女は私の予想通りに食い付いてきた。「旅行の中止ってどういうこと？」

ただ、手代木は声が大きいから、拡声器のように私の言葉を周囲に伝えた。ターゲットは彼女だけだったが仕方がない。みんなも占いの怖さを味わうがいい。

考えようによってはいい機会だ。占いがどれほど人の精神に影響を与えるか修学旅行中に体験しておけば、旅行後の私のインチキ占いを信じ込み易くなる。

「旅行のことを占うと、いつも不吉なカードが出るの」

「マジで？」

「うん」

「新幹線が脱線したり、集団食中毒になったり、ホテルが火事になったりするのか？」

「わからない。そういう大きなことにはならないかもしれないけど……」と控え目に言う。「きっと当たらないと思うし……」

大外れするか否かは、手代木次第だ。彼女は修学旅行中になんらかの揉め事を起こすだろう。トラブルの大きさ如何《いかん》で私への風当たりの強さは変わる。

手代木は「そうだな。どんなに凄腕の占い師でも二、三割は外れるっていうからな」と言ったけれど、いつもの荒々しさが半減していた。誰だって気にするものだ。私の占いを全く信じていない人でも、『修学旅行で乗る新幹線が事故を起こすかも?』という結果が出たら、心に留めずにはいられないだろう。

それが私の狙いだ。旅行中に常時『まさかな……』と不穏な気持ちを抱き続けろ。心の底から旅行を楽しめないのはいい気味だ。旅行後に『何も起こらなかったじゃないか!』という批判が私に向けられる可能性はあるが、外れて良かったことだから、そんなには目くじらを立てないはずだ。

「なあ、知ってるか?」と手代木がフランクな口調で訊ねる。「被験者に『今日は最悪の日』っていう占い結果を出したら、人はどう行動するかって実験のこと」

「知らない」

「アメリカの大学でやったんだ。占いに影響されて家で大人しくするかどうかって。おまえだったら、どっち?」

「家にいる」

「賢明だな。でもほとんどの人は外出するんだぜ。『自分は最悪の運勢だ』っていうストレスに耐えられないんだってさ。なんとかして運命を変えたい衝動が働いて、やけっぱちで外に飛び出しちゃうそうだ。まっ、どいつもこいつも臆病者ってことだな」

　愚行としか言いようがない。悪い未来を回避する助言を無視するなんて。

「どこの国でも占いをリスペクトしていない人が多いのね」

「自分の力で運命を切り開くには、先ず一度運命を受け入れなくちゃならねーってことを知らない奴が多すぎるんだ」

　彼女の発言にハッとした。ミナコ先生と同じ思想だ！　やっぱりこの人は違う。占いの本質がわかっている。だけどただの占い肯定派じゃない気がする。何か重たい運命を背負《せお》っているのかも。

「手代木さんはどっち？　家にいるの？」

「俺も家で慎ましやかに過ごすさ。でも今度の修学旅行だけは、大凶って結果が出ても行くけどな。レアな漫画を読みたいからさ」

　彼女が独断で旅行の予定に入れた京都国際マンガミュージアムには絶版の漫画も置いてあるそうだ。だけど本当に漫画が目当てなのだろうか？　もっと他に成し遂げたいことがあるように思えてならない。彼女の言葉から強い意志をひしひしと感じる。

「おまえはどうするんだ？　行かないのか？」

「行くよ」と私は平然とした顔で嘘をついた。「起こったとしても、小さな不幸だと思うから」

私は自力で運命を切り開くためにサボる。占いを守りたい。運命に抗ってでも守ってやる。私の計画がうまくいくかどうかを占う気はないけれど、たとえ大凶でも気持ちは変わらない。その悪い運勢を受け入れて前進する。私も強い意志を持って臨もう。


修学旅行が始まる朝、私は「熱が出たので休みます」と担任の久米先生に電話した。鼻を摘まんで鼻声を装ったり、無理やりガラガラ声を出したりすると、却って自分の首を絞めることになるから普段通りの声で伝えた。

「そうか。残念だな。もし明日、明後日に具合が良くなったら、登校して教頭先生から出席証明書を貰え。そうすれば、欠席扱いにならない。それを貰ったらすぐに帰っていいからな」

「わかりました」と私は初耳の振りをして電話を切った。

翌日、一時間目の中頃にマスクをして登校する。二階にある職員室のドアを「失礼します」と挨拶して開け、自分の学年と名前を言ってから「熱が下がったので登校しました」と説明した。

事情を呑み込んだ教頭先生は卓上のメモ帳に『出席証明書』と書き、印鑑を押した。そして私に手渡そうとしたが、手を引っ込めて慌てて今日の日付を書き足した。不慣れそうなのは滅多にないことだからか？　修学旅行を楽しみにしている生徒は風邪をひいても強行参加し、サボりたい生徒は修学旅行期間中ずっと仮病を使い続けるものなのだろう。

職員室にいた先生たちは私に同情的な目を向けた。何も修学旅行にドンピシャで熱を出さなくても、と可哀想に思っている。私はしょんぼりと職員室を出た。具合の悪い振りをするよりも、旅行を休まざるを得なかった不運にうなだれる演技をする方が苦労した。

職員室から『2－5』の教室へ向かう。他の生徒が授業を受けている時間に廊下を歩くのは気分がいい。まるでレッドカーペット。自分のために用意された道を歩いているような優越感を味わえる。私だけの廊下だ。

授業が行われている教室から先生や生徒のくぐもった声が聞こえてくる。でもニュースで見聞きする外国の紛争くらい遠くに感じる。ドア一枚、壁一枚を隔てているだけなのに、教室の中は私とは関係のない別世界のよう。

自分のクラスの教室へ近付くにつれ、一層私だけの廊下に感じる。我が校の校舎は四階建てで、二年生の教室がある三階は静まり返っている。同級生は京都で修学旅行をエンジョイ中だ。

見慣れた教室もシーン。私の足音がよく響いてちょっぴり気持ちが悪い。普段の喧しさとのギャップが不気味な雰囲気を漂わせる。後ろめたさがそう感じさせるのかも……。

臆するな。全ては占いのためだ。私は怖気づいた自分を奮い立たせて、机の中を物色し始めた。窓際の前の席から一人ずつ漁っていく。初めに椅子の背もたれに貼られている名前のシールをスマホのカメラで撮影してから、教科書とノートを一ページ一ページ捲って落書きを探す。

見つけると、絵でも字でもスマホに収めた。時々、手紙が挟まれていることがあり、それも撮影する。それらの作業を延々と繰り返す。私以外の机を全て物色し終えたら、次は隣のクラスだ。同じように片っ端から机を漁り、落書きと手紙を探した。

そしてまた隣のクラスへ。予定通り昼休みになる前に三クラス分の物色を済ませて学校を出た。もし先生に『何をやっていたんだ？　なんですぐに帰らない？』と呼び止められたら、神妙な顔で『自分の教室でぼんやりしていました』と言うつもりだった。そうすれば同情してそれ以上は追及しないだろう。

次の日も一時間目の授業中に登校した。浮かない顔を作ってから職員室に入ったら、先生たちの表情の方が暗かった。重々しい空気が室内に充満している。気の短い教頭先生が誰かに雷を落としたのか？

よくわからないが、タイミングの悪い時に入室してしまったようだ。たどたどしく私を迎え入れた教頭先生は何か言いたげな顔をしていた。恰好がつかないから言い訳をしようか迷っているのか？

　くだらない大人の事情に構っている暇などない。私は故意に咳《せ》き込んで教頭先生に話を切り出す隙を与えないようにし、出席証明書を受け取ってさっさと職員室を出た。さあ、昨日の続きをしよう。

　残りの三クラスの物色も滞りなく終えられた。うちの学校はどの学年も六クラスなので、これでコンプリート。今日も運勢が良かったらしく、誰にも見つかることなく学校から脱出できた。

　急いで家に帰り、得た情報をまとめる作業に取り掛かる。相関図を作り、矢印を引いて『友達』『敵対』『一方的な悪意』『片想い』『相思相愛』『好かれていると勘違い』『派閥』と書き込んでいく。

　手紙は出し手と受け手だけの秘密が詰まっているお宝だ。ほぼ女子同士のやり取りだったが、私が予想していた以上にたくさんの手紙を発見できたのは驚きだった。携帯電話が普及していても、大事な用件はアナログな方法で伝えるようだ。

　デジタル化された味気ない文字が氾濫しているから、その分手書きの手紙は特別感を演出できる。『私たちって一生の友達だよね』と酔える大事なツールなのだろう。

　単に授業中にスマホを弄るより手紙を書く方が先生にバレ難いからなのかもしれないが。何はともあれ、手紙をいっぱい撮影できたことは、ラッキーな誤算だった。

落書きにも貴重なお宝が埋まっている。深く意識しないで書いた一言、二言が本心のことがある。無意識に好きな人のフルネームを書く人もいる。嫌いな人の場合も。退屈しのぎに描いた他愛もない絵から深層心理を探ることもできる。

修学旅行が始まるまでに同級生のフェイスブックやツイッターを洗い浚《ざら》いチェックしていた。それらの情報とみんなの机から収集した情報を照らし合わせることで、人間関係が更に色濃く浮かび上がってきた。

準備は整った。あとは、修学旅行が終わってから、嘘の恋愛占いをして言い当てていく。そうすれば、みんなが占いを尊重するようになる。ここまで来たらもう引き返せない。何がなんでもやってやる。占いの凄さを思い知らせるんだ。

手代木は修学旅行中に私の思惑通りにトラブルメーカーになった。班で決めた予定を無視して単独行動を起こした。脱走だ。しかし彼女は私の期待以上の働きをしてしまった。連れ戻そうとした班長の宮下くんと取っ組み合いになった際に、二人して階段から転げ落ち、救急車を呼ぶほどの事態となったのだ。

嘘から出た実《まこと》に私は愕然《がくぜん》としたが、私の占いは学校中の評判となった。私が「たまたまだよ」と謙遜しても、タイミングよく熱を出して修学旅行を休んだのだから、みんなは「タロットオタクは仮病だ。自分が巻き込まれる占い結果が出ていたに違いない」と思い込まずにはいられない。

本当に偶然なんだ。でも『たまたま』が重なり過ぎた。

『ゴールデンウィークが明けたら、うちのクラスに災いが降りかかる』

『最高の相性だけれど、予期しないことが起こって破局する』

『旅行のことを占うと、いつも不吉なカードが出るの』

ゴールデンウィーク後の災い。修学旅行中に起きた事故。思わぬ形での宮下くんと手代木の破局。偶然が三回重なったら、それは奇跡かイカサマかのどっちか。たまたま。たまたま。たまたま……。

一躍、私の名前『小堀しずえ』は全校生徒に知れ渡る。クラスを牛耳《ぎゅうじ》るグループのボスが「小堀さん、私のことを占ってくれない？」と擦り寄ってきた。鳥肌が立つほど寒気がした。それまで声を潜めることなく『タロットオタク』と馬鹿にしていたくせして、よくも抜け抜けと言えたものだ。

それでも悪い気はしなかった。何よりも、描いていた青写真とは異なったけれど、占いの存在意義を高める好機だ。見す見すふいにするわけにはいかない。私は愛想よく「いいよ」と言って旅行中に仕入れた情報を最大限に駆使して占う。

インチキ占いのために、新しくタロットカードを購入して細工を施していた。伏せたままでもカードの絵柄がわかるように、裏側に私にしか見分けられないマークを入れた。私が不自然なカードの配り方をしても素人にはわからないから、ボスに引かせるカードを操作できる。

ボスが片想いをしていることは突き止めていた。でも意中の男子には隠れて付き合っている彼女がいたから、「前途多難な恋ね。今、その人は別の女子と相思相愛で結ばれている」とボスに告げる。そして二つ隣のクラスにボスに好意を寄せているバスケ部のイケメンがいるから、「身近に良縁がある」という結果になるカードを引かせた。

「良縁？」とボスは興味津々な顔で訊く。

「思い当たることはない？」

「わからない」

「クラスメイトじゃないかも……」

「他のクラスってこと？」

「うん。休み時間にうちの教室を覗き込む男子や、大した用もないのにうちの教室にちょくちょく来る男子がいるでしょ？」

そのイケメンは休み時間に度々私たちのクラスに入ってきては、バスケ部の友達と下品な話をしている。本当の目的はボスに接近するためだ。

「そういう人って時々いるね」

「可能性の一つだけど。登下校の時かもしれないし。とにかく、近くにあなたのことが気になってしょうがない人がいると思う」

「わかった。周囲に注意してみる」

それから三日後にボスは休み時間にうちの教室を訪れたイケメンと目が合い、恋に落ちた。それまで全く気がなくても、ある程度容姿が整っていて、信頼の置ける占い師に『相性ぴったり』と背中を押されたら、『付き合ってもいいかな？』という心境になるものだ。イケイケ男女のカップルが誕生した。

そして私は『恋の伝道師』と持て囃されるようになる。占ってもらいたい人が私の下へ引っ切り無しに押しかけてくる。私は「精神力を使うから、一日に一人しか占えない」と嘘をついた。限定しないと、すぐにネタが尽きてしまうからだ。でも限定したことによって付加価値がつき、私への依頼は更に殺到した。

大フィーバーに気後れしたが、一度軌道に乗ってしまえばあとは簡単だった。『長い間、望んでいたものが手に入る』や『近々、大事なものを失う』に該当しない人はいない。『もの』は受け手によってどうとでも捉えられる。勉強、部活、恋、物欲、時間、健康、家族、などなど。

それに加え、幸と不幸の波は行ったり来たりするものだから、どちらかに偏り続けることはない。『百円拾った』くらいの幸や、『つまらないことで親に怒られた』程度の不幸は誰にでも訪れる。日常に溢れ返っているので、「近々、幸運が舞い込む」や「最近、嫌な目に遭ってない？」と言っておけば、当てはまる。

占いは受け手が勝手に解釈してくれる上に、当たった時の反響が大きい。疑っている人ほど的中すると、大きなリアクションをして周囲に触れ回る。反対に外れても、『どんなに当たる占いでも外れることもある』と理解しているからそれほど騒がない。

もし声を荒らげて怒ったりしたら、周囲から『占いを信じ込むなんてイタい奴だ』と冷たい目で見られることもみんなはわかっている。だから占い師の下には良い報告しか届かないのだ。

半年ほどでネタは尽きたが、曖昧なことを言ってはぐらかしているだけで確固たる地位を築けた。私が何を言っても有り難く聞き入れる。占いの真髄を説けば、みんな大きく頷いて「なるほど」「その通りだね」「結果よりも過程が大事なんだ」と納得した。

ボスから重宝され、みんなから一目置かれた私を『タロットオタク』と愚弄する人はもういない。誰もが『さん』付けにして恭しく名字で呼んだ。美羽に見せつけてやりたい。これが占いの力だ。

美羽ほどではないが私も身だしなみに気を遣うようになった。スカート丈を平均的な長さにし、定期的に美容院に通って今風の髪型にした。メイク特集の載っているファッション雑誌を買って流行りのナチュラルメイクを勉強し、爪も綺麗に磨いている。

目立つことを目的としたお洒落じゃない。占いの力をアップさせるために必要なことなのだ。なんでもイメージが大事。ダサい人の言うことは問答無用でダサい。好感度が高まれば高まるほど、私の言葉に説得力が増す。

周囲から『オタクが無理して頑張っている』というふうに見られるのは恥ずかしい。でも一時の恥だ。見慣れてしまえば気にならなくなるはず。それに、華やかなグループの中に地味な女子が一人いる方が目に付く。お洒落は擬態のためでもあった。

私はボスグループに囲われている。ボスは『小堀さんに占ってほしいなら、私を通して』と友達ヅラして周囲に睨みを利かせる。ボス専属の占い師のような立ち位置。その見返りとして、グループに加われるライセンスを与えられている。願ったり叶ったりの取引だった。

私はクラスの頂点に立つボスの右腕。相談役。実質ナンバー2。占いの力を誇示するには絶好のポジションだ。占いの存在意義を高めたい、という私の願いはとんとん拍子で成就した。でもいとも容易く思い通りになったから、現実感が乏しい。

春になり、三年生に上がっても私の周りには人垣ができ、私が歩くと人々は道を空ける。金魚の糞《ふん》みたいにあとをついてくる人もいる。最初はチヤホヤされて嬉しかったけれど、次第に虚構を作り続けていることに虚しさを覚えるようになった。

毎日毎日私を囲むたくさんの顔。どれもこれも打算の顔だ。私に占ってほしくて作り笑いを浮かべている。誰も私の中身を見ていない。注目しているのはタロットカードだけ。占ってくれればそれでいい。その他のことは何も求めていない。みんな占いの力に媚びているのだ。

いや、私の方も媚びている。伸し上がって手に入れたポジションを手放したくなくて頭をペコペコ。グループに入れない人たちを笑い物にした発言に話を合わせてニコニコ。ボスが観ているテレビ番組、聴いている音楽を取り入れるのは渋々。そして出任せの占い結果を嫌々吐き出している。

何一つ楽しくない。人のことを嘲ってばかりで実のない会話。趣味が合わないテレビ番組と音楽。適当な占いに一喜一憂する烏合《うごう》の衆。何もかもが飽き飽きだ。中でも一番にうんざりしているのは、嘘だらけの自分だ。

私が手にした大きな満足感は表面的なもので、中身がスカスカの張りぼてだった。実は大きな空虚感とも知らずに喜んでいただけ。目の曇った人たちが私を祭り上げ、自分勝手におもしろおかしく崇めている。私はただのシンボルに過ぎない。占い師でも友達でもない。私自身が張りぼてだ。

グループ内の雑談中に、私が女子高生に人気のブランドの呼称を言い間違えた時、誰も指摘しなかった。訂正することも、弄ることもしないでそのままスルー。みんな『突っ込んだら小堀さんが不機嫌になるんじゃ?』と配慮した。

そういう関係性なのだ。気軽になんでも言い合えない。きっと陰で『背伸びして仲間ヅラしちゃって』と小馬鹿にしているのだろう。これじゃ、今も昔もそう大差がない。誰とも腹を割って話せない。心を通い合わせられない。結局は孤独だ。

自分を嘘で塗り固めるほどの苦労をしても『ぼっち』であることに変わりはないなら、必死こいて見栄を張らなければよかった。日陰者だった時の方が快適だ。時間を戻せるものなら戻したい。修学旅行の二日目。あの日に戻れたらいい。もしタイムスリップできるのなら、私は職員室を出たあと、どこへも寄らずに真っ直ぐ家へ帰る。

恋バナの情報なんていらない。占いを外しまくって『なんだ、まぐれ当たりが続いただけか』と失望され、ずっと『タロットオタク』呼ばわりされたままでいい。いや、戻れるならもっと前がいい。修学旅行の前だ。占いを悪用して目立とうとしたことが悔やまれる。出来心であんなことを言ったばかりに……。

悔恨の念が私の足を二年生の教室がある三階へ向かわせた。早朝に登校したから校内はまだ静かだ。取り分け、二年生は修学旅行中なので、三階は無人で私の足音が廊下の端から端まで届く。

二年五組の教室も静寂に包まれていた。去年私が在籍していた教室に入って物思いに耽る。しばらくして相合傘の落書きが視界の隅に入る。私は黒板消しで『手代木麗華』の名前を消して自分の名前を書き込んだ。

一年前、クラスメイトが修学旅行中に私はこの教室で物色に没頭していた。自意識が暴走している自分を客観視できていれば、途中で我に返れた。撮った画像を削除して計画を中断できただろうに……。

学校の黒板みたいに何度も書き直すことができれば……。ううん、一度だけでいい。あの過去を消したい……虚しい願いだ。私は黒板消しを持った手を振る。チョークの筋を数本残して宮下くんと私の相合傘が消えた。

自分の浅ましさに嫌悪感を募らせていると、スマホが小刻みに震えた。液晶画面には『久米先生』と表示されている。元担任だから私の電話番号を知っていてもおかしくないけれど、朝から私になんの用だ？　不可解に思いながら電話に出る。

「はい。小堀です」

「おはよう」

陽気な声で挨拶した。

「おはようございます。どうしたんですか？　今、京都ですよね？」

久米先生は二年生の副担任だから修学旅行の引率をしている。

「そう。二日目だ。小堀は今、大丈夫か？」

私の耳には『二日目』を強調して言ったように聞こえたが、たぶん思い込みだろう。

「はい」

「じゃあさ、今日の俺の運勢を占ってくれないか？」

厚かましいお願いだ。でも久米先生は去年手代木が修学旅行中に起こしたトラブルが原因で副担任へ格下げになったから、今年は無事故で終えたい気持ちが人一倍強いのだろう。保身から『去年の二の舞はご免だ』と占いに縋ったのだ。

降格後の久米先生は処遇を不満に思ったのか、反抗期の中学生のように拗ねた。見るからに無気力になり、倦怠感《けんたい》を少しも包み隠さない。生徒が話しかけると決まって『面倒クセーなぁ』とあからさまにウザがった。

見た目もなおざりな容姿に変化した。ボサボサの髪。無精髭。ヨレヨレの服。誰の目からも『何やったって浮かばれないんだから』とヤケクソになっている教師に見える。

「先約が入っています」と私は断る。

私の占いは一ヶ月先まで予約が埋まっている。

「一日に一人しか占えないって嘘だろ？」

「本当です」

反射的に否定したけれど、焦りから早口になってしまった。

「無理すんな。ちょっと注目されたかっただけだろ？　でも自分が思っていた以上に持ち上げられて、本当は困惑しているんじゃないか？」

「違います」

「まっそれはいいとして」と軽く流す。「ところで、小堀は人の恋ばかりアシストしているようだけど、好きな人はいないのか？」

「いません」

三回目の否定が一番辛かった。顔を顰《しか》めたくなるほどの苦味が胸に走る。

「なら、他人の恋を応援している場合じゃないだろ。自分の恋を早く見つけないと、青春が終わっちゃうぞ」

「基本的に占い師は自分自身を占えないものなんです」

「占いを使う必要はないだろ。イケてるグループに入っているんだから、あれこれ吟味しなければ簡単に彼氏を作れるんじゃないか」

「大して好きでもない人と付き合う気はありません」

「小堀は純情なんだな」

なんだか恥をかかされた気分だ。

「からかっているんですか？」

「そういうつもりじゃなかったんだけど、ごめん、ごめん。益々俺を占うのが嫌になっちゃったか？」

「そもそも先生は私の占いを信じていないんですよね？」

「『ゴールデンウィーク後の災い』や『修学旅行中の事故』は偶然だと思っているよ。でも『ひょっとしたら？』って気持ちもある。だから厄払いみたいなノリで小堀に頼んでいるんだ。嘘でもいいから『今日の運勢は最高！』って言ってくれれば、それでいい」

占いをただの気休めだと思っている。朝から占いを馬鹿にされるとは。久米先生の言葉を借りて『面倒クセー』と拒絶したいところだ。でも占いにはカウンセリングの側面があることを、この一年で知った。

色んな人を占ってきてわかったことだ。多くの人は悩みを打ち明けたあとに、穏やかな顔を見せた。信じる、信じないは別にして、心に溜め込んでいたものを吐き出すだけで人の心は軽くなるのだ。

更に、インチキ占い師の『大丈夫だよ。全部うまくいく』という根拠のない言葉でも、相談者を勇気づける効果があることも知った。私が苦し紛れにポジティブなことを言っても、みんなは晴れ晴れとした顔で感謝した。

おそらく久米先生は去年の悪い記憶を払拭したくて気休めの言葉を求めているのだろう。不安は大人も子供も平等に襲う。占いは子供だけのものじゃない。大人でも心の拠り所にしている人はたくさんいる。

「特別に占ってあげます」

「おう、頼む」

「では、今からカードを切りますから、私が『スタート』と言ったら、好きなタイミングで『ストップ』と三回言ってください」

「わかった」

本来なら、ハンズフリーモードにして鞄からタロットカードを出すところだけれど、その必要はない。久米先生もわかっていて私の嘘に付き合っている。

私が「スタート」と言うと、久米先生は間隔を置いて「ストップ」と三回言った。

「出ました。なんと仕事運も恋愛運も金運も最高です。今日の久米先生に怖いものはありません。何をやってもうまくいきます」

「そっか。すっきりしたよ。ありがとう」

「いいえ」

「お礼に、反対に俺が今日の小堀の運勢を占ってやるよ」

私は小さく笑う。急な申し出に脱力したのだ。

「お願いします」

「俺のは声紋占いだから、『去年の占いが当たったのは偶然』って三回言ってくれ」

「え?」

「三回だぞ」

私は苦笑しながらも言いなりになる。スローガンを唱えるみたいにして軍隊式の口調で三回繰り返した。

「うーん」と久米先生は唸《うな》る。「まだ運勢がわからないから、次は『全部、久米先生が悪い』を三回だ」

私は言われた通りにする。怯まずに三回言い切った。

「よし。わかった。結果が出たぞ」

「なんですか？」

「今日の小堀は前向きになると、『大吉』だ」

私はまたプッと噴く。

「占いが下手すぎますよ」

「意外と難しいもんだな」

「テクニックがいるんです」

「この際、上手い下手は置いておこう。占いを信じるかどうかはその人の自由だけど、小堀は俺の占いの結果だけを受け止めればいいんだ」

去年の事故の原因は俺にある、と言いたいのだ。『俺の監督不行届が招いたことだ。小堀は気にするな』と。元からいい加減な教師だと見下げていたし、この一年は自堕落な教師に成り下がったと思っていた。

だから私の心情を配慮したことに胸を突かれる。心の芯まで動揺してしまって、なんて言ったらいいのかわからない。

「そんなわけだから、小堀は前向きに高校生活を楽しめ。棚ぼたでイケてるグループに入ったんだから、カッコいい彼氏を作れよ。誰にも気兼ねしなくていい」

「はい」と私は喉の奥から声を絞り出して返事する。

「そんじゃ、またな」

「色々とありがとうございました」

私がお礼を言うと、電話が切れた。『彼氏を作れ』か……。明るい方向へ進ませようとする気持ちは有り難いけれど、生憎《あいにく》私の好きな人は暗い方向にいる。宮下くんのことを想う時は、後ろを振り返らなければならない。


一年の時も同じクラスだったのだが、宮下くんは口数が少なくてノリが悪い男子だった。小柄で声が高いからひ弱っぽく見られるし、突出した長所がない。そんな彼をクラスメイトの多くは『ジミー』と呼んで軽視していた。

確かに彼は教室で地味な存在だった。しかし心に客観的な天秤《てんびん》を持っていた。宮下くんは誰のことも差別しない。男子はイケてない人でも自分のことを棚に上げて、暗い女子やブスを見下しがちだ。特に私のような薄気味の悪い女子は黴菌《ばいきん》扱いする。

クラスの男子は私と言葉を交わすのを避けていた。掃除当番や化学の実験の班が一緒になり、作業をするために会話をしなければならない時でも、男子は私を無視した。私と一言でも喋るとみんなに馬鹿にされるからだ。

でも宮下くんだけは違った。いつも公平に接してくれた。彼は濁りのない目で私を見ていた。ただ単に誰に対しても無関心だっただけなのかもしれないけれど、教室内の弱者にとって平等な振る舞いをする人は奇特だ。先生の中にも平気で私たち日陰者をカス扱いする人間がいるから、偏見を持たないことは何物にも代え難い美点だ。

童顔で可愛らしい顔をしていることもあり、人知れず宮下くんに好感を抱いている底辺の女子は私だけじゃないと思う。弱者には強者が首を捻る価値観があり、弱者だけのヒーローやアイドルがいるのだ。

実際に、高校一年のバレンタインデーに宮下くんにチョコをあげた子がいた。同じクラスの女子だ。下校時間になり、宮下くんが教室から出て行こうとした時に、調子の外れた声で呼び止めて渡そうとした。

その子は私と同等のランクの低い女子だったので、教室のところどころから失笑が漏れた。みんなのいない場所でこっそり渡せば、『下民のくせにバレンタインデーにコクろうとしている』と嘲笑われずに済んだものを。

でも彼女なりに勇気を出して最善を尽くしたに違いない。登校した時から祈るような気持ちでずっとタイミングを窺っていたことだろう。友達がいないから宮下くんを人気《ひとけ》のないところへ呼び出すことはできない。

好機がやって来ないまま下校時間になり、諦めかけたはずだ。そのまま宮下くんの背中を見送ろう。恥ずかしい思いをしないでいい。拒絶されるかもしれない恐怖と闘わなくてもいい。

だけど彼女は臆病風に吹かれながらもギリギリで堪え、頑張ってチョコを渡した。その乙女心を笑い種《ぐさ》にするなんて言語道断だ。ニヤニヤしている男子たちを手当たり次第に怒鳴り散らしたくなった。と同時に宮下くんの反応が気になった。宮下くんは人でなしの男子じゃないよね？　ちゃんと受け取るに決まっている。でも拒絶してほしいような……。

宮下くんは顔色一つ変えずに「ありがとう」と言って差し出されたチョコを手に取った。嬉しそうには見えなかったけれど、迷惑そうでもない。失笑がエスカレートする中で宮下くんは「食べられないものってある？　嫌いなものとか、アレルギーとか」と訊いた。ホワイトデーにお返しをするためにリサーチしたのだ。

彼女は「何も」と答えるのがやっとだった。受け取ってくれるかどうかで頭がいっぱいだったから、お返しのことなど考えていなかったのだろう。

私の近くにいた男子たちが「おいおい、お返しをする気だよ」「相思相愛なんじゃね？」

と冷やかしていた。こいつらは何もわかってない。宮下くんには深い意図はない。バレンタインデーにチョコを貰ったら、ホワイトデーに返すのがルール。世の中の決まり事に従っているだけだ。

一ヶ月後に宮下くんはいくつもの好奇の目に晒されながら「これ、お返し」と言って手渡したけれど、二人の関係はクラスメイトのまま。私が思った通り両想いには進展しなかった。

でもその子にとってはお返しをくれただけで充分だったはずだ。普通に扱われることの少ない私たちには、二月十四日にチョコを贈って恋が成就するのは高望みだ。少なくとも私は『畏《おそ》れ多い』と感じている。バレンタインデーに苦い思い出があるから。

中学二年の時に、一念発起して気になっていた男子の下駄箱に手作りチョコを入れた。私は美羽と物陰に隠れて反応を窺っていた。その男子はチョコを取り出し、リボンのところに挟んだメッセージカードを読むと、近くにあったごみ箱へ投げ捨てた。私から貰うことは赤っ恥だったのだ。私は立場を弁《わきま》え、『もう二度と恋をしない』と心に決めた。

絶望の淵に突き落とされたバレンタインデーから二年後、私は宮下くんの公正な振る舞いに希望を感じた。心に一筋の光が射し、奥底まで照らす。そして照らされた場所から恋の芽が顔を出した。宮下くんは弱者のアイドルだ。陽の当たる場所にいる人たちにはわからない。

二年生になっても宮下くんと同じクラスになり、修学旅行の班でも一緒になれた。『旅行中に一つでいいから宮下くんと思い出を作りたいな』と心を躍らせていたら、彼と手代木が付き合うことになった。無意味に暴れたくなるほどのショック。

でも私は『手代木はスケープゴートだ』とプラス思考に捉えることにした。宮下くんが女子との交際に免疫力をつけておくことは吉だ。私が告白した場合に良い返事を引き出せる可能性がグンと高まる。お試しでも一度付き合った経験があれば、拒絶反応を起こし難くなるはずだ。

私の計画がスムーズに進んで占いの存在意義と共に私の地位が向上した時には、宮下くんに告白しよう。みんなが私を崇めるようになったら、私と付き合っても『タロット彼氏』と馬鹿にされることはない。

みんなから『ジミー』呼ばわりされていても澄ましていられる大らかな宮下くんのことだから、人が自分のことをなんと呼ぼうが気にならないだろう。だけど私はそんなの我慢できない。私のせいで彼氏が周囲から見くびられるわけにいかない。宮下くんに告白するのは私が伸し上がってからだ。

ところが私の計画は想像を絶する方向へと進んだ。幸と不幸がどう作用したのだろうか？　修学旅行前に私が口にした占いがどちらも大当たりした。ゴールデンウィーク前に日直日誌に書いた占い結果と合わせて、「三回連続で的中した！」とみんなは大騒ぎし、私を担ぎ上げる。私の地位は急浮上した。でも宮下くんと私は手の届かない関係になってしまった。

修学旅行の二日目に手代木に怪我を負わされた宮下くんは、長期入院を余儀なくされた。心配だったし、元気づけたかったけれど、彼に合わせる顔がなくてお見舞いに行けなかった。

なんて言えばいい？『私が不吉なことを言ったせいで、ごめんなさい』と謝るのはおかしいし、『たまたま占いが当たったことを喜んではいないんだよ。誤解しないで』と説明するのもなんか白々しい気がした。誰がどう見たって私は成り上がり者にしか見えないだろうし、実際のところ多少は浮ついていた。全然嬉しくない、と言ったら嘘になる。

時々、宮下くんの入院生活やリハビリの苦労話が耳に入ってくる。同情的な意見もあれば、思慮に欠けたデマもあった。どういうわけか、時間が経てば経つほどにデマの方が多くなっていった。

「一年以上入院するらしいよ。可哀想に」

「すっかりグレちゃって、誰が行っても面会を断ってるんだよ」

「もう学校を辞めたんじゃないの？」

「車椅子で通える学校に転校するって」

「ジミーまでダブったらお似合いのカップルだな。復縁はあり得ねーけど」

「街で見かけたんだけど、髪の毛と眉毛を金色に染めてた」

「リハビリがきつくて自殺未遂したって」

「体の半分が機械なんでしょ?」

「足のギプスにマシンガンを仕込んでるらしいぜ」

宮下くんの話を耳にする度に、私は居た堪れない気持ちに打ちのめされた。私のせいじゃないけれど私のせいだ。私が占わなくても、修学旅行に参加していても、事故が起きる未来は変えられなかったと思う。

でも私は彼らの不幸を踏み台にして高い地位を手に入れた。悪気を感じつつもみんなが羨むポジションを得た優越感に浸らずにはいられなかった。そんな自分が許せない。私は誰よりも人でなしだ。もう二度と恋をしない。今度こそは誓いを破らない。私は人を好きになっちゃいけないいんだ。

急に涙が両目から溢れた。なんで泣く? 何に対しての涙だ? 理由がわからなくて途方に暮れた。だけど、無意識のうちに『ごめんなさい。ミナコ先生』と心の中で謝っていた。

教わったタロット占いを悪いことに使ってしまってすみません。私は強くなれなかった。ミナコ先生が与えてくれた最後の試練を上手に乗り越えられなかった。私は占い師失格です。本当にごめんなさい。

私はずっと『占いのために仕方なく悪事に手を染める』『ミナコ先生も許してくれるはず』と思って自分を正当化してきた。でも本当は占いのためじゃない。自分のためだ。どんな手を使ってでも、何を犠牲にしてでも、みんなを見返そうとしただけだ。

目に物見せたい。私だってその気になれば日陰者から脱却できるんだ。私の力を思い知らせてやる。陽の当たる場所に立つことを喉から手が出るほど欲していた。純粋な渇望ではあったけれど、占いを悪用したから天罰が下ったのだ。身から出た錆だ。甘んじて受け入れよう。

一頻《ひとしき》り泣いたあと、誰もいない二年五組の教室の窓からインチキ占いで使っているタロットカードを一枚ずつ指で弾き飛ばしていく。久米先生の言葉を唱えながら。

「去年の占いが当たったのは偶然」

「全部、久米先生が悪い」

「今日の私は前向きになると、大吉」

不思議なもので気休めだとわかっていても、段々と心が安らいでくる。気持ちが前を向き始める。もし私の手に残る最後の一枚が吉兆を暗示するカードだった場合、宮下くんにきちんと謝ろう。二年生がみんな無事に修学旅行から戻ってきて、彼もここへ戻ってきたら、全部打ち明けるんだ。

私の左手に一枚を残して他のカードは全て宙を舞った。最後のカードにも秘密の印を付けてあるから、捲らなくてもなんの絵柄かわかる。『悪魔』のカードだ。

「このカードは『チャンスを逃す』『出口が見えない』『悪循環』を暗示するカードです」

と口に出す。

私は静かに笑う。でも教室中に響き渡った。私の笑い声が教室の隅々に染み込むと、

「今日の私は前向きになると、大吉」と言って右手でカードを摘まみ上げ、窓の外へ弾き飛ばした。

第五章　重なる生徒

修学旅行の二日目を迎えた。私たちぼっち班は『漫画も日本の文化なので四日かけて学ぶ価値があります』を口実にして、初日に続いて今日も京都国際マンガミュージアムで、閉館まで漫画を読み耽る予定だった。でも入館する直前に、手代木麗華がタクシーを拾い、「用事がある」と言い残して逃亡した。

突然のことにみんなは呆然としたが、班長のジミーだけは冷静だった。手代木麗華の真似をしてタクシーを停め、「手代木さんを連れ戻してくる。久米先生には『班長はお腹を壊してトイレに籠っている』ってことにして、副班長が代わりに報告して」と指示した。

私が「わかった」と返事してから、ジミーは乗り込んだ。彼に続いてノロ子も乗車した。班長一人じゃ手に負えない、と助太刀したのか？　それともノロ子はジミーが好きなのか？　どちらでも私には関係ない。『追跡か？　居残りか？』を迫られていたら、間違いなく居残りを選択した。

居残り組になったのは、私と渡辺兄弟の劣化版。劣化版は私に不安げな目を向ける。きっと『頼りない副班長が久米先生をうまく欺けるのか？』と心配になっている。無理もない。常に教室でひっそりと過ごしている小心者の私に、器用に立ち回ることを期待するのは難しい。

私たちが大人しく漫画を読んでいるか確認するために、定期的に担任の久米先生が訪れることになっている。京都市内の観光スポットには、先生たちが散らばって監視しているのだが、久米先生の持ち場は二条城と京都国際マンガミュージアムだ。

マンガミュージアムを予定に入れているのはぼっち班だけなので、久米先生は他の班が二条城を訪れない時間帯に私たちのところへ足を運ぶ。徒歩で十分ほどの距離だから掛け持ちはそれほど大変ではないだろう。

久米先生は二条城を出発する際に、ジミーに〈これからそっちへ行く。〉とメールで報せ、到着するまでにジミーが施設内を巡回して班員の様子をチェックする。そして受付で二人は落ち合って連絡事項を伝え合う。そういう段取りだ。

昨日はみんなで受付に集合していた。でも度々読書を中断されたことに業を煮やした手代木麗華が吼えた。

「いちいち点呼する必要なんてないだろ。今日だけでもう三回目だ。俺は旅行中に『ジョジョの奇妙な冒険』を七部まで読破することに挑戦しているんだから、邪魔すんな。班長がチェックすれば済むことだろ」

一般的に、自分のことを『俺』と言う女子高生は頭のネジが何本か抜けている。まともじゃない。言い争ってもどんどん拗《こじ》れていくだけ。そのことをよく理解している久米先生は彼女の言い分を聞き入れた。

手代木麗華は転入してきた日に、久米先生に対して『俺は自分が認めた人間しか敬わない。俺を従わせたいなら、今すぐ久米の尊敬できる点を挙げろ。一個でいいから。恥ずかしくて自分で言えないなら、慕っていそうな生徒を名指しすれば？　その生徒に代弁してもらいなよ』と迫った。

久米先生は自分の長所を挙げなかったし、生徒を指名しなかった。クラスメイトはみんな下を向いて久米先生と目が合わないようにした。

私はみんなの前で発言するのが怖くて躊躇《ちゅうちょ》していた。久米先生を助けたい。『先生は立派な教師です』と訴えるんだ。でもどちらの手も太腿とぴったりくっついて挙げることができなかった。

手代木麗華に『具体的にどこが立派なんだ？』と訊かれたら困り果ててしまう。久米先生を尊敬できる根拠はちゃんとあるけれど、具体例を挙げられない。自分の心を曝け出すことになって、みんなから変な目で見られちゃう。どうしよう？

悶々と葛藤した末、久米先生を慕う気持ちが勝った。体中から勇気を心に集めて自分を奮い起こす。そしていざ手を挙げようと机の下から右手を出した瞬間に、久米先生と目が合った。ドキッ！　心臓が止まったみたいに体が硬直する。

久米先生の瞳に悲愴《ひそう》な色は映っていない。助けを求めている弱々しい目じゃない。むしろ猛々しい。アイコンタクトで私に何かを伝えようとしている気がする。なんだろう？

私が右手を机の上から数センチ浮かせたまま考えを巡らせていたら、久米先生は視線を逸らし、「あとで職員室に来なさい」と手代木麗華に言った。だけど彼女が反抗して言い合いになり、埒《らち》が明かなくなった久米先生は教室を出て行った。

クラスメイトたちは『久米先生が手代木麗華に論破された』『空威張りして逃げ出した』と捉え、「情けねー」「ダサッ！」「教師失格だな」と嘲笑った。担任としての面目は丸潰れだ。

それ以降、久米先生は手代木麗華の野放図な言動にほとんど口を出さなくなった。でも周りからは見て見ぬ振りをしているように思えても、きっと転入生の意思を重んじているのだろう。新しい環境に溶け込ませようとして目を瞑っているのだ。

久米先生は修学旅行中にも手代木麗華の意思を尊重し、ジミーに見回りの役目を任せた。班のみんなは『腰抜けの担任のせいで、班長が損な役回りになった』と同情的な顔をした。だけど私は『副班長の私が代われるものなら代わりたい』と思っていた。久米先生にずっと訊きたいことがあったから。

ひょんなことから班長代理に任命され、久米先生と二人きりになれる千載一遇のチャンスが巡ってきた。不都合な事実は知りたくない、という気持ちもあるが、手代木麗華の大胆な行動に触発された。私も続こう。ぶち当たるんだ！

手代木麗華たちがいなくなって一時間が経った頃に、ジミーから〈十分後に久米先生が来る。先生には『お腹が痛くてトイレから出られないので、副班長が代わりを務めます』って伝えてある。〉というメールが届いた。私は〈了解。〉と返す。

十分後、私は受付で久米先生に「異常はありません」と報告する。

久米先生は私に顔を近付ける。もうバレた？　嘘は得意な方じゃないけれど……。私は
「嘘つけ！」

瞬きを繰り返し、大きな空気の塊を吞み込む。

「腹痛で苦しんでいる奴がいるのに、『異常はありません』じゃないだろ、副班長」

久米先生は快活に笑う。

「そ、そうですね」

「班長は大丈夫なのか？」

「はい。渡辺くんがトイレに様子を見に行ったんですけど、ただの食中《しょくあた》りのようです」

ジミーどころか劣化版もここにはいない。劣化版は〈僕も用事があるから抜け出す。あ

とは任せた。〉と私にメールを寄こして逃げた。

クラスで友達のいない生徒を集めた班だから、まとまりに欠けるのは当然だ。でもこうもみんながみんな好き勝手に行動するとは。久米先生が真実を知ったら目が飛び出るほど驚くだろう。

修学旅行前に私たちの班が予定表を提出した際に、久米先生は『マンガミュージアムに入り浸っているなら、悪さをしそうにないな』と気を緩めたはずだ。その時点で、班の六人中五人がこの場にいないことを予想できる人などいない。異常事態だ。

「そっか。脱水症状にならないよう水をたらふく飲めって班長に伝えてくれ」

「わかりました」

「桜井も体調が良くないのか？　なんか顔色が悪いぞ」

「私が？　どこも悪くないです。大丈夫ですよ」

「本当か？　班長がダウンしたからって無理してないか？　いつもと様子が違う気がするんだよな」

やましさを感じ取られた？　ヤバい！

「そんなことはないです」

「本当は無理をしているんじゃないのか？」

私の肝が小さいばかりに違和感を抱かれてしまった。でも疑われた一番の要因は、久米先生が生徒のことを注意深く見守っている教師だからだ。

「大丈夫ですよ。ほら、私って病弱っぽく見えるじゃないですか？　実際に、よく風邪をひきますし。けど、今は元気です」

「なら、いいけどさ。じゃ、二時間くらいしたら、また来るからな」と言うと、久米先生は私に背中を向ける。

どうにか悟られずに済んだ。小さな溜息を吐く。でもすぐに『違う！』と思い直した。安心している場合じゃない。この好機を無駄にする気か？

二時間後にはジミーたちが戻ってきているかもしれない。そうなったら、副班長の出番はない。久米先生と一対一で話せるのは今だけだ。

「先生」と呼び止める。

久米先生は「なんだ？」と振り返る。

「あの時、手を挙げられなくてごめんなさい」

私が手代木麗華の『尊敬させろ』という要求に応えられていたら、久米先生はみんなから馬鹿にされなかった。自分が許せない。うじうじ迷っていたせいで……。

久米先生の退室後、嘲笑が飛び交う中で私は固くした右手をわなわなと震わせた。振り上げて力いっぱい机に叩き付けたい気持ちを必死に握り潰す。堪えるんだ！　今ここで私が『先生の悪口はやめて！』と叫んだら、久米先生の配慮を台無しにしてしまう。

久米先生は私が捨て身で擁護しようとしたのを察した。あの勇ましい目は『何も言うな！　庇わなくていい！』という訴えだった。私が傷付くのを恐れ、わざと情けないセリフを吐いて進んでピエロになった。みんなは知らないけれど、久米先生は生徒想いの優しい教師なのだ。

およそ一年前、夏休みが始まってすぐに私は男子と女子の卓球部の顧問を兼任している久米先生に電話をかけた。

「弟が亡くなったので、しばらく練習を休ませてください。同情されて変な空気になるのが嫌だから、部員には内緒にしてほしいです。風邪をひいたってことにしてもらえませんか？」

二つ離れた弟の慎次《しんじ》が死んだ。友達数人と海へ行き、潮に流されて溺れた。慎次とはぐれた友達は「いつの間にかいなくなっていた。でも先に浜へ上がったんだと思った」と証言した。海水浴客でごった返していたから見失い易かったのだろう。

ライフセーバーが救助した時には手遅れだった。病院へ搬送されたが約一時間後に死亡が確認された。よくある話だ。夏休み中に必ず一度は子供の水難事故のニュースを見聞きする。

私は毎年「間抜けだな」「人騒がせだ」「泳げないなら海へ行くな」などとげんなりしていた。まさか自分の弟が『よくある話』に括られるとは想像だにしなかった。だからか、慎次の訃報を聞いた時、条件反射で『馬鹿な死に方をしたもんだ』と思ってしまった。

私と慎次は普通の姉弟だった。他所の家のことはわからないから、『普通』という言い方は正しくないのかもしれない。でもなんて言ったらよいのかわからない。私たちは仲が良くも悪くもなかった。取り立てて話すような心温まるエピソードはないし、何年も忘れられない大喧嘩をしたこともない。だから私には『普通』としか言いようがないのだ。

慎次の死は普通に哀しかった。涙も出た。両親は涙が止まらないほど大泣きし、「もっと家族の時間を作ればよかった」「怒ってばかりでごめんね」と後悔の言葉を口にしていた。

私に心残りなことはなかった。慎次に対して横暴な振る舞いをした覚えは一つもない。私は良い姉ではなかったが、悪い姉でもなかった。慎次にとって可も不可もない存在だったはずだ。

慎次との最後の会話が「お姉ちゃんも海に行く? 僕の友達が『一緒に来てもいい』って」「行かない。私が日焼けしたくないのを知っているでしょ」「たまには青春を楽しめば?」「男だけで海に行く寂しい中学生に言われたくない」だったことも、悔やんでいない。肌の色素が薄くて紫外線に弱い私は誰に誘われても海に行かない。

ただ、慎次が焼かれる前に『これで見納めなんだな』と思うと、口がひとりでに「もう少し優しくしてあげればよかったかな」と動いた。無意識の呟《つぶや》きに自分自身が驚いた。なんで急に後悔した？　声に出す必要は？

でも次の瞬間には別の驚きが現れて思索をストップさせた。何かが私の頰を打った。激しい衝撃に私の頭は横に弾かれる。えっ！　何？　何が起こったの？　捩れた首を元に戻して前を向くと、お母さんが濡れた瞳で私を睨んでいた。

「今、なんて言った！」とけたたましく怒鳴る。

私はぽかんとする。お母さんの右手が前方へ伸びていた。私を引っ叩いたの？　なんで？　頰がじんわりと痛んできた。

「他人事みたいに言ったでしょ！」

「いや……違う。今のは違うよ」

意識して言ったんじゃない。何気ない一言だった。

「今だけじゃない！　加代はずっと！　自分には関係ないって顔をして、涙一つも見せやしない！」

私も泣いたよ。今だって『慎次とはもう話したりゲームしたりできないんだな』と思って涙ぐんでいた。零れないように堪えていた。でもどうしてか私は何も言えなかった。人は思いも寄らないことが起こると、固まってしまうのか？　その場にいた全ての人がマネキンと化していた。

逸早く金縛りが解けたのはお父さんだった。「おい。落ち着け」と言ってお母さんの肩を抱き、どうにか宥《なだ》めようとする。お母さんはお父さんの胸元にしがみ付いて咽び泣いた。

時折、声にならない声で喚き散らしたけれど、何を言っているのかほとんどわからない。辛うじて聞き取れたのは、「あんな薄情な子、いらない」「加代の方が……」だけだった。


慎次が骨になった翌日の夜、私はスマホをポケットに突っ込み、リュックに折り畳み傘と一・五リットルのミネラルウォーターと日焼け止めと虫除けスプレーを入れ、食卓に『捜さないで平気だから』という書き置きを残して家を出た。

どこにも行く当てがない。私には家出少女を快く泊めてくれる知り合いはいない。友達らしい友達はいないし、親戚は近くに住んでいない。親切なオジサンをネットで募集する勇気もない。無い無い尽くし。

だから私は家から徒歩二十分くらいのところにある公園で夜を明かすことにした。危ない人や警察官が来たら、一目散に逃げよう。公園のそばの入り組んだ路地へ逃げ込めば撒《ま》けるだろう。

一晩中震えて朝を迎えるんじゃ？　そう心配していたけれど、スマホでゲームをしていたら、あっという間に朝日が昇った。案外平気だった。なんでもやってみないとわからないな、と私は思いながら日焼け止めを塗り、木陰へ移動する。

七時になると、子供たちがわらわら集まってきてラジオ体操を始めた。私は追い出されるようにしてコンビニへ向かう。立ち読みをして時間を潰そうとしたが、気が小さいから長居はできなかった。十分ほどで店を出て別のコンビニへ。

コンビニを数軒梯子《はしご》して、公園へ戻った。そして九時になるのを待って帰宅した。うちは共働きで二人とも平日は九時前に家を出ている。でもどっちかは仕事を休んで私の帰りを待っているかもしれない。

恐々と家の中へ入っていったが、留守だった。そりゃそうだ。どっちも生粋の仕事人間。私のことなんかで会社を休んだりはしない。だけど二人が昨日まで流していた大粒の涙はなんだったんだ？　よく働きに行けるね。その切り替えの早さの方が薄情じゃないの？

一昨日のことを思い出したらムカムカしてきた。でも二人が今日から出勤するのを知っていたから、夜だけの家出を決行したのだ。留守でよかったんだ、と自分に言い聞かせる。留守じゃなかったら私の家出はたったの八時間で終わっていた。

もう二人の顔を見たくない。お母さんは言わずもがなだけれど、慎次の火葬後に私のケアを何もしなかったお父さんも同罪だ。きっとお父さんもお母さんと同じ気持ちなんだ。『加代の方が死ねばよかったのに』と思っている。

しかし現実的に考えて、十六歳の小娘が一人で生きていくのは難しい。文字通り体を張らなくては不可能だ。私にそこまでのバイタリティーはない。元々、大人しいインドア派だ。だから入れ代わりの生活を送ることにした。それが私の最大限の家出だ。

親が家にいる時は、外で過ごす。そして親が出勤した頃合いを見計らって家に帰り、カップラーメンや缶詰やパンなどをお腹に入れる。それからシャワーを浴びて着替え、スマホを充電し、炊飯ジャーを十六時に炊き上がるようにセットし、自分のベッドで寝る。

起きたら適当なものをご飯にかけて食べ、夜食用のおにぎりを二つ握る。そして十八時過ぎにおにぎりと缶詰とミネラルウォーターをリュックに入れて家を出る。

使った食器、カップラーメンの容器などは片さないでそのままにし、汗で汚れた服は洗濯かごに入れる。私の家出が中途半端であることをアピールするためだ。捜索願を出されたらややこしいことになる。

夜だけの家出を始めて二日目には、両親は私の行動パターンを理解したようで、食卓の上に千円札が一枚置いてあった。『これで夕飯を食べなさい』ということだ。カッとなった私はくしゃくしゃに丸め、怒りに任せてぶん投げた。

でも家を出る時には、皺を伸ばして財布に入れた。食事代を節約してテントや寝袋を買い、遠くへ行こう。本当の家出をするんだ。身元の保証がない小娘を雇ってくれる親切な人がどこかにはいるはずだ。

　三日目には、千円札と一緒に防犯ブザーと催涙スプレーが置いてあった。私は『そういう心配はできるんだ』と眉をひそめながらも、どちらもポケットへ捩じ込んだ。

　毎週金曜日には、六千円が支給される。丸二日分の食事代だ。土日は両親が家にいて帰れないので、丸二日外で過ごさないとならない。日が昇ると、公園の木陰で睡眠をとった。天気が悪い日は、駅前の商業施設や図書館が開く時間になるのを待って、中のベンチで寝た。

　金曜は家を出る前に、水着とバスタオルと二日分の着替えをボストンバッグに詰める。近所に銭湯がないから、区民プールへ行ってシャワーを浴びた。シャンプーやボディーソープを使用してはいけない決まりがあるために水洗いしかできない。でも二日間も汗まみれでいるよりはずっといい。

　家で休息のとれない土日は何かと不便だったけれど、安らかな気持ちで過ごせた。家にいる時は、突然親が帰ってくる不安があるからか、気が休まらない。家の中では何を食べても味がしないし、安眠することができないのだ。

　親が不在でも居心地の悪さを感じるとは、とんだ計算違いだった。もうこの家には私の居場所はないようだ。家のあらゆるところに『あんな薄情な子、いらない』という空気が漂っているような気がしてならない。その澱《よど》んだ空気を家ごと焼き払うことができたら、少しはスカッとするだろうに。

親は常にカップラーメンや缶詰やミネラルウォーターや栄養補助食品をストックし、私の服を洗濯してチェストに入れ、週に一度ベッドシーツと枕カバーを替えた。それがギリギリで残っている親心なのだろう。

いや、義務感に駆り立てられて渋々やっているだけだ。その証拠に、一度も私とコンタクトを取ろうとしなかった。置き手紙を書いたり、私のスマホに連絡したりすることがないまま夏休みが終わった。

そういえば、夜だけの家出をするようになってから誰とも喋ってないな、と気付く。夏休み中に私が何をしているのか気にかける人はいなかった。生まれつき私は口下手で社交性が乏しい。交友関係は狭く浅い。

特に、高校入学と同時に埼玉から東京へ引っ越してきたので、一学期の友達作りにいつもの何倍も苦労した。高校に中学からの知り合いがいないハンデは思っていた以上に大きかった。

でも同じ中学の出身者がいたら、親や友人から『桜井さんの息子が亡くなったんだって』と聞かされて学校で広めたかもしれない。そういう事態を免れたことだけは幸いだった。どういうわけか、みんなに慎次の死を知られたくない、という気持ちがやたらと強い。同情が煩わしいからか、弟の溺死が恥ずかしいからか。

久米先生が私との口約束を守ってくれていれば、私は卓球部の練習をずっと風邪で休んでいることになっている。サボりであることを察した部員たちが『この時期って辞める人が多いのよね』『ひ弱そうな桜井は練習についてこられないと最初から思っていた』などと私のことを片付けているといいが。

運動して体を強くしよう。少しは協調性を身に付けたいし。だけど激しいスポーツは向いてないから卓球でいいか。屋内競技なら日焼けしない。そのような動機で中学から卓球を始めた。

部活に入らないと孤立しちゃいそうだから、という理由で高校でも続けた。上達する気概に乏しいから腕前は滅法下手くそだ。戦力にならない私が抜けても卓球部はなんの支障もないはずだ。

クラスメイトや部員から構われないことに寂しさを全然感じない、と言ったら閻魔《えんま》様に舌を抜かれるだろう。でもほんの小さな失望だ。私は人との繋がりをさほど求めていない。教室に一人きりでいるのもそんなには苦にならない。

人間嫌いではないのだが、自ら能動的に人と関わる気にはなれない。人と一緒にいると気疲れする。長時間、人と行動を共にするのは苦痛だ。学校の遠足や修学旅行、部活の遠征試合や合宿は拷問に等しい。両親とも半日以上一緒にいたくなかった。家族での外食や旅行も気が進まなかった。

やっぱり私は人間としての情が薄いのかもしれない。胸がズキンと疼いた。未だにお母さんの言葉が胸の奥深くまで刺さっているのは、図星だったからか？　なんとなく自覚していたけれど、私は人間らしい感情が欠落している。

病院で慎次の死に顔を見た時には涙が出た。でもその場の雰囲気に呑まれて感傷的になったに過ぎない。後にも先にも慎次のことで泣いたのはその一回だけだ。お母さんが激怒するのも妥当だ。

全人類が私みたいな人間だったら、争いごとは起こらないと思う。その代わり、人間関係が希薄になって人類は滅んでしまうに違いない。願わくは、一人乗り用の宇宙船で惑星探査に行かせてほしい。片道切符でいい。地球に帰還できなくても構わない。そんなことを子供の頃から空想していた私は人間失格だ。生きている価値がない。

だからと言って、お母さんがあんなことを言うのも理解できる、とはならない。薄情な子でも受け入れてほしかった。親なんだからどんな子でも慈しむべきじゃないか。依然として私の根底には、親に拒絶されたことへの怒りが煮え滾っていた。

その怒りは世の中の全ての大人にも向けられた。一番身近にいる大人がしょうもない人間なんだからどの大人も一緒だ。信用ならない。この一ヶ月で私のスマホの画面に表示された発信者名は『久米先生』だけだったのだが、卓球部の顧問にも嫌悪感を抱いて無視し続けた。

久米先生は数日置きに電話してきて、留守録に「大丈夫か？」「無理して練習に来なくていいからな」「心配だから連絡をくれ」「一言でいいから、電話してほしい」と吹き込んだ。でも私は一度も返さなかった。放っておいて！

部活も学校も辞めるつもりだ。生徒じゃなくなったら教師が私に関わる権利はない。そもそもがさつでデリカシーに欠ける久米先生に何ができるんだ？　ほとんどの生徒から疎ましく思われている教師に私の気持ちが理解できるとは、到底思えない。きっと退部者が出ると顧問としての評価が下がるんだ。そのことを心配して連絡しているだけ。

夏休みが明けた頃から夕飯代をゲームセンターに注ぎ込むようになった。本当の家出を断念した。どうせ遠くへ行っても私なんかが必要とされる場所はない。どこへ行っても邪険にされるに決まっている。もう何もしたくない。王子様にふられて海の泡になる人魚姫のように消えてなくなりたい。

私がいなくなっても何も問題ない。いない方がいいんだ、と自棄《やけ》になって毎夜毎夜ゲーム機のスティックを握り、ボタンを連打した。専ら最も旬な対戦型格闘ゲームで見ず知らずの人と勝敗を競っている。

私はテレビゲームが好きだった慎次の影響で女子の割にゲームに精通している。三年くらい前から、弟に「一人でやってもつまんないから一緒にやろうよ」と付き合わされてきた。ゲームに興味はなかったが、生身の人と卓球の試合をするよりはずっと気楽だった。ゲーム内では自分も相手もプログラミングされた動きしかできない。選択肢は限られているから、全ては想定の範囲内に収まる。何が起こるかわからない現実世界とは違う。その上、失敗してもリセットできる。何も怖がる必要はない。

慎次は一般的に『格ゲー』と略される対戦型格闘ゲームに嵌まっていた。空手家、ボクサー、力士、プロレスラー、拳法家などなど。プレイヤーは特有の格闘技を極めたキャラクターを一人選んで操作し、一対一で戦う。

喧嘩をしたことがないもやしっ子が格ゲーに夢中になるのは、なんだか侘しいものを感じる。でも現実世界の荒くれ者よりは、ゲーム内で喧嘩を疑似体験する臆病者の方が好ましい。どんな男子にだってヒーロー願望があるらしいから、ゲームの世界に入っている時くらい好きに暴れればいい。

ところが慎次はどれほどやり込んでも中級者止まりだった。パターン化された動きを記憶して適切に対処すればいいだけなのに、気合が空回りしたり、焦り過ぎたり、苛立ったりして自滅する。感情的になり易いのだ。

また、慎次には『プレッシャーに弱い』という欠点もある。追い込まれるとミスを多発する。それに対して、常に冷静沈着にプレイできる私は操作をミスすることが少ない。ピンチに陥っても動じない。そんな私を慎次は「鉄のメンタルを持っている女」と皮肉った。

　私は呑み込みが早かったので、すぐに慎次と互角に渡り合えるようになった。そして十字キーや複数のボタンを暗号みたいに組み合わすと出せる大技を自由自在に使い熟《こな》せるようになってからは、弟に後れを取ることはなくなった。

　慎次は私のゲームセンスに嫉妬し、年下らしく不貞腐れた。何度「もう、お姉ちゃんとはやらない！」と言われたことか。でも舌の根の乾かぬうちに「勝負しようぜ」と言ってくる。

　あっさり返り討ちにされても数日後には再戦を申し込む。その度に慎次なりに策を講じるのだが、功を奏したことは私の記憶にはない。どの策も一蹴できた。それでも慎次は挑戦し続けた。

　私へのリベンジを果たすために夜遅くまで一人でゲームに没頭することがしばしばあった。時々、隣の弟の部屋からゲーム音や興奮した声が聞こえてきて、私の安眠を邪魔する。秘密の特訓をすることには文句は言わないが、壁を叩いて『やってもいいけど、静かに！』と訴えた。

　なんで慎次はあんなにまで意固地になったんだ？　負けっぱなしで悔しいのはわかるけれど、身の程を知ってもいいだろうに。ひょっとしたら慎次はゲームを介して私と絆《きずな》を深めたかったのかもしれない。

　でも私がゲームに勝っても負けても淡々とプレイしたばかりに、盛り上がることもなく、大喧嘩になることもなかった。慎次と仲良くなれなかったのは私が冷淡だからなのだろう。今思えば、たまには手を抜いてあげればよかったかな。姉なんだから少しは気を遣うべきだった。

　自責の念がゲームセンターでの私を普段以上に冷酷にさせた。弟の慎次に一分の情けもかけなかったのだから、赤の他人のゲーマーに手加減をする道理はない。相手が一方的な敗戦に自信を失おうが、非情なプレイに腹を立てようが、知ったことか。

　ゲームセンターは弱肉強食。負けるのは弱いから。勝つのは強いから。ただそれだけのシンプルな世界だ。家庭用ゲーム機とアーケードゲーム機の操作方法の違いに慣れてからは、私は負け知らずだ。

　二週間足らずで私は知る人ぞ知る有名人になる。格ゲーをやり込んでいる女子のゲーマーが物珍しいことも一因になっていると思うが、圧倒的な強さを誇っているからだ。いつしか「無敗の女王」と呼ばれるようになった。

　何度やっても私に勝てない人は上手な友達を連れてくる。その友達を打ち負かすと、更に上手な友達を私にぶつける。どんどん強くなる挑戦者に比例して私の操作も上達する。慎次から借りて読んでいた少年誌のバトル漫画と原理は一緒。次々に強敵が現れて主人公は急成長する。

　ゲームがちょっとうまい人は誰でも夢想すると思うけれど、私も『ゲームで食べていけたらいいのにな』と夢見た。虚しい夢は覚めた時にもっと虚しくなる。現実世界では何もできない自分の惨めさが浮き彫りになるから。

　それでも駅の裏通りにある小さなゲームセンターだけが私の居場所だった。勝ち続けている限り私の存在は認識される。家や学校では私の価値は限りなくゼロに近かった。それを思えばここのゲーマーたちに『大海を知らない蛙《かわず》』と馬鹿にされるのは心地良い。ここは私が人から認められる唯一の場所だ。

　自信過剰になった私は『こうなったら千人斬りを目指そう』と大きな目標を立てたが、連勝記録を二百に伸ばして以降、挑戦者がめっきり減った。みんないくらやっても敵わないから『時間とお金の無駄だ』と諦めたのだ。

　挑戦者が現れない時は、コンピューターと対戦する。メリハリのない動きに飽き飽きしているけれど、他に時間を潰す方法がない。コンピューターとの戦いに辟易しながら気長に挑戦者を待つしかない。

　でもこの界隈《かいわい》のゲーマーたちはどんどん私を避けていく。日に日に挑戦者の数は減る。二桁を切るようになり、片手で足りる数になり、昨日は一人だけだった。そして今夜は二十一時半になっても誰もエントリーしてこなかった。

高校生がゲームセンターにいられるのは二十二時まで。あと三十分。このままでは挑戦者がゼロで終わってしまう。ゲームセンターは弱肉強食の世界だと思っていたが、現実世界と同じで飛び抜けた力は疎外されるのだ。

ここでも私は空気になった。みんなの目には映らない。家では親に構われず、学校では個性がないから注目されず、ゲームセンターでは強すぎて相手にされない。やっぱり私は誰にも必要とされていない。

明日からは隣の駅のゲームセンターへ行こうかな。そこでは最初の一本をわざと負けよう。格ゲーの多くは三本勝負で二勝した方が勝者になる。先に一本取らせれば残りの二本を取られても、『あともう少しで勝てた』と悔しがり、再戦する気を起こすはずだ。

そんなことを考えていたら、ようやくゲーム機の画面に挑戦者のエントリーを報せるメッセージが表示された。望むところだ、と頭を切り替えた。私はコンピューターとの対戦を中断して、挑戦を受け入れた。

久し振りの挑戦者は操作が拙かった。キャラの出せる技がわかっていないようで、確認作業の動きをする。『Aボタンはパンチで Bボタンはキックで……』という相手の心の声が聞こえてくる。

明らかに初心者だ。ずぶの素人が私に挑むなんて百年早い。私が無敗の女王であることを知らないのだから、この店で遊ぶのも初めてのようだ。私の見た目だけで『弱そう』と軽率に判断したに違いない。女だから舐めたのだ。

心の中で『初心者はコンピューター対戦で修行してから挑戦しなよ』と愚痴った。手応えのない挑戦者と戦っても面白くない。でも選り好みできる立場じゃない。胸を貸してあげよう。私は相手が操作方法を呑み込むまで攻撃しなかった。相手のキャラには近付かず、距離を置いて見守る。それくらいの情けはかけてもいいだろう。もう誰からも嫌われたくない。

待っている間、挑戦者の顔を想像する。対戦者同士はゲーム機を挟んで向かい合っている状態なので、画面が邪魔して相手の姿が見えない。どんな顔をしているんだ？百連勝したあたりから、慢心か倦怠か、対戦中に相手の顔を勝手にイメージするのが癖になった。選んだキャラ、技の繋ぎ方、攻撃的か守備的か、などからプロファイリングする。少ない情報から紡ぎ合わせるモンタージュは実物と乖離《かいり》していることがほとんどだ。要は、ただの妄想だ。長いこと人と話していないから、さすがに人恋しくなっているのかもしれない。

今回の相手は頼りない動きだから甘えん坊の太目の男にしよう。私は例外だが、格ゲーをプレイするのは男ばかり。眉毛は太い。髪は軽い癖っ毛。たれ目の一重。鼻が少し長い。年は十六。いつも私と同い年にしている。恋愛するなら年の近い人がいい。一応、私も乙女なので素敵な出会いへの憧れがある。

相手のキャラが接近してきた。準備が整ったようだ。だけど届かない距離からパンチを連打している。操作ミスなのか威嚇なのかわからない。プレイの仕方が攻撃的でもないし、守備的でもないから中性的な雰囲気が漂う男にしよう。摑みどころのないぼんやりとした表情をしていて、打たれ弱い草食系。

一本目の戦いを秒殺で勝ったあとで、出来上がった顔が誰かに似ているな、と気付く。誰だ？　こんな顔の芸能人はいたっけ？　意識が他のことへ傾く。集中力を欠いたために二本目で調子を崩した。繰り出す技がことごとく相殺される。私が操作しているキャラの方が押しているのだが、タイミングがほんの少しだけ合わない。

そうだ。慎次だ。慎次は二重瞼だったけれど、他の特徴は類似していた。でもなんで慎次を？　今回の挑戦者に手を抜いたことで弟への罪悪感を抱いたから？　それで知らないうちに慎次を思い出していたのかも。慎次と最後にゲームをしたのはいつだっけ？　確か、あれは……。

自分のキャラの体力ゲージが目に入り、我に返った。いつの間にか、あと一撃で負けてしまうところまで追い詰められていた。私の攻撃がヒットしないで、反対に相手の苦し紛れのローキックでジワジワと体力を消耗させられていたのだ。

緊張で指先が湿り気を帯びる。でも百戦錬磨の私は焦らない。これくらいのピンチは何度も経験済み。相手の戦法は把握した。私の攻撃をガードしてからローキック。味を占めてワンパターンな攻撃を繰り返している。なら、フェイントを入れればいい。攻撃と見せかけてガードだ。ローキックを防ぎ、間髪を容れずに大技を出して一発逆転だ。

ところがローキックを待っていた私に相手が逆に大技を放った。下段の防御にばかり注意が向いていたから、上段への攻撃に対応が遅れた。地面に倒れたのは私の方だった。

全くの予想外。体力が残り僅かな私には小技で充分だったのに、そこでその難しい技を使うか、と驚き呆れた。滅茶苦茶に操作したらたまたま大技が出たのか？　やっぱり戦い方を知らない素人とはやり難い。これこそビギナーズラックだ。

対戦成績が一対一になったけれど、慌てることはない。偶然入ったラッキーパンチは恐れるに足りない。慎重に相手の動きを見て戦えば、素人ならではのトリッキーな動きにも対処できる。

しかし三本目で相手のプレイスタイルはがらりと様変わりした。じっくりと様子を見ていた私に次々と技を繰り出した。それも破れかぶれのアタックではなく、流れるようなラッシュだ。無駄な動きがない。一つの技を出し終えても、巧みな操作でもう一つの技を重ねる。技と技の間に隙がなく反撃の糸口が見つからない。

防戦一方の私はやっと気付いた。相手は使っているキャラの特性を知り尽くしている。このゲームをやり込んでいるのだ。だけどなんで素人の振りをした？　油断させるためか？　そうまでして勝ちたい理由は？　リベンジか？

私はなす術なくそのまま押し切られた。後手後手の完敗だ。警戒し過ぎて受け身に回った私は最後まで波状攻撃から逃れられなかった。意表をつく猛攻に加えて、相手が実は熟練者であったことが私を激しく狼狽させた。心に受けたダメージが指先を狂わせる。ゲームも人生と同じで心の強い者が勝つ。

チカチカと画面で躍っている『YOU　LOSE』が目に刺さる。私の背後で観戦していたギャラリーが私の敗戦にどよめいている。私は立ち上がってゲーム機の裏に回り込む。小賢しい手を使ったゲーマーがどんな顔をしているのか見ておこう。

いつもは対戦相手の顔を積極的に確認していない。相手が席を立った時に一瞬だけ見えることがあるくらいだ。その偶然に感謝したことは一度もない。理想と現実の差にがっかりしてばかりいたから、あえて見ようとはしなかった。

でも今回は是が非でも見たい。素人ぶって私に『なんだ、雑魚か』と思わせてまで勝とうとした。そんなゲーマーはきっと性格の悪い顔をしているに決まっている。

「油断大敵だぞ」と対戦相手はこれ以上ない得意顔で言った。

私はゲームのし過ぎで目がおかしくなったのかと思った。目の前に久米先生が座っていた。

「なんで先生が?」

久米先生は片手を耳に当てて『聞こえない』というジェスチャーをする。店内に轟く様々なゲーム機の音に私の声がかき消されたのだ。久し振りに声を出したから、ボリュームの調節ができていないようだ。

「なんで先生が？」と私はさっきよりも声を張った。

「たまに、先生たちでゲーセンやカラオケの見回りをしているんだ。うちの生徒が夜遊びしてないかって。そんで、入場制限時間を守っているけど桜井がこのゲーセンによく出入りしているって情報が入ったから、ちょっと覗きに来た」

「教師なのに、随分とセコい真似をするんですね」

「どうにかして気を引きたかったんだけど、逆効果だったみたいだな」

「先生はゲーマーなんですか？」

「将棋はやるけど、こういうゲームは得意じゃない。だから猛練習したよ。ほら」と言って私に向けて両手を開いた。

どちらの手も親指と人差し指に大きな肉刺《まめ》ができていた。私の目撃情報を得てここに足を運んだ久米先生は、ふと『ゲームで負かしたら手懐けられる』と思い付いて声をかけずに帰った。そして私がプレイしていた格ゲーを別のゲームセンターで特訓したのだろう。

「私のプレイスタイルの研究もしていましたよね？」

「ああ。何度か偵察した」

まるで気付かなかった。久米先生がどれくらいの頻度で偵察しに来ていたのかわからないけれど、私のプレイの癖を完璧に見破っていた。今日の決戦のために周到に準備していたのだ。

でもなんでそんな面倒なことを？　保身のため？　私が部を辞めることは顧問にとってかなりデメリットなことなのか？　どんな理由でも部員が減ると指導力を問われるのかもしれない。

「教師って意外と暇なんですね」

「それはこっちのセリフだ。ゲームしている暇があるなら、学校に来いよ。夏休みはとっくに終わっているぞ」

「高がゲームで勝ったくらいで私が言うことを聞くと思っているんですか？」

大抵、人は『あなたの考えはお見通し』と言われると、反射的に否定する。久米先生が『そんなことは思っていない』と強がったら、『じゃ、私は言うことを聞きません。学校を辞めるつもりなので、もう私に関わらないでください』と言おう。

そう待ち構えていたが、久米先生は「やっぱ、駄目か」と素直に認めた。器が小さくて不誠実な教師だと思っていたから、肯定するのは完全に想定外だった。

「とりあえず、座れよ」と久米先生は隣のゲーム機の椅子を勧める。

「プレイしていない人は座っちゃ駄目なんです」

久米先生も席を立たなければならない。

「固いことを言うな。じゃ、外へ行くか。ここはうるさくて会話には不向きだ」

「ここでいいです。手短に話してください」

逃げ出すことも考えたけれど、これからも付き纏われるのは厄介だ。私の意思を明確にし、この場でケリをつけよう。それにここは私の居場所だ。強気でいられるただ一つの場所だから、何を言われても怯むことはない。

「俺が桜井とゲームで戦ったのは、取っ掛かりが欲しかったんだ」と久米先生は説明する。「いきなり上から目線で『学校へ来い！』って言っても効果がないと思ってさ」

「そういうのって担任の香川《かがわ》先生がすることじゃないんですか？」

「香川先生が不安そうにしていたから、俺が出しゃばったんだ。まだ教員歴が浅い香川先生には後方支援に回ってもらった。スクールカウンセラーと連携して桜井の受け入れ態勢を整えている」

「誰が何をしても無駄です」

「そうツンツンするなよ。部員たちも心配しているぞ」

「優しい嘘は間に合っています」

心配するはずがない。もし本当だとしても、要らぬ心配だ。学校で孤立したくなくてしようがなく入部したのに、親しい友達は一人もできなかった。部に入ったことはほぼ無意味だったから、幽霊部員になれて清々している。

「嘘じゃない」と力んだ顔で訴える。

「ひょっとしてみんなに弟のことを話したんですか?」

なら、同情する人がいてもおかしくない。

「話してない。学校では全く広まっていないから安心しろ。でも桜井が喪に服していることを隠し通すのがしんどくなって、つい『桜井は感染症の病気で入院している』って嘘をついちゃったんだ」

なんてことを……。真っ赤な嘘に声が出なくなった。でもショックが収まると悪くない嘘に思えてきた。感染症の病気なら部員はお見舞いに行けないので、『長期入院中』を押し通しても疑われない。

「そうしたら、部員たちが『練習の時間を削って千羽鶴を折ろう』って言い出したんだよ。ほら」と足下に置いていた東急《とうきゅう》ハンズの紙袋を私に差し出した。

中を覗いたら、グラデーション豊かな千羽鶴が入っていた。

「桜井って病弱そうに見えるから、すっかり真に受けちゃったんだ。そんなわけで受け取ってくれ」

「貰えないです」

みんなの優しさに心がフワッとしたけれど、いらない。受け取ったら私も嘘の共犯者になってしまう。

「持って帰ってくれよ。頼む。桜井だってちゃんと口裏を合わせておかないと、学校へ復帰した時に困るぞ」

「無駄な心配です。私、学校を辞めるつもりですから」

「高校くらいは出た方がいいぞ。親に反抗したくなる気持ちはわかるけど、損得勘定を働かせておけ」

「どこまで知っているんですか？」

どうせ担任やカウンセラーと一緒になって親に電話したり、家庭訪問をしたりしていたのだろう。

「全部。桜井のお父さんとお母さんに会って何があったのか聞いた。二人ともとても後悔している。お母さんは桜井に心にもない発言をしてしまったこと、お父さんは桜井を守れなかったことで胸をひどく痛めている」

「嘘っ！　後悔しているなら、なんで私に何も働きかけないの？」

「どうしていいかわからなかったんだ。下手に刺激して悪い方へ向かうのを恐れていた。本当の家出をするんじゃないか。思い悩んで早まったことをしてしまわないか」

「そんなの言い訳」と私は断固として認めない。

「そうだな。桜井には言い訳に聞こえなくもないな。でも親だって不安を抱えて生きている。万能じゃない。そんなに強くないし、自分に自信がないし、間違いをする時もあるし、怖いものがいっぱいあるんだ」

「でも私はすごく傷付いたんです」

「お父さんたちは『干渉せずにそっとしておけばそのうち傷が癒える』って考えたんだよ」

「そんなの親じゃない。身勝手だよ」

「混乱していたんだよ。慎次くんが亡くなったことをうまく受け止めきれなかった。それで……」

続けようとしていた久米先生の言葉の上から捲し立てた。

「薄情な私のことも受け止めきれないんですよ。弟の死に大泣きできない娘なんていない方がいいんです。きっと私が死んでもお父さんもお母さんも哀しまない」

「そんなことはない」

「お母さんは『加代の方が死ねばよかったのに』って言ったんです」

「大混乱に陥っていたんだ。自分のお腹を痛めて産んだ子だから、思い入れも一入《ひとしお》だった。手塩にかけて育てていた子が突然亡くなったんだから、激震が走って当然だ。その気持ちはわかるだろ？」

「でも私もお母さんの子だよ」

親なら堪えるものじゃないの。せめて自分の胸に留めてよ。

「子に先立たれること以上の不幸はないんだよ。大人でも抱えきれない辛さだ。いや、大人だからこそ余計に辛いんだ」

「どんなに辛くても子供に当たるのは間違ってる。『あの時はどうかしていた』では済まされない」

「桜井の言い分はもっともだ。だから桜井は無理に親を許すことはない」と久米先生は急に両親の肩を持つのをやめた。

あれ？　親に私の説得を頼まれたんじゃないの？

「先生はどっちの味方なんですか？」

「人んちの問題に首を突っ込むもんじゃないだろ？」

「まあ」

正論だけれど無責任すぎやしないか？　一応、教師でしょ。

「俺は桜井の家庭に関してはああだこうだ言わない。桜井の気持ちを尊重するよ。だから親と一緒に暮らしたくないなら、俺んちに住めばいい」

「ちょっ！」

思いがけない提案に言葉が詰まった。ちょっと待って！　私と久米先生が同居するってこと？　確か、久米先生は三十路手前の未婚。恋人がいる話は耳にしていない。けど、同居なんて無理だよ。学校にバレたら大変なことになるし。

「誤解するな。俺は桜井んちで寝泊まりする。お互いのベッドを交換ってことだ。桜井の親には話を通してある。快く承諾したよ。可愛い娘が夜な夜などこで何をしているのかわからないよりは、顧問の先生の家で一人暮らしをする方がずっといいからな」

「無茶苦茶……」と絶句する。

「そうか？　俺が『娘さんは私の家に住まわせますが、私はカプセルホテルに泊まるんで安心してください』ってお父さんたちに言っても、信用しないだろ？」

言われてみれば、と頷く。久米先生がいくら誠意を込めて熱弁しても、『隠れて娘に如何《いかが》わしいことをするんじゃ？』という疑いを親は拭い去れない。

「俺が桜井んちに泊まれば、桜井の親に監視されることになるから、変な行動は起こせない。みんなが熟睡できる最良の方法じゃないか」

「そうですけど、なんで私なんかのためにそこまでするんですか？」

久米先生が私の両親と同居することになったら、間違いなく窮屈な思いをする。自分の生活を犠牲にしてまで私の世話を焼くメリットは？　そんなに保身が大事なの？

「桜井に学校に来てほしいんだ。別に学校の外でやりたいことがあるわけじゃないんだろ？」

「は……い」と認め辛かった。

「目的がないなら、来い。学校に通っても目的はできないかもしれない。でも高卒は中卒よりも遥かに可能性が広がる。数年後に何かやりたいことが見つかった時に、最終学歴が中卒だと諦めなくちゃならない場合があるんだ」

「私が聞きたいのはそういうことじゃありません。なんで先生は私なんかの将来をそこまで案じているんですか？」

「仕事だから」と事務的な口調で言う。

「義務ってことですか？」

「そう。どんな生徒にも親身になって接するのは教師の義務だ。そういう仕事だって覚悟して就いたんだから、生徒が将来を台無しにしそうになっていたら見過ごせないよ。学校では、教師が生徒の親代わり。全力で生徒を守る責任がある」

「本気で言っているんですか？」

にわかに信じ難い。今時、テレビドラマでもそんな綺麗事を真顔で言う教師はいない。

「気持ち悪いだろ？」

気後れしてすぐに『いえ』が出なかった。

「気持ち悪がっていい。けどな、俺が暑苦しい教師だってことは、誰にも言わないでくれよ」

返答に窮する。久米先生は熱血教師であることを恥ずかしがって故意にいい加減に振舞っているのだろうか？

「いいか、桜井。おまえは子供なんだから、遠慮するな。居直っていればいいんだ。親が許せないなら、当分は利用しろ。親には養育の義務があるんだから、狡賢く甘えろ。俺を信用できなくても、『教師は生徒の面倒をみる義務がある』って割り切って頼れ。わかったか?」

身震いした。心まで震えている。全ての大人は信用できない。大人は嘘つきだ。そのスタンスは変わらないけれど、今だけは『久米先生は本当のことを言っている』と言い切れる。

でも『はい。わかりました』とは口を開けない。私が子供だからか? やっぱり親への嫌悪感が根深いからか? 心に久米先生の言葉が染み込んでいながら、反発せずにはいられない。

「嫌です。あんな親なんかに甘えたくない。先生に頼るのも嫌です」

単なる我がままでしかなかった。このまま拗ねていてもどうにもならないことはわかっている。ジリ貧だ。ゆくゆくは大人に頼るしかない。なら、熱血教師の提案に乗っかっている久米先生の家から学校へ通うべきだ。だけど捻くれ過ぎちゃって自分でもどうなっているのかわけがわからなくなっているんだ。

「じゃ、二択だ。親と先生、どうしても頼らなくちゃいけないなら、どっちだ? 困った時の『わかりません』はナシだからな」

「まだ先生の方がマシです」と私は不満げに選んだ。

「もう一問。俺んちまで引き摺られて連れて行かれるのと、自分の足で行くのと、どっちがいい？」

「どういう意味ですか？」

「もしここで桜井を取り逃がしたら俺の責任問題に発展しちまう。クビになりたくないから、桜井のことを引き摺ってでも俺んちに閉じ込めなくちゃならないんだ。そういうわけだから、どっちにする？」

「歩いて行きます」と私は妥協し、店の出入り口へ歩を進める。

久米先生が落としどころを作ってくれたので、『引き摺られるのは勘弁だ。仕方ない。先生の家へ行こう』と私の中にいる捻くれ者を納得させることができた。

ゲームセンターを出て駅へ向かう。道中、久米先生がごみの分別、お風呂の沸かし方、電化製品の使い方を丁寧に教えてくれた。

「生活の手引きをノートにまとめておいたから、困ったらそれを読んでくれ。もちろん俺に電話してもいい」

至れり尽くせりに気が引けて「わかりました」と返事した声が小さくなった。外の世界へ出たことも多少影響していると思う。あのゲームセンター以外では私は大きくなれない。

「あとベッド交換のことも誰にも言わないでくれ。俺が独断でやっていることだから、学校にバレたら結構まずいんだ」

久米先生の言葉を重く受け止めて「はい」と厳かな声を出した。おそらくまずいどころの騒ぎじゃない。それこそ本当にクビだ。久米先生は身を挺して私を守ろうとしてくれている。

「そういや、桜井は自分が薄情なことを気にしているようだけど、ショックが強すぎて慎次くんの死を上手に咀嚼《そしゃく》できていないんじゃないのか？」

「慰めはいいです」

「同情じゃない。仮定だよ。桜井のお父さんとお母さんが『家にいると慎次のことを思い出して辛い時期があった』『家の至るところから哀しみが襲ってきたんです』って零していたんだけど、桜井も似たような心境なんじゃないのか？」

ふと思い当たった瞬間に足が止まった。家の中に充満している澱んだ空気は慎次の死がもたらしたものなんじゃ？　四月から住み始めたから慎次は四ヶ月くらいしか住んでいなかったけれど、それでも家には、慎次の匂い、息遣い、体温、思い出などがぎっしり詰まっている。家にいたら否が応でも弟の消失を感じてしまう。

だから私は家から逃げ出したのか？　親への嫌悪感は確かにあったけれど、それ以上に慎次の喪失感に耐えられなかったんだ。外にいれば慎次の死を意識しなくて済む。まだ生きている気さえしてくる。

ひょっこり私の前に現れて格ゲーみたいに『死んだけど、まだ一本取られただけ。もう一本あるよ』と減らず口を叩くんじゃ？　今頃、家でこそこそと格ゲーの練習をしているかも？　そう思えてならない。

外にいる時は慎次の死が薄らいだ。でも両親が出勤してから帰宅すると、四方八方から死の重みが伸し掛かってきた。どこを捜しても慎次はいないのに、慎次が心に巣くう。弟のいない生活をありありと感じ、慎次がこの世からいなくなったことが現実味を帯びる。

食卓の慎次の席は永遠に埋まらない。親と三人で食べても、私一人で食べても、慎次の空席が味覚を奪うんだ。食事を楽しむことなんてできない。ずっと気持ち悪がっていたけれど、今なら慎次の真似して目玉焼きにケチャップをかけて食べられる。

もう寝ている最中に隣の部屋から安眠を妨げる騒音が聞こえてこない。壁を叩く際の苛立ちすら愛おしい。壁を叩きたい。苦情を訴えたいのに、慎次の部屋は静まり返っている。怒らないからうるさくしてよ。

「桜井は薄情なんかじゃない。ただ単に身内の死にどう対処していいのかわからなくて戸惑っているんだよ。少なくとも、お母さんたちはそう捉えている。みんな慎次くんの死に茫然《ぼうぜん》自失になった。それで家族の間で誤解が生じた。バグみたいなものだ。リセットすれば元通りになる」

「元通りにはならない。慎次は生き返らない」

慎次は死んだ。それはわかっている。でもわかりたくないんだ。慎次を死んだことにしたくない。それで久米先生に口止めを頼んだんだ。みんなに知られたら、『可哀想だね』と同情されたら、慎次の死が世の中に広まって本当になっちゃう。

「すぐに対処しろ、とは言わないよ。少しずつ心を慣らしていけばいい」

両目から同時に何かが零れ落ちた。どちらが早く地面へ落ちるのか？　競争するかのように真っ直ぐ頬を伝って下へ流れていく。手の甲で頬を拭う間もなく地面へ落下した。

久米先生が無言でハンカチを手渡そうとする。でも私はその手を払った。やめて！　そんなことしたら本当に慎次が死んだことになっちゃう。泣いたら泣いた分だけ慎次が死んじゃう。

「放っておいて！」と私は力いっぱい叫ぶ。

構わないでほしい。余計なお世話だ。勝手なことをしないで。先生と格ゲーで対戦なんてしたくなかった。私は薄情な姉でいたいんだ。何も感じたくない。自己嫌悪や親への反抗心で誤魔化していたい。だけど、後から後から涙が湧き上がってくる。心の隙間から慎次の死が入り込んでくるんだ。

その場から逃げ出したかったけれど、足が動かない。棒立ちで涙を流し続ける私に久米先生がまたハンカチを差し出す。私ももう一度『放っておいて』と言おうとした。ところが口を衝いて出たのは「慎次とゲームがしたい」だった。

慎次となら何時間でも一緒にいられた。苦痛を感じずに同じ時を過ごせる唯一の存在だった。慎次は『夏休みに溺れ死ぬ』というベタな死に方をし、私は『失って初めてその大切さに気付く』というベタな認識をした。どっちもどっちの馬鹿な姉弟だ。

自分の馬鹿さ加減に気付くと、慎次が溺死した事実が胸に広がっていく。もう『馬鹿な死に方をしたもんだ』と笑い飛ばして哀しみを中和させることはできない。慎次の死が心の奥深くに根を下ろす。私にはただただ泣くことしかできなかった。


およそ十ヶ月ぶりに二人きりになれた機に乗じて、久米先生に挙手できなかったことを謝った。

「ああ。手代木に噛み付かれた時のことか」と久米先生はなんでもないことのように言った。「あんなこと、気にするな」

「でも……」

私がすぐに手を挙げて久米先生が恩人であることを説明すれば、手代木麗華もみんなも担任を尊敬できた。

「いいんだって。その気持ちだけで充分だよ。ありがとな」

「私は充分じゃありません。今の私があるのは先生のおかげです。ちゃんと恩返しをしないと気が済みません」

久米先生への感謝の言葉を言い出したらきりがない。慎次の死と向き合うことを諭してくれたから、私は自分の家へ戻れた。そして親がぎこちないながらも私を温かく迎え入れたのも、陰で久米先生が尽力していたからだった。

口では『人んちの問題に首を突っ込むもんじゃないだろ？』と言っていたけれど、久米先生が両親を叱り付けていたことが後々にわかった。私の立場に立って私の気持ちを代弁し、親としての自信を喪失していた両親を励ました。

『自分はまだ結婚もしていない身だから、ご両親の気持ちはわからない。だから頑張ってくださいとしか言えません。親が子供を選べないように、子供も親を選べないんです。桜井の親はあなたたちしかいないんです』

久米先生に活を入れられていなかったら、両親は未だに関係修復への一歩目を踏み出せずにいただろう。もちろん心の中にしこりは残っているが、私の心は少しずつ解けていっている。最近は自然と一言、二言会話するようになった。

「教師は生徒を助けるのが仕事だから、恩なんて感じる必要はないぞ」

「その仕事に例外はないんですよね？」と確認する。「特別扱いをする生徒はいないんですよね？」

「ああ。そのつもりだ」

「じゃ、なんで先生は手代木さんのケアをしないんですか？」

ずっと疑問に思っていた。久米先生はクラスメイトたちと一緒になって手代木麗華を敬遠している。生徒を差別しないはずなのに。

「あれは俺の手に余るからな」

「本気で言っていますか？」

「ごめん。嘘だ」と久米先生は正直に謝る。

私が『そんな先生だとは思わなかった。騙された。もう学校を辞める』と言い出すことを危惧したのだろう。

「やっぱり手代木さんと距離を置いている理由があるんですね？」

久米先生の表情が強張った。本当に正直な人だ。

「教えてくれませんか？　先生の力になりたいんです。もし私にお手伝いできることがあれば、なんでもやります」

しばらく渋い顔をして悩んでいたが、「わかったよ」と決断した。

「桜井なら手代木の気持ちがわかると思うし、話すよ」

久米先生の話によると、去年の四月に会社を経営する手代木麗華の父親が社運を懸けた事業の失敗を気に病んで自殺した。不運なことに、亡くなった直後に風向きが変わって会社は持ち直した。

自暴自棄にならずに冷静に風を読んでいれば、死ぬ選択をすることはなかっただろうに。でも視野が狭くなるほど追い詰められたのは、人一倍責任感が強かったからだ。生真面目な性格が災いしたのだ。

父親の死を契機に遺産相続の争いが勃発した。どういう取り分になったのかまではわからないけれど、一人っ子の手代木麗華は母親に引き取られ、父方と母方は絶縁状態になった。

醜悪な争いを目の当たりにした手代木麗華は人間不信に陥る。父親を亡くした喪失感と相まって塞ぎ込んでしまい、一年近く学校を休んだ。そして留年が決定すると、母方の祖父母の住んでいる東京へ引っ越した。

うちの学校に転入してくる際に、大阪の学校から手代木麗華の家庭の事情が久米先生たち教師に伝えられた。職員室で話し合った結果、彼女の心情を考慮して箝口令《かんこう》を敷き、何かの拍子に生徒や保護者に漏らさないよう注意した。

そして『多少の素行の悪さは大目に見よう』と温かい目で見守ることにする。ところが手代木麗華の心は想像以上に荒《すさ》んでいた。転入早々に久米先生に暴言を吐き、教師たちを呆れさせた。その時点で『うちではお手上げだ』と匙《さじ》を投げた人もいただろう。でも真っ先に被害を受けた久米先生がめげずに旗を振った。

教師たちを一致団結させた功労者なのに、謙虚な久米先生は手柄話にはしなかった。控え目な言い方で私に話し聞かせた。だから私は頭の中で久米先生の言葉を独自に解釈する。

おそらく熱血教師は『うちの学校が手代木にとって最後の受け皿なんです。ここを辞めたら行くところがありません。寛容な気持ちで彼女の心と向き合っていきましょう。ここで手代木の人生を終わらせてはなりません。なんとしてでも毎日学校に通わせ、卒業させるんです』というような働きかけをしたと思われる。

ともかく、久米先生たちが手代木麗華に屈服していたのは、彼女をきちんと卒業させるためだった。手代木麗華が教師の指導に反発して学校へ来なくなることだけは避けたかったのだ。

久米先生が箝口令を破ったのは、手代木麗華が慎次の死をきっかけにやさぐれた私と重なるところがあるからなのだろう。

「絶対に内緒だからな」と久米先生は口止めをした。

「はい」

久米先生が全生徒に優しい熱血教師で安心した。でも一方では『やっぱり私だけを特別扱いしたわけじゃないんだ』とがっかりもした。

「これで秘密を知る者同士になったわけだから、協力してほしいことがある」

「なんですか？」

「明日、手代木をここから連れ出そうと思うんだ。みんなには黙って」

思わぬ提案に「どうしてですか？」と声が歪《いびつ》に割れる。今、手代木麗華が抜け出しているとは久米先生は想像すらしていない。

「前の学校の担任と連絡を取って色々と訊いてわかったんだけどな、手代木はお父さんの親戚とは絶縁状態になっているから、墓参りに行けないいんだ」

父親の墓前に手を合わせることもできないなんて、ひどい仕打ちだ。

「その担任にお墓のある場所を教えてもらった。ここから車で一時間くらいで行けるらしいから、手代木を連れて行ってやりたいんだ」

手代木麗華がタクシーでどこへ向かったのか理解した。一人で墓参りに行ったのだ。打ち明けるべきか迷う。久米先生は明日連れて行くことを計画しているのだから、伝えても怒ったりはしないはずだ。隠蔽に助力してくれるかもしれない。でもチクる前に確認しておきたいことがある。

「協力してもいいですけど、交換条件があります」

「なんだ？」

「訊きたいことがあるんです。あの千羽鶴のことなんですけど……」

今でも自室のコート掛けに千羽鶴を吊るしてある。本当は受け取るのを拒否したかった。だけど久米先生に「部屋に飾って眺めておけ。目に焼き付けておかないと、部員たちに上手に感謝できないぞ」と丸め込まれた。

言われた通りに飾って眺めてみたら、気が滅入って直視できなかった。久米先生は私が部活に復帰し易いように配慮したのだが、私のためについた嘘がみんなを巻き込むことになった。

部員たちの厚意を踏み躙《にじ》ってしまい心苦しい。みんなが病気の回復を願って鶴を折っている姿を想像すると、胸が痛くなる。もちろん、中には面倒くさがった人もいたと思う。でも悪いのは私だ。本当に申し訳ない。謝りたいのは山々だったけれど、久米先生の優しさを大事に心の奥にしまっておきたかった。

だから私は罪悪感を抱きつつ部員たちの前で「千羽鶴、ありがとうございました」と言って深々とお辞儀した。みんなは温かく私を迎え入れてくれた。きっとそれも久米先生が根回しをしていたのだろう。

病欠にしてくれていたおかげですんなりと学校へ戻れた。少し寂しさを覚えるほど綺麗に元通り。復帰して一週間も経たないうちに、誰も私が長い間休んでいたことに関心を向けなくなった。

以前となんら変わりない退屈な高校生活がまた始まった。ゲームセンターでデカい顔をしていたのが嘘のように私は教室で縮こまっている。部活中も常にちっぽけな存在だ。だけどこの平穏は久米先生が与えてくれたもの。久米先生が守ってくれたものなんだ。そう思うと胸が温かい気持ちで満たされる。教室で孤立している時も、部活で渋々集団行動をしている時も、少しも辛くない。私は安心感に包まれている。

学校に復帰して二週間ほど経った頃には、千羽鶴が部屋の一部と化した。見慣れたことで罪の意識は薄れていった。眠る前に久米先生のことを考えながらぼんやりと千羽鶴を見ていたら、『折り方が雑な鶴ばっかり』と気付く。

急ごしらえで折ったのか？　そうだとしても、下手すぎる。頭、嘴《くちばし》、羽、尻尾の折り方が汚い。全然尖っていない。部員数は男女合わせて七十二人だ。私を抜いて七十一人。一人約十四羽。二時間もあれば折れる。そんなに急がないでもいい。

たぶん久米先生が発案し、みんなに無理強いしたのだろう。私を学校へ通わせるために手を回した。優しい嘘だけれど、『部員たちが心配しているから学校へ来い』と騙したことに少なからず傷付いた。

そして『みんなが私を心配しているなんて！』と無駄に歓喜したことが恥ずかしくなっ

た。みんな私のことなんかどうでもよくて、久米先生に強要されてぞんざいに折ったんだ。どんなに不器用な人でもここまで不細工な折り鶴はなかなか作れない。

みんながみんな卓球の練習で手に肉刺ができない限り、こんな醜い鶴でいっぱいの千羽鶴になるわけが……ん？　何かが引っかかった。自分の思考を辿る。今、何を考えていた？

肉刺だ！　肉刺にもやもやしたものを感じた。でもなんで？　肉刺がどうした？　肉刺から連想することを思い浮かべよう。肉刺肉刺……肉刺肉刺……肉刺肉刺……卓球……練習……久米先生……。久米先生の指に肉刺があった！　格ゲーを猛練習したからだ。ひょっとして？　私はある予感に促されて千羽鶴の中から出来が悪くない鶴を数え始める。

七十一羽だった。私を除いた部員数と同じ。みんな一羽しか折っていない？　本当にそうなら、残りの九百二十九羽は信じられないほど手先が不器用な人か、何かのアクシデントで指が思うように動かせない人が折ったものだ。

久米先生が肉刺だらけの手で折ったんじゃ？　部員に『久米先生に言われてみんなは一羽ずつ折ったんだよね？』と訊けばわかることだが、怖くて訊けない。もし私の思い違いだったら、大きな痛手を受けてしまうから。私のために久米先生が苦心した、と喜んだ分だけ余計に落胆する。私は久米先生のことを好きになりかけていた。

彼がたった一人で九百二十九羽の鶴を折っていた場合、異性として意識せずにはいられなくなる。でもどっちに転んでも一緒だ。思い違いでも期待通りでも、哀しい結末にしかならない。恋へと昇華しないで失望するか、片想いで終わるかのどちらかだ。

久米先生が私を女として見ることは先ずない。私が色気ムンムンの絶世の美女だったら、万に一つの可能性があるかもしれないが、私はどこの学年のどこのクラスにも必ず一人はいる影の薄い女子高生だ。魅力ゼロの私が言い寄っても相手にされるわけがない。

千羽鶴のことは忘れよう。真実を知らないまま、尊敬できる教師のままでいい。徒らに傷付くことはない。そう自分を説き伏せて恋心を封印した。


二年に進級して久米先生が担任のクラスになっても、『期待するだけ無駄』『年相応、分相応の相手を探そう』と戒め続けた。手代木麗華に「よく見れば美人なんだから、偉そうにすればいい。少なくともこのクラスでは一番顔が整っている」と絡まれた時も、『本気にするな』『浮かれても転ぶだけ』と頭から疑った。

尊敬してやまない久米先生をみんなの前で侮辱した手代木麗華の言うことなんか信じるものか。彼女がどんなに私を褒め称えてもただの美辞麗句にしか聞こえない。きっと私のことも小馬鹿にしたんだ。私のことはいいけれど、やっぱり久米先生への暴言は看過できない。燻ぶっていた火が再燃し、瞬く間に怒りの炎が立ち上った。

放課後、手代木麗華のあとをつけた。彼女は付き合いたてホヤホヤのジミーと一緒に帰る。会話が弾んでいるようには見えないが、不愉快でしょうがない。ちゃっかり彼氏を作っちゃって。

ジミーが自分の最寄り駅で下車し、手代木麗華はドア付近で彼を見送った。私は彼女に近付き、背後から「手代木さん」と声をかける。

くるっと軽快にターンした彼女は特段驚いた様子はなかった。

「なんだ、『美白』か」

勝手に付けたあだ名で呼ばれたことで、更に燃え盛った。

「久米先生は立派な教師なの。詳しいことは言えないけど、私は久米先生に大きな恩がある。私にとっては恩人なの。だから久米先生に謝って」

「へー。意外と根性あるんだ」

「謝ってよ」

「いいよ。けど、修学旅行が終わってからな」

修学旅行は約一ヶ月後だ。そんなには待てない。勢い付いていた私は「すぐに謝って」と要求した。

「無理。俺にはどうしても修学旅行前に謝れない理由があるんだ。『美白』が久米にどんな恩を受けたのか話せないように、俺にも人に知られたくないことがある。だから待ってくれ。旅行後なら土下座でもなんでもしてやるから」

言葉に誠実さがたっぷり込められていた。シリアスな空気に怒りは下火になる。いつもの人を小馬鹿にするような陰湿さがまるで感じられなかったから、ひどく困惑した。何かとてつもない秘密の前に私はいる。何重にも覆い尽くされていて輪郭さえもわからないが、部外者が立ち入ってはいけないことは肌で感じ取れた。

「わかった。でも絶対だからね」

「約束するよ」と重みのある声で言ってからトーンを普段の調子に戻す。「ところでさ、『美白』は久米のことが好きなんだろ？　もう告白はしたのか？」

「なんの冗談？」と自然にいなす。

「その調子じゃ、言い訳を並べて本心をぼやかしているってところか」

「は？」

意味がわからない、という感じの声を出したが、胸の奥が騒がしくなった。

「自分の気持ちに嘘をつくことが癖付くと、人生で何も手に入れられなくなるぞ。素直になれよ。当たって砕けた方が利口だ。砕けた分だけ強くなる。次に砕けても粉々にならないで済む」

隠していた恋心を認めたくなくて「砕けたことがトラウマになる人もいる」と揚げ足を取ろうとする。

「トラウマとか恐怖とかってそれ自体を砕かないと克服できないもんだ。なら、トラウマごと粉砕しちゃえばいいんだよ」

　身に覚えがあったから言葉が固まって喉の奥に支えた。意を決して慎次の死を真正面から受け止めた時、私の心はバラバラになった。修復に多くの時間を要したけれど、一度壊さないと前に進めなかったと思う。

「気持ちって生ものなんだぜ。我慢したり、後回しにしたりしたら、腐っちまう。おまえが『卒業してから告白しよう』とかなんとか計画していても、その時には今とは違う気持ちになってんだ。わかるか？」

「なんとなく」

　わからないのは手代木麗華の意図だ。なんでわざわざ私に助言するんだ？　学校では誰彼構わず敵意を振り撒いているのに。まるで自分のことのように親身だ。どことなく自分に言い聞かせているようにも思える。

　もしかして私に自分の姿を重ね合わせて鼓舞しているのか？　彼女は修学旅行が終わるまでの間に何かを成し遂げようとしているんじゃ？　きっとそうだ。大きな覚悟を胸に秘め、虎視眈々《こしたんたん》とチャンスを窺っているんだ。

　手代木麗華が何をしようとしているのか知りたい。この目で目撃できるだろうか？　もし彼女が密かな企みを成功させたら、私も倣おう。自分の気持ちに素直になってみよう。何故だかわからないけれど、手代木麗華の真似をしたくなった。彼女とはどこか通じる部分があるのかもしれない。

「あの千羽鶴のほとんどは先生が折ったんですよね？」

「バレたか」と久米先生は白状した。「でも部員たちに命令したわけじゃない。千羽鶴は女子の部長が言い出したんだけど、中には腰が重い部員も何人かいた。『やらされた』って感じたら、その不満は桜井に向くかも。そう思って俺が『みんなは一羽ずつでいい。あとは俺に任せろ。鶴を折る暇があるなら、下手なんだから一回でも多く素振りしろ』って指示した」

最初は『やらされた』と感じなくても、何羽も折っているうちにだれてきて、かったるく思う人もいただろう。なんせ私たちの年頃は集中力がない上に飽きっぽい。

「そんなに力んで言わなくても大丈夫ですよ。いじけて不登校児になったりはしませんから」

「そうか」と安堵した表情を顔いっぱいに広げる。

「私、学校に先生がいてくれれば、それだけでいいんです」

「おう。いつでも狡賢く頼ってこい」

私なりに踏み込んで言ったつもりだったが、久米先生に伝わらなかった。もっとシンプルな言葉で告白しないと。

「あのですね、先生」

「ん？　なんだ、急に改まって？」

「私、先生のこ……」

久米先生のズボンから着信音が聞こえてきた。私は口を半開きにしたまま静止する。なんでこんな時に！　久米先生は「誰だ？　悪さをした生徒でも発生したか？」と冗談交じりに言ってポケットに手を入れる。

ついてない。だけど久米先生が電話を終えたら、仕切り直せばいい。『今日はタイミングを逃した。次の機会にしよう』と自分に言い訳して引き下がる気は毛頭ない。気持ちは生もの。今ここで伝えないと腐っちゃう。何度邪魔が入っても告白してやる。今の私を止めることは誰にもできないんだ。

「手代木だ！」と発信者名を確認した久米先生が慌てた声を出す。「なんだ？　また文句か？　用があるなら、受付に来ればいいのにな」

マズい！　手代木麗華は何かトラブルを起こしたんだ。でなければ、わざわざ久米先生に電話をする理由はない。彼女が電話で京都国際マンガミュージアムにいないことを伝えたら、久米先生は私のことをどう思う？『俺は手代木の秘密を教えたのに、桜井はその気持ちに応えずに手代木の逃亡を隠した』と捉えるんじゃ？

久米先生はガラケーの通話ボタンを押して耳に当てる。

「先生、好きです」

「なんだって?」と訊き返す。

でもそれは私に向けられた言葉じゃなかった。通話している相手への問いかけだ。私の想いは久米先生の耳に届かずに、宙ぶらりんになってしまった。

第六章　過去に重ねる

修学旅行はもう三日目。朝から俺は専ら『えむえむ』と呼ばれている京都国際マンガミュージアムの芝生で仰向けになって『ジョジョの奇妙な冒険』の五部を読んでいた。そよ風と暖かな日差しが気持ちいい。

快適な読書をしていたのに、昼前に久米が「漫画をあんま読んでこなかったから、面白さがちっともわからん。所詮、漫画はガキが読むもんだな。だから将棋に付き合えよ」と邪魔をしてきた。

「なんで俺が？」

「高校生なんだから漫画は卒業しろ。将棋で柔軟な思考力を育め」

「今、いいところだから嫌だよ。自慢のｉＰａｄでコンピューター対戦でもやってろよ」

久米は最近になってｉＰａｄを購入し、学校でこれ見よがしに使っていた。修学旅行にも持ってきて、機械音痴のくせにやたらと活用したがっている。

「試しにｉＰａｄでオンライン対戦をしたことがあるけど、やっぱ将棋は実物に限る。駒を摘まないと雰囲気が出ない」

「知るかっ！」と口汚く言う。「大体さ、ｉＰａｄを使わねーなら、将棋ができねーじゃん。駒や盤は？」

「予め左京から没収しておいたよ」

得意気に言って、斜め掛けの鞄から携帯用のマグネット式の将棋セットを取り出した。左京は我が校で『将棋ブラザーズ』と揶揄されることもある渡辺兄弟の片割れで、常に将棋セットを持ち歩いている。

「チッ」と聞こえるように舌打ちをする。

苦々しい用意周到さだ。

「知っているか？　渡辺兄弟は左京の方が強いんだってさ」

何を今更。それは周知のことだ。兄弟と同じ中学の出身者が『兄は弟に将棋で一回も勝ったことがない』と言い触らしたから、兄の右京は高校でも劣等感を刺激されて居心地の悪い思いをしている。左京が配慮して他の高校へ進学すればよかったものを。

「んなことはどうでもいい」

「ケチケチしないで一局くらい付き合えよ。俺が退屈してんのは、どっかの誰かが修学旅行中に勝手な行動をした挙句に、怪我をしたからだろ」

最低な教師だ。よくも当事者を目の前にして非難できたもんだ。もう充分反省しているし、一生悔いるほどの代償を払った。こうして髭ヅラのむさ苦しい久米にぴったり張り付かれているのも、俺に与えられた罰だ。

久米は見張り役。また俺が勝手なことをしないか一日中目を光らせている。だけど、怪我の後遺症で亀みたいにノロノロとしか歩けないんだから、少しは警戒を緩めてもいいだろうに。

ここまでマンツーマンでマークされるとは計算外だ。じっとチャンスを待っているが、久米は全く隙を見せない。これじゃここを抜け出せそうにない。こんなことならクラスメイトと一緒に京都市内の観光に行けばよかった。旅行最終日の明日は無理してでも団体行動に加わるか？

例年は全日程班別自由行動だったが、俺が事故を起こしたのを機に、翌日から各担任が引率してクラス単位で行動することになった。悲劇を繰り返さぬよう生徒を監視下に置いたのだ。

我が校の修学旅行から班別自由行動は失われた。あの事故が風化するまでは団体行動が恒例になるだろう。俺のせいでみんなに窮屈な修学旅行を強いることになった。それに対して多少の負い目を感じている。

団体行動についていけない怪我人や体調不良を起こした生徒は『えむえむ』に隔離される。開館から閉館まで『日本の漫画文化を学ぶ』という名目で読書。敷地内の芝生で寝転がることができるので、体を激しく動かせない生徒にはもってこいの場所だ。

明日の朝、『体がだるくて起き上がることもできない』と仮病を使ったら、宿泊先のホテルで療養させてもらえるか？　ホテルにいる方が抜け出し易そうだ。でも駄目だな。素行不良の俺の言うことを信じる教師はいないだろう。いたとしても、ホテル療養でも久米が付きっきりで見張るに違いない。どうしたらいいんだ？

「あーあ」と久米は両手を挙げて背筋を伸ばす。「世の中にはさ、修学旅行先がハワイの高校もあるっていうのにさぁ。ここがハワイのビーチなら俺も黙って日光浴しながら、おまえをゆったりと監視しているさ」

また嫌味か、とげんなりする。確かに久米が監督不行届で罰せられ、貧乏くじを引くことになったのも俺のせいだ。だけどそこまでネチネチ言わなくてもいいだろ。曲がりなりにも教師なんだから。

久米はよほど憂さ晴らしをしたいようで、いやらしい言葉を続ける。

「いつだったか、ある転入生が『前の学校の修学旅行でハワイに行ってきたばかりなんだよな』とかなんとか言って、国内旅行を馬鹿にしていたよなぁ」

相手にしちゃいけない。怒ったら負けだ。

「京都っていいところじゃね？」と俺は穏やかに言う。「食いモンは美味いし、なんか風情があるし、この『えむえむ』なんて最高だよ。何日いたって飽きねー」

「けど、おまえは二回目の修学旅行なんだから、欲張って楽しまなくてもいいだろ」

ぐうの音も出なかった。久米ごときにうまいこと言い包められてしまった。口は災いの元だ。下手なことを言うと、ブーメランみたいにくるくると自分に返ってくる。

「わかったよ。付き合えばいいんだろ」とやむを得ず漫画を閉じ、ゆっくりと上体を起こした。

一方、久米は二つ折りの将棋の盤を開く。マグネットの駒が乱雑に貼り付いていた。将棋は三年か四年前に父から教わった。両親と俺の三人で泊まった旅館の部屋に石造りの将棋盤があり、物珍しさから父と将棋を指すことになったのだ。

その時以来だから詳しいルールはうろ覚えだ。久米の手元を盗み見して初期配置に駒を並べていく。両手を使っていたのだが、左手でうまく摘まめない。指先がぷるぷる震える。事故で頭を強打した影響だ。

「先手の方が有利なんだけど、おまえは将棋が得意か？」

「あまり」

「じゃ、おまえが先でいいよ」

俺は一番右端の『歩』を一升進めた。特別に勝ちたいわけじゃないから、適当にやって早々と終わらせよう。久米を勝たせて気持ちよくさせれば、気が済んでもう俺に絡んでこないだろう。少しは気が緩んで隙ができれば儲《もう》けものだ。

「ただ指していてもつまらんから、何か賭けるか？」

「何を？」

「負けた方が勝った方の言うことをなんでも聞く、とか?」と言いながら一番左端の『歩』を動かす。

　初めからそのつもりで勝負をふっかけたのか。ヤバいぞ。仕返しに何を命令されるかわかったものじゃない。しかし、と期待も抱く。

「俺が勝ったら、ここを抜け出して好きなところへ行っても黙認するのか?」

　駄目モトで言ってみたのだが、久米は「ああ」と二つ返事で快諾する。

「その代わり、負けた時は俺の言いなりだぞ」

　絶対的な自信が感じられる。先手を譲っても問題ないくらい腕に覚えがあるのだ。ハメやがった。でも願ってもないチャンスだ。

「いいよ。賭けようぜ。だけど、ちょっとトイレに行ってくる。お腹の調子がちょっと」

「ったく、タイミングの悪い奴だな」

　ぼやいてから腰を上げようとする。トイレにまでくっついてくる徹底ぶりだ。

「来んなよ。トイレの前で待たれるとリラックスして出せねーだろ」

「気にすんな。排泄《はいせつ》行為は国民的アイドルだってやってる。恥ずかしがることじゃない」

「逃げねーよ」と俺はポケットから財布を出して芝生の上に置く。「人質だ。金がなければどこにも行けねーだろ」

「ツケでタクシーに乗る気か?」

「そんなに疑うんなら、ずっと門を見張ってろ。俺が出て行こうとするのが見えてからでもすぐに捕まえられるだろ。俺は鈍間なんだからさ」

ここは小学校の校舎を改築して作られたのだが、正門しかない。裏門はないから出入り口は一つ。その上、この場所から人の出入りがよく見える。俺が変装して脱走しようとしても、杖なしでは歩けないから『あっ！　あの杖は！』と簡単に見つかってしまうはずだ。

久米はちょっと悩んでから「よし、行ってこい」と許可した。俺の並べた理屈を打ち負かせる言葉が思い付かなかったのだ。無能な教師のくせに、俺を何度も言い包められると思い上がりやがった。笑止千万。生まれ変わってから出直してきやがれ。

俺は杖を手にして立ち上がり、館内へ向かう。空いている左手でスマホを弄る。時折、誤操作をしつつ将棋を題材にしている漫画を検索した。駒の動かし方もよくわかっていない素人同然の俺が、まともに対局しても負けることは火を見るよりも明らかだ。

でもここ『えむえむ』には五万冊の漫画がある。将棋の漫画から必勝の戦法を拝借すれば勝機が見えてくる。ヒットした中からつのだじろうの『5五の龍』を選び、館内の検索機で所蔵の場所を探した。一階にある。ツキがあるぞ。左足をうまく動かせないから二階や三階だったら、移動するのに苦労した。

ところが幸運に感謝したのも束の間、『5五の龍』のコミックスを手に取ってペラペラ捲ってみたら、自分が将棋を舐めていたことを思い知らされた。考えが甘かった。複雑な戦法を数分で暗記できるほどの記憶力が俺にはない。かと言って、傍らにこの漫画を開いたまま将棋を指すわけにはいかない。八方塞がりだ。

「あの」と真横から声をかけられる。

首を捻ると、青白い顔をした女子が突っ立っていた。一瞬、幽霊に見えてビクッとする。

「んだよ、『舞妓』か。脅かすなよ」とホッとして本を閉じた。

俺が『舞妓』呼ばわりしたから、彼女はおろおろしだす。

「誰にも言わないから安心しろ」

「うん。ありがとう」

昨日、『舞妓』は腹痛でトイレに籠っていることにしてそっと『えむえむ』を抜け出し、本格的な舞妓体験をしてきた。俺は舞妓になりきって撮った彼女の写真を偶然目にしたから、脱走したことがわかったけれど、他の人にはバレていない。

おっとりとした見かけによらず大胆なことをする。自分の存在感の薄さを利用するとは恐れ入った。『舞妓』はびっくりするほど目立たない。無口で物音を立てず、気配を感じさせない。今も接近にまるで気付かなかった。

学校を休みがちなこともあって、クラスメイトたちは『舞妓』が教室にいないことを当たり前にしている。変なタイミングで『あっ、今日は休んでなかったんだ！』と彼女の存在に驚くことは、うちのクラスの日常茶飯事だ。

存在感の薄さに加えていつも血の気のない顔をしているので、みんなは陰で『お化け』と呼んでいる。好き好んで虚弱体質に生まれてきたわけではないのだから、気の毒だ。頻繁に貧血を起こすし、体育を見学してばかり。そんな病弱な人を弄る奴の気が知れない。

「みんなの前では『舞妓』って呼ばないでくれる？」

「だったら、俺に話しかけなければいい」

俺からクラスメイトに話しかけることはない。一人がいい。誰とも馴れ合いたくない。

「やっぱり撤回。どこでも『舞妓』って呼んでいい。『お化け』よりはずっといいし、私の名前を憶えている人はいなそうだから大丈夫。人によっては『まいこ』を本当の名前だと思うかも」

思いそうだ。『麻衣子』や『舞子』と勘違いするクラスメイトがいても不思議じゃない。だけど彼女は俺にどこでも話しかける気なのか？

「で、俺になんか用？」

「浮かない顔をしているから、何かあったのかなって」

また心臓が大きくバウンドした。ちょっとした表情から内心を見透かすとは、なかなか鋭い洞察力を持っていやがる。それに声を張れるじゃないか。いつもは蚊の鳴くようなか細い声しか出さないのに、今は聞き取り易い音量だった。

「なんでもねー」と俺はぶっきら棒に言って『5五の龍』を本棚に戻し、久米のところへ向かう。

こうなったらしょうがない。正々堂々と対局するしかない。今になって『やっぱ、賭けない』と言い出したら、久米に罵詈雑言《ばりぞうごん》を浴びせられるだけだ。それなら潔く負けて言いなりになった方がいい。自分で蒔《ま》いた種なのだから、辛抱して久米のストレス発散に付き合ってやる。

でも館内から芝生へ出て久米が視界に入った途端に、負けたくない気持ちが押し寄せてきた。あんな奴に屈したくない。左足を引き摺りながら『なんか手はないか？』と思案する。時間稼ぎをして負けないようにするか？　負けそうになったら喧嘩をふっかけ、キレたふうを装って盤上の駒をぐちゃぐちゃにするか？

久米が俺の接近に気付いてこっちの方を向く。目がバチッと合ったが、すぐに逸らして俺の背後に視線を送った。

「外に出ても大丈夫なのか？　今日も日差しが強いぞ」と久米は俺の後方へ言葉を投げかける。

振り返ってみたら、愛用の日傘を差した『舞妓』がついてきていた。肌が弱い彼女は吸血鬼みたいに直射日光を苦手にしている。登下校に日傘は欠かせないし、屋外の体育は日陰で見学する。地面に反射する紫外線を気にして下校前には日焼け止めを大量に塗りたくる。そんな彼女がなんで外に出た？

「昨日よりは幾分体調がいいから、大丈夫です」

「どれどれ」と久米は顔を前に突き出して『舞妓』の顔を凝視する。「昨日に比べれば良さそうだ。声がやけにデカいしな」

昨日は『胃腸の調子が悪くて』を仮病の理由にしたが、今日も『体調が優れないのでマンガミュージアムで安静にしています』と申し出て、クラスメイトと行動を共にしなかった。

図に乗って今日も抜け出す気か？　それとも彼女も友達がいない『ぼっち』だから、クラス単位で観光するよりは仮病を使って『えむえむ』でのんびりする方がいい、と考えたのか？　あるいは、昨日頑張り過ぎて本当に体調を崩しているのか？　なんであれ、『舞妓』がわざわざ外へ出てきたことに疑問が残る。

俺を追い抜いていった『舞妓』は将棋盤に注目する。

「将棋をしているんですか？」

「そう。これから大一番だ。そこのこましゃくれた捻くれ者を叩きのめして、更生させてやるんだ」

「何か賭けているんですか？」

久米の言い回し、先程の俺の浮かない顔から状況を推理したのだろう。もし俺が本棚に戻した『5五の龍』を彼女が気にして手に取っていたら、『漫画に頼ろうとしたけど諦めたんだな』と察したはずだ。

「負けた方が絶対服従だ」

「先生は強いんですか？」

「こう見えてアマチュア四段」

ギャラリーがいれば俺が勝負から降りられないと思って、自分の実力をひけらかしやがった。

「左京くんよりも強いんですか？」

「あいつは五段だからな。善戦はするんだけど……」と濁す。

敵わないようだ。

「そうですか」と言ったあと、悩ましげな視線を数秒宙に漂わせた。「ところで、iPadを貸してくれませんか？　ちょっと調べたいことがあるんです。私のスマホは通信速度が遅いんで」

外へ出たのは久米のiPadが目当てだったのか。

「いいよ」と久米は鞄から取り出し、起動させてから彼女に渡す。

受け取った『舞妓』は芝生に腰を下ろした。

「館内へ持っていっていいんだぞ」

「日傘があるから大丈夫です」と居座る。

久米と背中を向き合わせる恰好で座り込んでいるから、俺と久米の対局には興味がないらしい。調べ物はそんなに時間がかからないのだろう。さっと検索したら、ｉＰａｄを返して館内へ引っ込むつもりだ。

俺は将棋盤を挟んで久米と向き合う。

「逃げ出したかと思ったよ」と久米は挑発する。

「将棋ごときに熱くなんなよ」

そう言って、左から二番目の『歩』を進める。

「じゃ、おまえは何で熱くなるんだ？　いつも冷ややかな目をして周りを見ているけど、熱中するものはあるのか？」

久米の二手目。

「おまえには関係ねー」と俺は吐き捨てるように言って投げやりに三手目を指す。

「関係ないことはないんじゃないか？　基本的には、教師は自分が受け持っているクラスの生徒が何か問題を起こすと、全責任を丸被りすることになる。だからまだ償いは済んでない」

「早く指せよ」

そんなに謝罪させたいなら、さっさと負かして俺に土下座でもさせればいい。

「そうツンツンすんな。俺のことを嫌うのは仕方ないとしても、なんでみんなと仲良くしないんだ？」

久米は爪を立てて『歩』を引っ剝がし、前進させる。俺は何も考えずにすぐに指し返す。

「おまえが無理に自分のことを『俺』って言ったり、粗野な態度を取ったりして虚勢を張るから、みんなが近寄り難くなっているんだぞ」

「友達なんかいらねーよ」

「失うのが怖いからか？」

言われたそばから胸がチクリとした。と同時に胸の奥から怒りが込み上げてくる。ちゃらんぽらんな教師の久米に説教されるなんて屈辱だ。元を正せば、おまえのせいじゃないか！

久米が厳格な態度で『何があっても定期的に俺が点呼をとるから、俺のメールが届いたら受付に集合しろ』と命令していたら、俺たちが『えむえむ』から抜け出すことはなかった。

横着して『じゃ、明日からは班長が俺からのメールを受けたら、みんなのことを見て回って、受付で俺に報告してくれ』と指示した責任は重い。脱走するチャンスを与えたのは久米だ。それなのによくもしゃあしゃあと説教できたものだ。こっちが下手に出ているからっていい気になるな。

「おまえのことを心配している人がいるんだぞ。その人の気持ちを無下にすることに胸は痛まないのか？」

「そんな奴、いねーよ」

「志村《しむら》は心配していたぞ。修学旅行直前に『問題児ですけど、気にかけてあげてください。よろしく頼みます』って俺に丁寧に頭を下げてお願いした」

あいつ、なんのつもりだ？　俺の保護者じゃねーんだぞ。出すぎた真似しやがって。

「あんな奴に心配される覚えはねー」

「おまえ、志村をチャリに乗せたことがあるよな？」

「は？」

「あんまり大きな声では言えないけど、二人乗りくらいは目を瞑ってやるから、正直に言えよ。志村を後ろに乗せただろ？　それともあれか？　カップルの二人乗りに照れてんのか？」

「一度だけ乗せたよ。それがなんなんだ？」

「志村はその時の借りを返したいんだよ」

「あんなことで？」

「人の心は小さなことでも動くんだよ。繊細に作られているからな」

久米のもっともらしい言い方が鼻についた。でも俺も何気ない優しさに心を動かされた経験があるから否定できなかった。

うちの近所に住んでいる志村はずぼらな奴だ。毎朝、寝坊して遅刻ギリギリに家を飛び出し、最寄り駅まで猛ダッシュをしている。なんで早起きしないんだ？　十分でいいのに。志村のドタバタした走りを見る度に俺は不可解に思った。

よく『女の方が男よりも低血圧で朝が弱い』と言われる。多かれ少なかれ男女の差異は個性に影響をもたらしているし、異性について俺の頭では理解が及ばないことがいっぱいある。でもよくある一般論が全ての男女に当てはめられるほど人間は単純な生き物じゃない。

低血圧の女の中には『起きてからしばらくは頭がぼうっとするから、その分早起きしよう』と心掛ける人がいるだろう。また、朝が弱くない男の中には『目覚めがいい方だし、身支度は数分で済むから、ギリギリまで寝ていよう』と物臭がる人もいるはずだ。人それぞれ。女でも男でも寝坊する人はする。志村にはどんな理由があるんだ？

自宅から駅まで早歩きでも二十分以上かかるので、俺は自転車を使っていた。運動不足を解消するために歩こうか、と考えたこともあったけれど、やはり面倒だった。とりあえず、徒歩通学は太ってから考えることにした。

毎朝、見苦しく走っている志村を自転車に乗った俺が颯爽と追い抜く。それが東京都の大田区《おおた》にある平凡な公立高校に入ってからの俺の日課になった。だからと言って、生活の一部になったわけではない。日常の風景の一つに過ぎない。

俺は遅刻になる時間の五分前に到着するように家を出ている。毎日同じ時間に起き、同じ時間に家を出て、同じ時間に学校に着く。電車が遅延しない限り一分の乱れもない。同じことを繰り返すと安心感が増していく。

繰り返すごとに世界に自分が馴染んでいく気がする。毎日同じ時間に同じことをしている人がいたら、嫌でも目に付く。俺が志村の存在を気にしたみたいに、周囲も俺のことを『いつものあの人ね』と認識する。それが俺の自己主張であり、世界との関わり方だ。

言い方を換えれば、人とそつなく付き合ったり環境に適応したりするのが苦手なのだ。だからクラス替えをするといつも慣れるのに数ヶ月かかる。自分の個性を教室に固定し、クラスメイトそれぞれの個性を理解するのに時間を要する。

久米が担任する『二年五組』にはなかなか馴染めなかった。灰汁《あく》の強い生徒が多かったからだ。教室で孤立している『ぼっち』と呼ばれる人は、一見したところでは取るに足らない存在だ。ほとんどの人は弱者と見なしているし、本人も自分の弱さを自覚している。

労する。

でも彼ら彼女らは一人でいられる強さを秘めている。自分の弱さを認めているが故に、教室での在り方を心得た手練《てだ》れだ。我が物顔で教室にのさばっている奴らと違って頭を上手に使い、冷静に教室内を観察している。だから『ぼっち』の方が個性を把握するのに苦労する。

なんでこのクラスは『ぼっち』が多いんだ？　嘘か実か、『クラスの編成は担任になる教師たちが集まり、プロ野球のドラフト会議みたいに生徒を順々に獲っていく』という噂を耳にしたことがあるが、久米が扱い易いと思って『ぼっち』を集めたのだろうか？

そうだとしたら、思慮が浅い。浅すぎる。他の生徒に比べて『ぼっち』は達観しているから聞き分けは良い。しかし心に闇を抱えていることがある。何かの弾みで暴走する危険を孕《はら》んでいる。

そんな危うい『ぼっち』たちとは極力関わり合いたくない。無闇に警戒したり、恐れるあまり威嚇したりすることはないけれど、自分からは接触しない。元々、俺は保守派だ。危ない橋は渡らない。

志村も『ぼっち』的な要素を持っていたので避けていた。毎朝、自転車で追い抜いても素通り。挨拶はしない。向こうが『おはよう』と言ってきたら返すつもりだが、全力疾走している志村に声を発する余裕はなさそうだった。

久米が「来週のロングホームルームで修学旅行の班を決めるぞ」と予告した翌朝、きっと自分は『ぼっち』を勢揃いさせた班に組み込まれるんだろうな、と憂鬱に思いながら家を出た。

うちのクラスにいる『ぼっち』は俺を含めて六人。班にするにはちょうどいい人数だ。個性的な面々と三泊四日も一緒に行動するのは気が重い。でも文句を垂れてもどうにもならない。前向きに受け入れるしかない。修学旅行までまだ一ヶ月半ある。『ぼっち』たちをよく観察して個性を摑んでおこう。

そんなことを考えて自転車を漕いでいたら、家を出て五分もしないところで志村の背中を捉えた。いつもは駅の少し手前で追い抜いていたから、『志村は取り返しのつかない寝坊をしたんだな』と推測した。いくら頑張って走っても遅刻は確定だ。

俺は志村を抜き去ると、ブレーキをかけて振り返った。

「乗りなよ」

志村は驚いた顔をして何かを言ったけれど、息が切れていて声にならなかった。だけど何かを問いかけたようなニュアンスを感じたから、きっと『いいの?』と確認したのだろう。

「今日だけ。同じ学校へ通う好《よしみ》で乗せてあげる。でも次からは乗せない。そうしないと反省しないから」

「うん。ありがとう」と声を喉から押し出すようにして言ってから、荷台に跨《またが》った。

　俺はよろよろと漕ぎ始める。二人乗りをするのは初めてだ。乗せたことも乗ったこともない。テレビドラマや漫画だと事も無げに漕いでいるのだが、ふらふらして運転が安定しない。

「大丈夫？　代わる？」

　志村が不安そうな声を出した。

「大丈夫」と強がる。「それよりさ、前から疑問に思っていたんだけど」

「何？」

「なんで十分早く起きないの？」

　好奇心が俺にブレーキをかけさせたのだ。たった十分だ。それで慌ただしい朝から解放される。生活のリズムを十分ずらすだけでいいのだから簡単なものだ。毎朝、必死に走る自分に嫌気が差さないのか？　それとも何か大きな事情があるのか？

「わかんない」

　会話はそれで終わった。自分でもわかっていないことが俺に理解できるはずもない。逆に考えれば、わかっていたらとっくに改善しているのだろう。

　その後も志村は朝の猛ダッシュを日課にし続けた。ただ、遅刻するほどの寝坊はしていない。二人乗りをした時だけだ。俺が言った『次からは乗せない』を戒めにして、致命的な寝坊をしないように注意しているのかもしれない。

俺は二人乗りしたことなどなかったかのように、それまでと変わらずに無言で追い抜いた。呼吸が激しく乱れている志村は声を出すのがしんどそうだったし、志村に対して特別な感情は何も抱いていなかった。

フラットなまま。一度だけ乗せたのは、興味本位。ただそれだけ。優しさでもなんでもない。でも向こうは誤解した。優しくしてくれた、と志村は感じていたようだ。

「大人になれ。少しはおまえの方からみんなに歩み寄れよ」と久米が講釈を垂れながら十手目を意気揚々と指す。「完全アウェーだからってピリピリしていると、審判からも嫌われるんだぞ」

審判っておまえのことだろ。すでに俺のことを嫌っているくせして。

「クラスメイトはおまえの足を気遣って『ゆっくり観光するプランにしてみんなで回ろう』って提案したのにさ、おまえはなんでみんなの気持ちを酌めない?」

俺が『同情すんな』『足手まとい扱いされたくねー』『一人の方が気楽だ』『おまえらといるよりは漫画を読んでいる方がマシ』と言ってクラスメイトから距離を置いたのは、『えむえむ』にいた方が抜け出し易いと思ったからだ。でもみんなの親切心に応えられないことに申し訳なさを少なからず感じていた。

「俺のことは放っておいてくれ」とウザがる。

いい加減な気持ちで十一手目を指そうと駒に手を伸ばしかけたら、久米の背後で『舞妓』が膝立ちをしているのが目に留まった。日傘を芝生に畳んで置いていた彼女は右手の人差し指を立てて口元に当てる。『声を出さないで』というポーズだ。

咄嗟に視線を『舞妓』から外し、駒を摘まむ直前だった手を引っ込めた。

「迷っているのか？」と久米が茶々を入れる。

「黙ってろ」

俺は盤を見つめて熟考している振りをする。『舞妓』が何をする気なのかはわからない。ひょっとして俺を助けようとしているのか？　だけど、なんで？　クラスが一緒という以外に接点はない。修学旅行を迎えるまでは挨拶を交わしたこともなかった。

でも久米には内緒にするのだから、俺を味方に引き込もうとしているのだろう。彼女が久米を敵視しているなら、俺にとっては悪いことじゃない。手を結んで共通の敵をやっつけたい。

久米の真後ろで『舞妓』がｉＰａｄの液晶画面を俺に向ける。久米に悟られないよう横目でチラッと見る。升目の入った黄土色の何かが表示されている。なんだ？　よくわからなかった。『舞妓』は太陽を背にし、液晶画面に日光が反射しないようにしてｉＰａｄを持っているから、見辛いことはない。

もう一度チラ見すると、なんなのか判明した。升目に駒が配置されている。将棋のゲームだ。しかも駒の並びが俺と久米の対局と一緒……いや、違う。駒の位置が一つだけ違う。俺の『金』の駒が一升前に進んでいる。『舞妓』がその駒を指差していたから気付けた。

iPad通りに指せってことか？　俺は半信半疑のまま『金』を一升前進させた。

「慎重な手を指してきたな。やっとやる気になったか」と久米は楽しげに言う。「なら、これでどうだ」

久米が指したあと、彼の背後から将棋盤を覗き見ていた『舞妓』が人差し指を使ってiPadの画面上の駒を久米と同じように動かす。俺は「うーん」と腕組みをして悩んだ演技をしつつ視界の隅でiPadを注視した。

およそ一分後、画面上の駒が動く。『舞妓』は画面にタッチしていない。彼女はiPadで誰かとネット対戦をしているのだ。『舞妓』が久米と同じ指し方をすることで、対戦相手は俺へ次の手を教えてくれている。

将棋が得意な知り合いと連絡を取ったのだろうが、何者だ？　昨日の夜、ホテルから抜け出そうとして久米に見つかった時に、ロビーに『舞妓』と左京が二人きりでいた。二人の間に余所余所しさがあるように感じたけれど、親しい間柄なのか？　彼女がネット対戦をしている相手は左京なのかも？

本当に俺を導いているのが左京なら頼もしい限りだが、誰であっても『舞妓』が出してくれた助け舟に乗る他に選択肢はない。俺は細心の注意を払いながらiPadを盗み見して指していった。

次第に久米の顔に緊迫感が浮かびだす。無駄口を叩かなくなり、真剣な顔つきで盤上を睨む時間が延びていく。

「おまえ、鷹《たか》にでもなったつもりか?」と久米は視線を落としたまま問いかける。

「は?」

「将棋をやり込んでいるくせして、爪を隠していやがったとは、本当に性格の捩れた奴だ」

俺が『能ある鷹は爪を隠す』だったと勘違いしているようだ。決まりが悪いから「早く指せよ」と急かすことしかできない。

「いい気になんなよ。余裕こいて十手目まで手を抜いていたことを後悔させてやるからな。おまえが誰から将棋を教わったかってことはもうわかってるんだ。左京だろ?」

途端に胸の中で動揺が暴れ回る。必死に外に漏れないよう首根っこを摑んで押さえ付けた。

「なんのことだ?」とどうにかこうにか平静を装う。

「しらばくれても無駄だ。何度も苦汁を嘗《な》めさせられてきた俺にはわかる。指し方が左京とそっくりだ。人目を忍んであいつから直々にレッスンを受けていたんだろ？」

やっぱり左京なのか。今頃、左京はクラスメイトと一緒に京都市内をガヤガヤと観光しているはずだ。お寺や神社を見物しながらスマホを弄ってネット対戦をしているのだろう。俺のせいで観光の邪魔をしたことになるが、左京は無類の将棋好きだから却って喜ばしいことなのかもしれない。

「いいから、早く指せよ」

「粋がれるのはそこまでだ。おまえが左京の劣化コピーだとわかれば、それ相応の戦い方をするまでさ。あいつの手のうちは知り尽くしているからな」と言って久米は顔を上げ、不敵な笑みを見せる。

俺を揺さぶるためにハッタリをかましたのではなかった。左京に負けっぱなしだった久米は『打倒、渡辺左京！』を心に期し、彼の戦術を事細かに研究していたみたいだ。久米が俺を左京のコピーと思って指し始めてからは、ｉＰａｄのレスポンスが遅くなった。なかなか次の手を指し示してくれない。左京も熟考するようになったのだ。

将棋に疎い俺には久米の手も左京の手も、何を意図して指したのかさっぱりわからない。どっちも何十手も先を予測して指している。完全に俺は高い次元の駆け引きに置いてけぼりにされた。

ただただｉＰａｄの通りに駒を動かしていく。両軍の駒が盤上で複雑に絡み合っている

『舞妓』も同じだろう。

から、どっちが優勢なのかも判断できない。何かの暗号にしか見えない。きっと『舞妓』も同じだろう。

お互いの手数が百を超えてからは数えるのをやめ、何も考えずに何も感じずに指し続けた。俺は操り人形だ。左京に動かされている。人形は意思を持たない。無心でiPadに倣って駒を移動させる。

頭が空っぽになっていたから、久米が疲弊した声で「王手！」と言うまで、自分の『王』が追い詰められていたことにまるで気付かなかった。俺は盤に顔を近付け、自分の『王』の周辺の駒の配置を確認する。

確かに王手だ。前後左右斜め、逃げ道がどこにもない。『舞妓』が残念そうに頭を振り、こちらに背を向けたことからも敗戦に間違いない。いくら左京といえども、初心者が十手を指してから引き継いだことが、重い足枷《あしかせ》となったのだ。

「参りましたって言えよ」

久米が敗北宣言を要求した。意地の悪い言い方だったが、言葉に力がなかった。神経を磨《す》り減らせる激しい戦いに消耗しきったようだ。

「もう一局だ」

最初から左京が指せば負けないはず。

「ったく、ダブったことがある奴はなんでもかんでもやり直しが利くと思っているんだな。世の中、そんなに甘くない。二回目はない」

辛辣な言葉を浴びせられ、将棋盤を引っ繰り返したい衝動が俺の胸を突き上げた。でもすぐに激しい劣等感に襲われ、心と体から力が抜けていく。留年は俺のウィークポイントだ。触れられると大きな引け目を感じる。自分がどうしようもないクズに思えてくるのだ。

だけど、『舞妓』のいる前で俺を蔑まなくてもいいだろうに。疲れて注意散漫になっているのかもしれないが、教師としてあるまじき思慮の無さだ。教育委員会は何をやっているんだ？　一日も早く久米から教員免許を剝奪しろ。

「参りました」と俺は口を尖らせて言う。

「約束通りに言うことを聞けよ。『なんでも』だからな」

「聞いてやるよ」

内心ではビビッていたけれど、こいつの前で弱音を吐くわけにはいかない。チッ！　なんでこんなことになるんだ？　やっぱり修学旅行なんかに来るんじゃなかった。

休もうかどうか間際まで悩んだ。楽しみは何もない。京都へ行っても嫌なことを思い出すだけだ。でも『ひょっとしたら、チャンスがあるかも？』という淡い期待を打ち消せずに、のこのこ参加してしまった。

そうしたら、このザマだ。久米に言いたい放題言われ、これから更に屈辱的な目に遭わされる。行き場のない悔しさが志村の言葉『行かなきゃ七万円が返ってくるって知ってる？　ドタキャンしちゃえば？』を思い出させた。

修学旅行を休んでいれば、旅行の代金が戻ってきて臨時収入になった。七万円を貰って一人旅でもするべきだった。志村、俺が間違っていたよ。おまえの言うことを素直に聞けばよかった。

俺にとっては二回目となる高校の修学旅行のちょうど三週間前、玄関を開けると志村が眠たそうな顔をして待ち構えていた。普段、志村が家を出る時間より一時間以上も早いのに。

「チャリ、貸して」と唐突に言う。

「あ？　なんで？」

「もう朝から走るのに飽きた」

「そんなこと、知らねーよ」

志村の父親が甲斐性無しじゃなければ、『親にチャリを買ってもらえ』や『バイトしてんだから自分で買え』と言えた。志村はお金に苦労している家の子供だ。

「先輩の言うことに逆らうなんて、いい度胸してんじゃん」と先輩風を吹かせる。

「急にどうした？」

何があった？　気の弱い小心者だったのに、まるで体育会系の野蛮な男子みたいな喋り方だ。なよなよした言葉遣いの志村はどこへ行った？　何かの拍子に最上級生の自覚が芽生えて気持ちが大きくなっているのか？

「二年生が三年生を敬うのは当然」

「調子に乗んな！」

本当は同い年だから敬う必要はない。そう言いたかったが、自分から留年のことを口にするのは抵抗があった。どうしても体裁を気にしてしまう。

「調子に乗ってんのはそっち。そんな口の利き方をしてると、みんなから嫌われっぞ。強がってないで自分らしくしろよ」

「余計なお世話だ」

おまえに俺の何がわかるんだ？

「なんでもいいから、チャリを貸せって。断んなくてもいいんじゃね？　最近、乗ってないんだから」

「おまえを真似てダイエットしているからな」

「笑えない冗談はやめろって」

ぽっちゃり気味の志村は気に障ったようだ。

「よくさ、『一度チャリに乗れるようになったら、何年ブランクがあっても乗り方を忘れない』って言うけど、あれは嘘だな。俺は忘れた。乗れなくなったから、生活のリズムを早めて駅まで歩くことにしたんだ」

また『冗談はやめろ』と言うことを期待した。茶化し続けてやり過ごそうとしたのだが、志村が「いい手がある」と言い出した。俺に人差し指を向けて「後ろの荷台に乗る人」と、次に自分を指差して「チャリを漕ぐ人」と割り当てた。

「は？」

「持ち主は後ろで居眠りしてな」

しれっと勝手なことをぬかしやがった。志村は初めから二人乗りを提案するために朝早くから俺の家の前で待っていたのだ。愚鈍な奴だと思っていたけれど、意外にも強かだ。図々しさも甚だしいし、今まで猫を被っていたのか？　やっぱり『ぼっち』は侮れないな。

不快感と警戒心を募らせたが、歩くのを億劫《おっくう》に感じていたから悪くないアイデアだった。志村と関わるのを煩わしく思う一方で打算的な思考が働く。人間は楽をしたい生き物だ。好き嫌いよりも損得で動くことが往々にしてあるし、それが賢い生き方だ。

「運動音痴なおまえに漕げんのか？」と俺は憎まれ口を叩く。

素直に相手の言いなりになるのが癪《しゃく》だったから、志村の泣き所を突いた。

「バイトで立ちっぱなしだから平気。毎日、スクワットして鍛えてるし」

もしかして前々から二人乗りを計画していたのか？

「早起きできんのか？」

「昨日の夜から早寝に変えた」

「一度でも寝坊したら、二度と俺のチャリを運転させないからな」と警告を与える。

「了解」

「段差に乗り上げる時は気をつけろよ」

「大丈夫。安全運転を心掛けるって」

「仕方ねー。そこまで言うなら、俺の運転手にしてやるよ」

「後輩は黙って先輩の後ろに乗ってな」

舐めきった発言に苦笑を禁じ得なかった。すると、志村も顔を歪めて笑った。

志村が「帰る時も運転手になるからさ、バイトがある日はチャリを貸して。家からバイト先が遠いんだよ」と持ち掛けたので、下校時も二人乗りをすることになった。

ただし、自宅から最寄り駅までしか一緒に登下校しない。それを言い出したのは俺だ。

「志村と変な噂になるのは勘弁だ」と理由をつけて。俺なんかと二人きりでいるのをうちの学校の奴らに見られたら、志村が窮屈な思いをすることになる。より一層『ぼっち』に拍車がかかってしまう。俺の巻き添えになることはない。

行きも帰りも志村が俺より一本か二本早い電車に乗る。先に登校し、下校時には地元の駅で待機している。俺はノロノロ歩いて遅刻スレスレで校門を通り抜ける。帰りは無理のない範囲で急ぐ。

志村は十分や二十分の遅れを気にしないし、『寄り道したりして大幅に遅れることがあったら、連絡してくれればいいから』と言って買ったばかりのスマホの番号を教えてくれたが、徒らに待たせるわけにはいかない。

晴れの日は背中合わせで乗り、雨の日は前向きに跨がった俺が傘を差すのだが、ブレーキをかけた時や相合傘をする時に体が触れ合う。通常なら胸が高鳴るシチュエーションだ。でも少しも心が動かなかった。

志村に異性としての魅力がないせいじゃない。俺が求めているのはこいつじゃないからだ。心の真ん中に決めた人がいる。それで全く反応しないのだ。

それに対して志村は緊張した。全身全霊で愛している人や夢中になっている人がいないらしく、体の接触がある度に体をガチガチに硬直させる。志村の背中からドキドキが伝わってくる。

過剰に反応するのは、無理もない。同性とも戯れることが少ないクラスの日陰者が異性への耐性をつけているはずがない。俺は志村の緊張を寛容に捉え、『そのうち慣れるだろう』と長い目で見た。

しかし志村は二週間が経っても、一向に慣れなかった。ドキドキがやまない。まさか、俺のことが好きなのか？　思い当たる節がないこともなかったが、面倒だから鈍感な人間の振りをすることにした。今の関係のままでいる方が何かと好都合だ。


修学旅行の前日、学校から地元の駅に到着すると、いつものように改札を出たところで志村が待っていた。志村は駅に隣接している駐輪場から慣れた動作で俺の自転車を出し、俺も習慣化した動きで荷台に後ろ向きに跨る。そして志村が合図なしで漕ぎだす。もう『いくよ』『いいぞ』の掛け声はいらない。

二人乗りを始めた頃は、不安定な漕ぎ方に『いつ転んでもおかしくない』と冷や冷やさせられた。そのことが嘘みたいに今では安心して荷台に乗っていられる。みんなは志村のことを『一人じゃ何もできないダメ人間』と思っているけれど、時間を与えれば人並みにできるようになる。二人乗りも一週間でコツを掴んだ。

志村は人より少し臆病なだけだ。何事にも慎重になるから、スタートでもたつく。でも安全を確認し、自分に自信を持てるようになれば長所を発揮する。迷いのない時の志村は突進力に優れている。他を圧倒するパワーを秘めた奴なのだ。

「結局、修学旅行に行くことにしたんだ？」と志村は前を向いたまま話す。

「ママが『行け、行け』ってうるせーんだよ」

親のせいにしたが、本当は強要されていない。むしろ『無理して行くことはない』と言われていた。

「行かなきゃ七万円が返ってくるって知ってる？」

「へー」

去年、志村は修学旅行の代金を自分のバイト代から出したのかな？　そうだとしたら『七万円は大金だ。不参加でもいいんじゃ？』と出し惜しんだのだろう。

「ドタキャンしちゃえば？」

「その金で一人旅した方が楽しいだろうな」

「七万円あったら、どこへ行く？」

俺が迷わずに「大阪」と言ったら、志村は黙り込んだ。不用意な発言だった。頬を撫でていた風が不快なものへと変わる。京都との府境の近くにある霊園に、俺の愛する人が眠っている。そのことを知る志村は言葉を失ったのだ。

俺の家まであと数分のところになって、志村が「ひょっとして修学旅行中に抜け出す気なんじゃ？」と重々しい声で訊ねた。

「チャンスがあればやってやるよ」

「無茶すんなって」

「だけど、やっぱり自分では行く気になれねーから」

自分の意思で対面する勇気がない。怖くて墓前に立てない。本当は近寄りたくもない。でも修学旅行で京都へ行けば『せっかくここまで来たんだから』と気持ちが前向きになり、お墓に手を合わせる意気が揚がるに違いない。俺はそれに懸けている。修学旅行に便乗するしかないんだ。

「そんなら、このチャリで大阪に連れて行ってやる」

「二人乗りで？　それこそ無茶だ」

正気じゃない。東京から大阪まで何キロあると思っているんだ？　正確な距離は知らないけれど、三百か四百キロはあるだろう。到着するまでに何日かかることやら。

「夏休みを利用すれば余裕で往復できる」

「バイトは？」

志村がコンビニでバイトをしているのは家計を助けるためだ。夏休みは稼ぎ時。今時の高校生に憧れてスマホを持ちだしたから、例年以上にバイトに精を出さないとならないはずだ。

「高校最後の夏なんだから、思い出作りを優先していいんじゃね？」

「俺は最後じゃねーし」

「あっ、ごめーん」とわざとらしく謝る。「キレた？　でもさ、夏休みになんか用はあんの？」

「別に」

「スゲー暇人で、遊ぶ友達もいないし、一人じゃどこにも行けない身なんだから、一緒に冒険に行くっきゃないっしょ！」

「暇なのはそっちもだろ。暇人のお節介を焼けるのは、もっと暇してる奴だ」

「お節介じゃないって」

胸がざわついた。『お節介じゃなくて、好意だよ』という気持ちが背中越しに伝わってくる。でも俺は卑怯にも聞こえなかった振りをした。

「なんだって？」とすっ惚け、志村が言い直す前に早口で言葉を続けた。「とりあえず、お節介を焼くのは修学旅行のあとにしてくれ。旅行中に抜け出して大阪へ行けたら、夏休みに二人乗りの冒険をする必要がなくなるから」

志村が急ブレーキをかけた。その反動で俺の体は仰け反り、後頭部が志村の背中に強く当たった。志村は「うっ」と声を漏らす。

「ご……」と謝ろうとしたけれど、強引に志村のせいにした。「突然、止まるからだ。何かあったのか？」

半身になって進行方向を見てみる。でも進路を妨害しているものはなかった。志村が体を捻り、俺に尖った目を向ける。

「死んだ人ってそんなに偉い？　遅かれ早かれいつかみんな死ぬ。親も友達も恋人もみんな。死んでからじゃないと偉くなれないなら、生きてる意味って何？」

偉いとか偉くないとかそういう問題じゃない。

「失ってみないとわからないことがある。おまえだってクソオヤジが死んだら、いい思い出やオヤジの長所がぷかぷか頭に浮いてくるはずだ」

「あんなオヤジはくたばった方が清々する！」と溜め込んだ憎悪を吐き出す。

志村の顔が醜く歪んだ。

「でもそんなオヤジが『今まですまん。明日からは家族のために働く』って改心した直後に死んだら、どんな気分になる？　それでも清々するのか？」

誰だって心が通じたと思った次の瞬間にその人と死別したら、最低でも一年や二年引き摺るものだろう。

「そんな死に方、狡い……」

志村の言葉がよろけた。狡いと思いながらも死が持つ浄化力を認めざるを得ないのだ。

「何故か、死んじゃうとその人に対して嫌な気持ちを抱けないんだ。『好き』な気持ちは死なないのに」

「やっぱり狡い。死んだモン勝ちなんて許せないって。死んだからってそれまでのことをチャラにして美化するなんて絶対におかしい」

真っ当な意見だ。学校のテストでは丸をもらえる。でも答案用紙みたいなペラペラの言葉だ。実用的じゃない。身を以て体験していない志村には理解できない。

「志村にはまだわからないことだ」

「わかりたくない！」と荒っぽく言って漕ぎ始める。

そして矢継ぎ早に小言を並べる。

「そうやって、世の中のことを全部わかったような顔をしているくせに、周りの気持ちが全然わかってないなんて滑稽！　悟りきるのは年寄りになってからで充分！　前に、『受け取ったことは全力でやろうと思っている。押し付けられたことでも一生懸命に取り組めば、自分の財産になる』って言ってた人がいた。これも運命だって受け取ってポジティブに頑張り……」

耳を塞ぎたくなるほど鬱陶しかったので、志村が言い終わる前に「俺のことが好きなのか？」と訊いた。説教をやめさせるためだけに志村の恋心を突っついた。そのことに自己嫌悪したが、胸がスッとした気持ちにもなった。

これで志村と縁が切れる。やっぱり俺と関わらない方が志村のためだ。俺の時間は一年前に止まっている。俺と一緒にいたら志村の時間まで止まってしまう。俺のことは放っておいて先に進んでほしい。

志村は何もリアクションをせずに自転車を漕ぎ続ける。聞こえなかったのか？　聞こえなかった振りをしているのか？

「あのさ」と俺は首を捻って声を張る。「俺のこ……」

言いかけている途中で、志村は自転車のベルをジャリジャリ鳴らした。でも前方には進行を邪魔するものは何もない。通行人も自転車に乗っている人も車も見えない。それでも志村は鳴らしまくる。

「何やってんだよ？」と大きな声を出したが、志村が狂ったように鳴らすベルの音にかき消された。

俺はそれ以上何も言わなかった。志村の背中がわなわなと震えていたから。ベルはいつまでも喧しく鳴り続けた。ジャリジャリ。ジャリジャリ。ジャリジャリ……。


久米が将棋セットを片付け始めると、『舞妓』が「ありがとうございました」とiPadを返却した。久米は将棋セットと一緒にiPadを鞄へしまった。

「そんじゃ、おまえたちは荷物を持って出入り口の門のところで待ってろ。十五分くらいで戻ってくるから」

「私もですか？」と『舞妓』が驚く。

「そうだ。二人で仲良くして待っていろよ」

俺が思ってもみなかった命令にたじろいでいる間に、久米は「じゃ」と言って駆け出した。門を通過して、烏丸御池駅の方へ向かって行く。俺は更にポカーンとする。いったい久米は何を企んでいる？

なんで久米が職場放棄をしたんだ？『えむえむ』から抜け出したかったのは俺の方だ。俺から目を離すと他の先生から怒られるんじゃ？　先生たちに内密にしたい用事でもあるのか？

いや、たとえそうだとしても十五分で戻ってくるなら、いちいち俺たちに一言告げる必要はない。『ちょっと、トイレ』とか言ってこっそり外へ出て、用事を済ませたら何食わぬ顔をして戻ってくればいい。

わけがわからないけれど、言われた通りにするしかない。俺はリュックを背負って立ち上がる。読みかけていた『ジョジョ』を本棚に戻して『舞妓』と一緒に門の前で待機した。

「なんで俺に協力した？」と彼女に訊いてみる。

「昨日の夜、私が置き忘れていた写真を届けてくれたから」

「あんなのは恩を感じるほどのことじゃない」

たまたま目に付いたから持ち主に渡しただけのことだ。

「でも嬉しかったの」

気恥ずかしくなったので「iPadでネット対戦をしていたのは、渡辺の弟？」と話題を変える。

「うん」

「左京と付き合ってんの？」

「メールだけの関係。向こうは私の顔も本名も知らない」

自分の素性を隠してメールのやり取りをしているのか？　奇妙な関係だ。

「同じ学校に通う生徒だってことも？」

「知らない」

名乗れないのは惚れているからか？『左京くんが私だと知ったら、がっかりするかも』と恐れて？　まあ、俺にはどうでもいいことか。

「じゃ、俺と久米が対局していることは伝えなかったんだ？」

「うん。〈今、知人とスマホでネット将棋をしているんだけど、どうしても負けたくないの。将棋が得意なら私の代わりに指してくれないかな？　iPadも持っているから、そっちで対局を再現する。以下のサイトの待合室に来て。〉って頼んだ」

そして『舞妓』は左京とiPadでネット対戦を始めると、十手目まではゲーム内のチャットかスマホのメールで指示したのだろう。

「余計なことをしてごめんね。結局、負けちゃったし」

「いや……」

余計じゃなかった。でもうまく言葉が出てこない。素直に『ありがとう』と言えないのは、俺が俺であることに囚われているからだ。

息苦しい無言が五分くらい続いた。堪えかねて「左京のことが気になるなら、小堀に占ってもらえば？　あいつのタロット占い、よく当たるらしいから」と口走ってしまう。失言だ。自ら地雷を踏んだ。

小堀は自分が病欠した修学旅行で俺に災いが降りかかることも暗示した。偶然に的中しただけなのかもしれないが、周囲は『小堀の占いを無視しなければ、不幸を免れたのに』という目で俺を見ている。だから小堀の予言の生き証人のような俺が『あいつのタロット占い、よく当たる』と言っても自虐的にしか聞こえない。

「ありがとう。でも左京くんとはそういう関係じゃないから。それに小堀さんに占ってもらうのは大変そうだし」

「そうだな。人気モンだからなかなか順番が……」と同意している最中に、目の前に軽自動車が停まった。

助手席の窓が開き、運転席から久米が「早く乗れ！」と声をかけた。なんだ？　レンタカーか？　どこへ連れて行く気だ？　久米が「乗れ、乗れ」と急かし、質問する余地を与えない。

俺と『舞妓』が後部座席に乗り込むと、久米は「シートベルトを締めろよ」と注意してから車を走らせた。カーラジオから耳にしたことのない洋楽が流れている。

「どこへ行くんだ？」

「敗者は黙ってな」

「私も何かするんですか？」と『舞妓』が不安げに訊く。

久米は彼女が昨日『えむえむ』を抜け出したことに気付いていて、俺と一緒にお仕置きをする気なのか？　延々と続く階段を上らせるとか、何時間も座禅をやらせるとか。

「ドライブに付き合ってくれるだけでいい。一人にさせておけないんだ。何かあったら、また俺の責任になる」

またしても嫌味だ。いい加減にしろ。久米に迷惑をかけた責任もちゃんと感じてる。

「わかりました」

「でも具合が悪くなったら、言っていいんだぞ。すぐに車を停めるから」

「今日は大丈夫だと思います」

「我慢すんなよ」

「はい」

「これって許可を取ってんのか？」と俺は食ってかかる。

「俺の独断だ。チクりたければチクっていい。けど、ドライブには付き合ってもらう。二時間もかからないから、大人しくしていろ」

久米の目的はなんなんだ？　俺の一件で学校から理不尽な処分を言い渡されたことを根に持っていて、それがきっかけで自棄を起こしたのなら、俺たちを放ったらかしにして自分の好きなところへ行けばいい。

あるいは、俺を懲らしめたくて罰を与える場所へ連行しようとしているなら、賭けで得た権利を行使して『他の先生にチクるな！』と命令すればいい。でも久米が要求したことは『大人しくドライブに付き合え』だ。

何がしたいのか見当がつかない。話し方に余裕があるから、ヤケクソになっているようには思えない。また、『舞妓』の体調を気遣えるのだから、教師の本分を忘れてはいないようだ。

京都の土地鑑がないために、どこを走っているのかわからない。俺たちをどこへ運んでいるんだ？　不安に駆られる俺を尻目に『舞妓』が居眠りを始めた。紫外線に晒されて疲れたのだろう。無理をさせてごめん、と心の中で謝る。

久米は『舞妓』が寝ていることに気付いたようで、そっとラジオを消した。そして彼女の睡眠を妨げないよう口を閉ざし続けた。幸いなことだ。久米と無駄な言い争いをしないで済む。

ところが時間が経過するにつれて俺が口を開きたくなってきた。久米と二人きりの空間。気まずくて敵わないが、言いたいことは腐るほどある。正論、文句、言いがかり、屁理屈、責任転嫁などなど。一つ残らずぶちまけたい。そして謝らなくちゃならないこともある。

でも一言も発せられない。言えるわけがないし、全部出し尽くしたところで元通りにならないのだから無意味だ。俺は目を瞑り、『ここは車の中じゃない。近くに久米はいない』と念じて現実を歪める。

見えないものはそこに存在していないように思えてくる。見なければ現実にならない。子供騙しの現実逃避だけれど、目を閉じている間は現実と距離を置ける。俺はシートに深く腰掛け、背もたれに頭を預けて寝ている振りをする。久米に『なんで目を閉じているんだ？』と思われないための狸寝入りだ。

段々と現実が遠のいていく。このままずっと目を閉じて生きていく方が楽なのかもしれない。もう何も見たくない。暗いところに籠っていたい。何も目に入れなければ何も考えないでいい。今まで見たことも全部なかったことになればいいのに……。

左肩に何かが当たった。なんだろ？　軟式のテニスボールか？　わからない。暗くて何も見えない。なんで真っ暗？　瞼が塞がっているからだ。開けようとしたが、白いソフトテニスボールが両方の瞼の上に載っている。重くて開けられない。

あれ？　おかしいぞ。なんで見えないのにテニスボールだってわかるんだ？　そう不思議がっていると、また肩に衝撃が加わった。俺はパッと目覚める。

目を開けた瞬間、口を押さえられた。久米だ。後部座席のドアが開け放たれている。車外から身を乗り出した久米が右手で俺の口を塞ぎ、反対の手で俺の隣で眠っている『舞妓』を指差す。どうやら『起こすな！』ということらしい。

俺は久米の目を見て頷く。いつの間にか眠っていたようだ。久米は手を離し、俺が外に出易いようにドアを目一杯に開ける。俺は静かにシートベルトを外し、できるだけ音を立てないようにして車から降りた。

寝ぼけ眼に日差しが突き刺さり、反射的に瞼が下がる。眉毛の上に手で日除けを作り、キョロキョロと首を振る。ここはどこだ？　俺は山々に囲まれた小高い場所に立っていた。眼下には田んぼが広がっている。ゴルフ場も見える。随分と山奥に来たものだ。

ん？　ここって？　ふと思い当たった。この景色、見たことがある。まさか？　急いで振り向いた。やっぱり。見覚えのある段々畑のような霊園が眼前に飛び込んできた。

「将棋に勝てたら、ここに来たがっただろ？」と久米が訊く。

でも『してやったり』というような勝ち誇った顔をしていなかった。

「なんで？」

「気が済むまで話してこいよ」

「なんでだよ？」

「話したいことがいっぱいあるだろ？」

どうしてみんな俺なんかに優しくするんだ？

「放っておいてくれ！　いい迷惑だ！」

「おまえがどう思おうが、何を感じようがおまえの自由だ。一生抱え込んで拗ねたままでいたいのなら、おまえの好きにすればいい。でもな、おまえに関わろうとするのも、こっちの自由だ」

「そんなの自己満足だろ」

「そうだよ」と簡単に認める。「それの何が悪い。人の優しさなんてそういうもんだ。誰もおまえごときに見返りを求めていない。だからおまえがこっちの気持ちを蔑《ないがし》ろにしても、全然へっちゃらだ」

「汚ねーぞ。急に教師ヅラしやがるなんて」

幼稚なことしか言えない自分に腹が立つ。自分のことが益々嫌になる。嫌で嫌で堪らない。だけど自己嫌悪の無限ループから抜け出す方法がわからないんだ。

「ここでおまえが駄々を捏ねるなら、強引に抱きかかえてお墓の前まで連れて行く。おまえにとってはその方が都合いいだろ。階段を上るのは大変だろうから担いでやるよ」

「それこそ余計なお世話だ」

久米に抱えられて墓参りをするくらいなら死んだ方がいい。屈辱なんてもんじゃない。

「遠慮すんなって」と久米が俺に歩み寄ってくる。

「わかったよ。連れて行ってくれ。でも負んぶがいい。背中を貸せ」

「そうこなくっちゃ」と言った久米は俺に背を向けて片膝をついた。

その隙に俺は車のドアに手をかける。素早く開け、後部座席に飛び込むようにして乗った。そしてドアを閉めてロックし、腕を伸ばして運転席のドアもロックした。久米が間抜けな顔をしてドアを叩く。ザマを見ろ。ドアの取っ手をガチャガチャさせても無駄だ。

「何かあったの？」と『舞妓』は目を擦りながら言う。

「起こして悪い」

彼女は周囲を見回して状況の理解に努める。閉め出されて慌てている久米を見れば、俺たちが揉めていることが自ずとわかるだろう。

「もしかしてここって事故があった霊園？」

さすが『ぼっち』だ。観察力が鋭く、頭の回転が速い。久米だけに目を奪われることなく、周りの景色から自分の置かれている場所を理解した。そして俺が久米に反発して車内に閉じ籠ったことから、曰《いわ》く付きの霊園であることを導き出した。

「ああ」

「そっか。久米先生が賭け将棋をしたのは、ここへ連れて来るためだったんだね」

「あいつは自分勝手な罪滅ぼしをしたかったんだよ。俺に墓参りをさせて自分の罪悪感を軽くしようって魂胆がバレバレだ」

久米が『舞妓』にアイコンタクトを送り、ジェスチャーで『ロックを解除してくれ』と訴えている。

「私、ずっと変だなって思っていたの。『なんであんなことがあったのに、久米先生が監視役なんだろう?』って。しかもたった一人で」

彼女は『あんなこと』を言い辛そうに口にしたが、言葉の随所に強い意志が感じられた。

「それも『えむえむ』で監視するなんて。ホテルに缶詰にしておけばいいのに」

「言われてみれば、変だな」

「久米先生は初めからここへ連れて来るつもりだったんじゃないかな。他の先生の反対を押し切って『えむえむ』を監視場所にしたり、自分が監視役になったりして、学校には内緒で準備を整えていた。そう思えない?」

「なんのためにそこまで? 下手したらクビだぜ」

訊くまでもなかった。単純なことだ。全てを擲《なげう》ってでも俺を助けたいんだ。久米が責任感の塊のような教師だなんて考えもしなかった。俺も含めて多くの生徒は『横柄』『無責任』『いい加減』と見なしている。でも見方を換えれば久米は飾らない教師だ。もしかしたら生徒が気兼ねなく接することができるように、故意に軽薄な態度を取っているのかもしれない。

そしてあの一件以来無気力教師になったのも演技で、拗ねた俺に合わせていたんじゃ？

俺に親近感を抱かせ、絡み易くするのが目的だったのか？　確かに真面目な教師には嚙み付く気は起きないけど……。

「昨日、舞妓体験をしたお店の人がね、『世の中って善意で回ってるんや』って言って、私に凄く親切にしてくれたの。私が『どう感謝していいかわからない』って言ったら、その人が『自分の周りにいる人に優しくして。そしたら回り回ってウチのところに優しさが届くし』って」

「そういうのなんて言ったっけ？」

「『情けは人の為ならず』よ」

「そうだったな」と聞き覚えのある諺《ことわざ》を嚙み締める。

「久米先生も誰かに受けた優しさを回している気がする。多少は贖罪《しょくざい》の気持ちもあると思うけど、元々思いやりのある先生なんだよ。だから気負わずに受け取っていいの。受け取ったら次に回していけばいいんだから」

彼女が俺に助け舟を出したのはそのためか。俺が置き忘れた写真を届けていなくても、『舞妓』は俺に親切にしたのだろう。お店の人に教えられた通りにせっせと善意を回している。見返りを求めない優しさが胸に染み渡っていく。

抗いたいけれどできない。真心の籠った言葉や行為は突っ撥ねられない。それは久米にも言えることだ。ここまでお膳立てされたら、久米の気持ちに応えないわけにはいかない。

「ちょっと行ってくる」と俺は覚悟を決めてドアのロックを解除する。

「行ってらっしゃい」

よいしょと外へ出てから、「小笠原《おがさわら》、ありがとう。助かったよ」と感謝した。久米の善意を素直に受け止めるのは勇気がいることだ。強情を張る方が簡単だ。でもその勇気を『舞妓』が与えてくれた。

「助けることができて嬉しい」と彼女は言ってニコッと笑う。

昨夜見た舞妓姿の写真の何倍も可愛いな、と思いながらドアを閉めた。

「手を焼かせんな」

久米が背後から俺の脇腹に両手を回して持ち上げようとする。焦った俺は「一人で行けるよ。絶対に逃げたりしないから」と早口で主張する。

「気をつけろよ」と注意して俺を解放する。

久米は軽い感じで言ったけれど、最大級の注意喚起を込めたはずだ。お墓の前まで俺を担いで行きたいのが本音だろう。もし再び俺があの階段で足を踏み外して怪我をしたら、久米の教師生命は終わってしまう。

　でも久米は保身よりも俺の気持ちを優先した。俺の『一人で行ける』という意志を尊重してくれた。振り返って確認することは気恥ずかしくてできないが、俺の背中に温かい視線を送っているに違いない。

　一段一段慎重に階段を上る。先ず、右手で杖をつき、次に右足を前に出し、それから杖と右足に全体重をかけて不自由な左足を持ち上げる。もし体重移動の途中で杖が折れたら、死んでしまうかもしれない。だけど『それも悪くないな』と思えた。ここで死ねたら本望だ。

　ところが、すぐに『久米を失業させたくないから死ねない』と相反する気持ちが働いた。レンタカーの中で待っている女子に『私が背中を押したせいだ』と悔やませたくもない。志村のことも頭を過《よぎ》った。あいつを哀しませたくもない。

　俺は真逆の願望を綯《な》い交ぜにしつつ三十二段の階段を上りきった。そしてついに階段脇のお墓の前に立つ。感慨深いものがあり、心がざわざわと音を立てて揺れ動いた。

　しかし実際のところ、ここに来ることになんの意味があるのかわからない。ずっとわからなかった。いざ来てみても謎のままだ。死んだ人は生き返らない。俺には霊感がないみたいだから、幽霊がそばにいても存在を感じられない。

　話したいことは山ほどあるけれど、何を話しかけても返ってはこない。故人だったらこう言うだろうな、と都合のいい想像をしたら、それこそ自己満足だ。俺は自分勝手なストーリーを描くためにここへ来たんじゃない。

じゃ、なんのため？　けじめ？　謝罪？　区切り？　別れ？　懺悔？　感謝？　何がしたくて俺はここにいるんだ？　でも墓前で自分が泣く予感はしていた。聖人の予言のような確信があった。

現に、墓誌に刻まれた『菊池淳博』の左隣にある『手代木麗華』の名前が目に入った瞬間から涙が溢れ出た。次から次へと涙が湧き上がり、地面へと落ちていく。止めどないいつまでもいつまでも泣き続けた。

滝のように涙を流してようやくわかった。俺は手代木麗華が死んだことが信じられなかったんだ。頭は無傷だったじゃないか。ちょっと打ちどころが悪かったくらいで死ぬものか。俺と一緒に階段から転げ落ちた手代木麗華はどこか違う世界へワープしているに決まっている。

そうでなかったら、本当に魂が入れ替わったのかもしれない。あの時、俺が『僕たち、入れ替わってない？』と問いかけたことが、現実になっているんだ。死んだのは宮下寛の魂の方で、俺は自分が手代木麗華であることに気付いていない。彼女の魂は宮下寛の体の中で生きている。俺が手代木麗華だ。

そのような妄想を取り払うために俺はここへ来た。去年、手代木麗華が修学旅行を抜け出して墓参りをした理由と一緒だ。彼女が父親の死を実感したかったように、俺も手代木麗華が死んでしまったことを確かめたかったのだ。

一年前に手代木麗華がどんな気持ちでここに立っていたのか、今なら一つ残らず理解できる。あの時に、彼女にかけるべきだった言葉がいくらでも出てくる。でも全てはあとの祭りだ。今更彼女を理解したところでどうにもならない。やり直すことは不可能だ。

馬鹿だ。そんなことにも気付かないでいたなんて。この一年、俺は手代木麗華と理解し合おうともがき続けた。彼女が何を考え、どう感じていたのか知りたかった。彼女の心を余すところなく理解できた時には、失ったものを取り戻せる気がしていた。

だから手代木麗華になりきった。彼女と心を重ね合わせたくて、彼女が言いそうなことを口にし、やりそうなことを行った。周囲は様変わりした俺を腫れ物に触るように扱ったが、少しも気にならなかった。

むしろ心地良い。『手代木麗華はこんなふうに扱われていたんだな』と共感できて嬉しかった。入院やリハビリが長引いて留年したことも『彼女と同じ体験ができていいじゃないか』とプラスの面に目を向けた。

だけど、何もかもが自己満足に過ぎなかった。自分をかなぐり捨ててまで彼女の心を探し求めたけれど、無意味な行為だった。彼女の墓前に立って初めて手代木麗華が何を想って学校生活を送り、どれほどの覚悟を持って『えむえむ』を抜け出してここへ来たのか全て理解できた。彼女は父親の死を受け入れ、前を向いて生きていこうとしたのだ。やっとわかり合えた。でも無意味であることに変わりはない。何も取り戻せなかったし、俺に前を向ける自信はない。手代木麗華の死を受け入れることができそうにない。俺なんかに善意は回せない。自分を許すことができないんだ。俺が班長としての責任を果たしていれば、彼女は死なずに済んだのだから。

突然、ポケットのスマホが震える。久米の催促か？　急かすほど時間が経ったのか？　何分くらい墓前にいるのか全くわかっていなかった。時間の感覚が馬鹿になっている。数分しか経っていないようにも、一時間以上が過ぎたようにも感じる。

杖を左手に持ち替えてから右手で取り出してみると、液晶画面に『ノロ子』と表示されていた。手代木麗華が志村をあだ名で呼んでいたから、『志村乃々子《ののこ》』とは登録しなかった。

志村の番号を登録した際に、ついでに班員だった生徒の登録名をあだ名へ変更した。渡辺右京は『眼鏡』。小堀しずえは『タロット』。桜井加代は『美白』。

志村の電話を無視しようとしたが、何故か出てしまった。誤操作じゃない。スマホを持っている手は右だ。事故の後遺症があるのは左半身。右手にはきちんと意思が通う。なんで出た？　誰かが答える。『志村の声が聞きたくなったからだ』と。

「もしもし？」

志村が問いかけた。

「なんだ？」と俺は混乱しながらも無愛想ぶった。

「志村だけど、今、平気？」

「ああ」

「夏休みのチャリ旅行なんだけどさ、今朝になって『やっぱり私一人じゃ大変だな』って思い直したんだ」

俺が修学旅行中に無謀な脱走をしないか心配になって電話をかけてきたのだ。大方、俺を引き止めるために『ヒッチハイクに変更したから』などの代替案を出して『大人しく帰ってこい』とでも言うつもりなのだろう。

「だからみんなに声をかけてみたんだ」

「みんなって？」

「ぼっち班のみんな。小堀さんと桜井さんと渡辺くん。みんな気持ちよくＯＫしてくれたから、五人で大冒険しよう。四人で順番に二人乗りすれば、大阪なんて楽勝楽勝」

馬鹿げてる。青春ごっこに俺を巻き込むな。

『違う。宮下くん一人が抱え込むことじゃないからだよ』

また声が聞こえた。どこから？　俺はスマホを耳から離し、耳をそばだてる。

『班のみんなもそれぞれに責任を感じている。そのことは本当はわかっているでしょ？

そして本当は嬉しいくせに』

手代木麗華？　急いで周囲を見回すと、『舞妓』が階段を上がってきていた。でも彼女の声とは違う。やっぱり幽霊か？　いや、俺の心の声なんじゃ？

「久米先生に『様子を見に行ってくれ』って頼まれたから」と彼女は説明する。「急かしているんじゃなくて念のため。いつまでもいていいんだよ」

どこまで優しいんだ！　久米もみんなも『自分のせいだ』と罪悪感を抱き、『もしあの時ああしていれば』と後悔しているはずなのに、俺に惜しみなく優しくしてくれる。みんなだって辛いのに。なんで？　善意を回しているから？　それとも、自分が優しさに飢えているから？

もし見返りを求めて俺に優しくしていたとしても、構わない。優しくされたいのなら優しくしてあげたい。返したい。回せるものなら回したい。俺はスマホを口元へ持っていき、「大冒険に行こう」と言った。

修学旅行の思い出

二年六組　渡辺　左京

去年までは班行動だったけど、今年からはクラスメイト全員で観光することになった。集団でぞろぞろ歩くのはダセーなって思っていたら、いつの間にか一日目が終わった。次の日の朝、起きたら右目に物貰いができていた。散々な修学旅行になりそうだ。ブルーな気持ちを引き摺ったまま八坂神社へ行ったら、舞妓の二重ちゃんに出会えた。ラッキー！　ツーショット写真とメアドをゲット！　一気に運気が上向いた。

でも三日目でまた下がった。二重ちゃんから「知人とスマホでネット将棋をしているんだけど、どうしても負けたくないの。将棋が得意なら私の代わりに指してくれないかな？」というメールが届いた。女の子のピンチを救わなきゃ男が廃る、と思って十一手目から代打を引き受けたら、どっちらけの惜敗。ダサッ！

小《こ》っ恥《ぱ》ずかしくなって、つい「俺、リアル将棋じゃないと燃えないんだよね。ネット将棋は慣れてなくてさ」と二重ちゃんに言い訳しちゃった俺、最高にダサかった。

本当はネット将棋に免疫があった。この一年くらいで一つ上の兄貴に紹介された人と定期的にネット将棋をしていた。燃えないのは嘘じゃないけど、苦手意識はなかった。

最終日の四日目は、もっと最悪。熱が出てホテルで安静。二重ちゃんに慰めてほしくてメールしたら素っ気なかった。寂しくて二重ちゃんとのツーショット写真を穴が空くほど眺めた。すると、ふと「五組の小笠原宏美《ひろみ》に似ているな」と気付いた。他人の空似にしてはよく似ていてビックリ！

一人で興奮していたら、兄貴の右京からメールが来て「母ちゃんから聞いた。退屈してんなら対局するか?」と挑戦状を叩き付けられた。高熱くらいハンデにならねーって受けて立った。が、敗戦。生まれて初めて兄貴に負けた。痛恨の二連敗。やっぱ散々な修学旅行だった。

明日までに書き直し!!

解説——特別でない私たちに響く物語

読売新聞東京本社文化部記者　川村律文《かわむらのりふみ》

初めて小説を読んだ作家に惚《ほ》れ込んだ瞬間のことは、恋をした時のように鮮烈に覚えているものだ。伊坂幸太郎《いさかこうたろう》『重力ピエロ』や恒川光太郎《つねかわこうたろう》『夜市』は、大げさではなく一行目を読んだ瞬間から作品のとりこになった。澤田瞳子《さわだとうこ》『孤鷹《こよう》の天』を読み終えて、雄渾《ゆうこん》な物語がデビュー作であることに驚くと同時に、類《たぐ》い稀《まれ》なる筆力を持った女性作家が自分と同年生まれであることを知って呆然《ぼうぜん》とした。佐藤究《さとうきわむ》『QJKJQ』を通勤中に読んでいて、衝撃的な展開に驚いて電車を二駅乗り過ごしたのは、一昨年《おととし》の夏のことだ。

文芸担当の記者として、日々たくさんの小説に触れるようになった今も、仕事とは直接関係のない小説を読んでいる。それは心のどこかで新たな書き手との出会いを求めているからだ、と言っても誇張ではないだろう。

白河三兎《しらかわみと》の小説を初めて読んだ時のことも、はっきりと思い出すことができる。二〇一三年八月だから、〝出会い〟は他の読者に比べると遅い方かもしれない。第42回メフィスト賞を受けた〇九年のデビュー作『プールの底に眠る』で才能の片鱗《へんりん》を見せていた著者は、一二年に刊行された『私を知らないで』が話題となったこともあり、読書好きの間ではすでに注目を集める存在だった。

最初に読んだのは、集英社文庫から書き下ろしで刊行された『もしもし、還《かえ》る。』だった。目が醒《さ》めると砂漠にいた青年の前に、空から電話ボックスが降ってくる。シュールな場面から始まる小説は、青年が公衆電話で様々な人間と会話しながら打開策を探る断章と、回想シーンとを交互に置いて進んでいく。なぜこんな状況に追い込まれたのかという謎と、軽妙な会話が物語をぐいぐい牽引《けんいん》し、張り巡らされた伏線を回収する手さばきも鮮《あざ》やかだった。なおかつ、心を閉ざしていた青年の変化を描く青春小説として、普遍的な魅力を備えていることにも心惹《ひ》かれた。

この本をどう紙面で取り上げるべきか——。考えながら、「センスがいい」という言葉が何度となく浮かんだ。同時に、「『センス』という表現は抽象的で、記事では使えない」と逡巡《しゅんじゅん》したことも、懐《なつ》かしく思い出す。

今作の『ふたえ』は高校の修学旅行を題材とした六つの物語を収録した連作短編集だ。転校生の手代木麗華《てしろぎれいか》は、初日に教師の久米《くめ》を言い負かし、強烈な個性も相まってクラスの中で浮いた存在となる。友達がいない彼女は、何をやっても鈍《どん》くさい「ノロ子」や、学校で〈二番目に将棋が強い〉右京《うきょう》、〈どのクラスにも一人はいる〉目立たない宮下《みやした》ら、クラスの中の「ぼっち」たちと同じ班に入った。麗華の提案で、「ぼっち班」は〈えむえむ〉

こと京都国際マンガミュージアムに通い詰める旅程を立てたものの、旅先で彼女が単独行動を取った所から物語が大きく動き出す。

　視点人物を替えた短編を重ねて、登場人物を多角的に見せながら、全体で一つのストーリーに仕立てる。こうした連作短編は、近年のエンターテインメント小説ではおなじみの手法と言っていい。修学旅行という非日常の体験ではあるものの、多くの人が経験している題材を選び、しかも舞台は観光地の定番ともいえる京都だ。他の白河作品に比べてけれん味は控えめで、オーソドックスな青春ミステリーに見えるかもしれない。

　その中でこの作品が優れているのは、「ぼっち班」のメンバーを叱咤《しった》しながら、「学校では謙遜は美徳じゃないんだぜ」「トラウマとか恐怖とかってそれ自体を砕かないと克服できないもんだ。なら、トラウマごと粉砕しちゃえばいいんだよ」と周囲をアジテートしていく麗華の存在だけでなく、メンバーのキャラクターが実に個性的だからだ。奇を衒《てら》っていない設定だからこそ、語り口のうまさが際立つ。そこはかとないユーモアをにじませたテンポのいい会話や、「I ♥ JAPAN」と書かれたキャップなどのディテールも効果的だ。もちろん、たくらみに満ちた作品を得意とする著者だから、終盤に物語の全体像が見えてきた時の驚きもある。ミステリーとしての仕掛けが、ストーリーの中に自然に溶け込んでいるのは、丁寧に推敲《すいこう》を重ねる著者ならではの技巧だ。

　収録作の中で、個人的に最も胸を打たれたのは、「素顔に重ねる」だった。普段は影の薄い女の子が、旅先で舞妓の姿に変身し、恋心を抱く男子との距離を縮めようとする。一種の変身願望を描いた作品だ。白粉《おしろい》と着物の力を借りた少女の背中を、舞妓体験の担当者やカメラマンといった人々が優しく押し、気持ちを少しだけ前向きに変えていく。〈意外と世の中って善意で回ってるんや〉。普段ならば少し照れてしまうような優しいセリフが、すっと心に入ってくる好短編だ。

この短編に限らず、著者は小説の中で、ごく平凡な人物に好んで光を当てる。『私を知らないで』の主人公の黒田《くろだ》は、転校した学校に溶け込もうと無難な言動を繰り返している。『十五歳の課外授業』では、中学生の東山《ひがしやま》が自らを「(五段階評価で)平均『3』の男子」と自己分析する。兎《うさぎ》のマスクをかぶった少女・バケタカに翻弄《ほんろう》される『他に好きな人がいるから』の坂井《さかい》などもそうだ。鬱屈《うっくつ》した思いをうちに秘め、普段は目立たない人物が、強烈な個性を持つ人と出会うことで、その言動に巻き込まれながら自らの内面や過去に向き合っていく——。こうしたストーリーを、著者はしばしば書いてきた。今作でも麗華という強烈な光を放つ人物がそばに来たことで、クラスのアウトサイダーである「ぼっち」のメンバーが、実は個性豊かで、それぞれ複雑な思いを抱えていることが見えてくる。

そもそも、学校で目立つ人物というのは、決して多数派ではない。高校時代を振り返ると、私は〈高校で三番目に囲碁が強い〉地味な生徒で、脚光を浴びる機会はほとんどなかった。それは他の大半の同級生にとっても似たようなもの。生徒同士で互いを格付けするような真似はしなかったが、クラスの中心メンバーは一握りだった。もちろん、処世術に長《た》けた生徒は、穏やかな生活を送りたいから、あえて人前に出ることもなかった。

そして、これは学校に限った話ではない。社会の中でも、「特別」と言われる人物は、実は一握りだ。ビジネスで成功を収める人物も、記憶に残る芸術を造るアーティストも、スポーツですばらしい記録を残す選手も——いわゆる新聞の記事になるような人々は、とてもレアな存在だ。多くの人々は、様々な思いを抱えながら、さして代わり映えのしない日常を生きている。著者はそうした人たちの背中を、物語を通じてさりげなく押しているのかもしれない。

著者は受賞歴や著作以外に、プロフィールをほとんど明かしていない。「しらかわみと」という中性的なペンネームを付けているのも、読者に余計な先入観を与えないためだという。良質な作品を着々とものしながら、華々しく脚光を浴びることにはまるで興味がない。その態度は、著者が描いてきた主人公のように、実に控えめだ。そして、ごく普通の人の心に、そっとよりそう物語をつむぐ。

端正な短編集である本作は、従来の読者だけでなく、白河ワールドの入口としてもうってつけだ。そこからぜひ、作品世界の奥へとさらに分け入っていただきたい。きっと、特別な読書体験が待っている。私が五年前に著者の作品に出会った時のときめきが、多くの人に伝わることを心から願っている。

（この作品『ふたえ』は平成二十七年七月、
小社より四六判で刊行されたものです）

一〇〇字書評

ふたえ

切・り・取・り・線

購買動機（新聞、雑誌名を記入するか、あるいは○をつけてください）

□（　　　　　　　　　　　　　　）の広告を見て
□（　　　　　　　　　　　　　　）の書評を見て
□ 知人のすすめで　　　　□ タイトルに惹かれて
□ カバーが良かったから　　□ 内容が面白そうだから
□ 好きな作家だから　　　□ 好きな分野の本だから

・最近、最も感銘を受けた作品名をお書き下さい

・あなたのお好きな作家名をお書き下さい

・その他、ご要望がありましたらお書き下さい

住所	〒				
氏名		職業		年齢	
Eメール	※携帯には配信できません		新刊情報等のメール配信を 希望する・しない		

この本の感想を、編集部までお寄せいただけたらありがたく存じます。今後の企画の参考にさせていただきます。Eメールでも結構です。

いただいた「一〇〇字書評」は、新聞・雑誌等に紹介させていただくことがあります。その場合はお礼として特製図書カードを差し上げます。

前ページの原稿用紙に書評をお書きの上、切り取り、左記までお送り下さい。宛先の住所は不要です。

なお、ご記入いただいたお名前、ご住所等は、書評紹介の事前了解、謝礼のお届けのためだけに利用し、そのほかの目的のために利用することはありません。

〒一〇一―八七〇一
祥伝社文庫編集長　坂口芳和
電話　〇三（三二六五）二〇八〇

祥伝社ホームページの「ブックレビュー」からも、書き込めます。
http://www.shodensha.co.jp/bookreview/

祥伝社文庫

ふたえ

平成30年 6 月20日　初版第 1 刷発行

著　者　白河三兎《しらかわみと》
発行者　辻　浩明
発行所　祥伝社《しょうでんしゃ》
東京都千代田区神田神保町 3-3
〒101-8701
電話　03（3265）2081（販売部）
電話　03（3265）2080（編集部）
電話　03（3265）3622（業務部）
http://www.shodensha.co.jp/

印刷所　堀内印刷
製本所　ナショナル製本
カバーフォーマットデザイン　芥 陽子

Printed in Japan ©2018, Mito Shirakawa ISBN978-4-396-34428-3 C0193

祥伝社文庫の好評既刊

飛鳥井千砂　君は素知《そし》らぬ顔で

気分屋の彼に言い返せない由紀江《ゆきえ》。彼の態度は徐々にエスカレートし……。心のささくれを描く傑作六編。

安達千夏　モルヒネ

在宅医療医師・真紀《まき》の前に七年ぶりに現われた元恋人のピアニスト・克秀《かつひで》の余命は三ヵ月。感動の恋愛長編。

五十嵐貴久　For You

叔母が遺《のこ》した日記帳から浮かび上がる三〇年前の真実――彼女が生涯を懸《か》けた恋とは？

伊坂幸太郎　陽気なギャングが地球を回す

史上最強の天才強盗四人組大奮戦！映画化され話題を呼んだロマンチック・エンターテインメント。

伊坂幸太郎　陽気なギャングの日常と襲撃

華麗な銀行襲撃の裏に、なぜか「社長令嬢誘拐」が連鎖――天才強盗四人組が巻き込まれた四つの奇妙な事件。

石持浅海　Rのつく月には気をつけよう

大学時代の仲間が集まる飲み会は、今夜も酒と肴《さかな》と恋の話で大盛り上がり。今回のゲストは……!?

祥伝社文庫の好評既刊

市川拓司　ぼくらは夜にしか会わなかった

初めての、生涯一度の恋ならば、みっともなくたっていい。〝忘れられない人がいる〟あなたに贈る愛の物語。

恩田　陸　不安な童話

「あなたは母の生まれ変わり」――変死した天才画家の遺子から告げられた万由子。直後、彼女に奇妙な事件が。

加藤千恵　いつか終わる曲

うまくいかない恋、孤独な夜、離れてしまった友達……。〝あの頃〟が痛いほどに蘇る、名曲と共に紡ぐ作品集。

佐藤青南　ジャッジメント

容疑者はかつて共に甲子園を目指した球友だった。新人弁護士・中垣《なかがき》は、彼の無罪を勝ち取れるのか？

小路幸也　娘の結婚

娘の結婚相手の母親と、亡き妻との間には確執があった？　娘の幸せをめぐる、男親の静かな葛藤と奮闘の物語。

平　安寿子　こっちへお入り

三十三歳、ちょっと荒んだ独身ＯＬ江《え》利《り》は素人落語にハマってしまう。遅れてやってきた青春の落語成長物語。

祥伝社文庫の好評既刊

原田マハ　でーれーガールズ

漫画好きで内気な鮎子《あゆこ》、美人で勝気な武美《たけみ》。三〇年ぶりに再会した二人の、でーれー（ものすごく）熱い友情物語。

はらだみずき　はじめて好きになった花

「登場人物の台詞が読後も残り続ける」——北上次郎《きたがみじろう》氏。そっとしまっておきたい思い出を抱えて生きるあなたに。

東川篤哉　ライオンの棲《す》む街　平塚おんな探偵の事件簿1

〝美しき猛獣〟こと名探偵・エルザ×地味すぎる助手・美伽《みか》。地元の刑事も恐れる最強タッグの本格推理！

三浦しをん　木暮荘《こぐれそう》物語

小田急線・世田谷代田《せたがやだいた》駅から徒歩五分、築ウン十年。ぼろアパートを舞台に贈る、愛とつながりの物語。

柚木麻子　早稲女《ワセジョ》、女、男

自意識過剰で面倒臭い早稲女の香夏子《かなこ》と、彼女を取り巻く女子五人。東京で生きる女子の等身大の青春小説。

西　加奈子ほか　運命の人はどこですか？

この人が私の王子様？　飛鳥井千砂《あすかいちさ》・彩瀬《あやせ》まる・瀬尾《せお》まいこ・西加奈子《にしかなこ》・南綾子《みなみあやこ》・柚木麻子《ゆずきあさこ》

〈祥伝社文庫　今月の新刊〉

島本理生
匿名者のためのスピカ
危険な元交際相手と消えた彼女を追って離島へ――。著者初の衝撃の恋愛サスペンス！

大崎　梢
空色の小鳥
亡き兄の隠し子を引き取った男の企みとは。家族にとって大事なものを問う、傑作長編！

安達　瑶
悪漢《わる》刑事《デカ》の遺言
地元企業の重役が瀕死の重傷を負った裏側に"忖度"と金の匂いを嗅ぎつけた佐脇は――

安東能明
彷徨《ほうこう》捜査　赤羽中央署生活安全課
赤羽に捨て置かれた四人の高齢者の身元を捜せ！　現代の病巣を描く、警察小説の白眉。

南　英男
新宿署特別強行犯係
新宿署に秘密裏に設置された、個性溢れる特別チーム。命を懸けて刑事殺しの闇を追う！

白河三兎
ふたえ
ひとりぼっちの修学旅行を巡る、二度読み必至の新感覚どんでん返し青春ミステリー。

梓林太郎
金沢　男川女川殺人事件
ふたつの川で時を隔てて起きた、不可解な殺人。茶屋次郎が、古都・金沢で謎に挑む！

志川節子
花鳥茶屋せせらぎ
初恋、友情、夢、仕事……幼馴染みの少年少女の巣立ちを瑞々しく描く、豊潤な時代小説。

喜安幸夫
闇奉行　押込み葬儀
八百屋の婆さんが消えた！　善良な民への悪行、許すまじ。奉行が裁けぬ悪を討て！

有馬美季子
はないちもんめ
やり手大女将・お紋、美人女将・お市、見習いのお花。女三代かしまし料理屋、繁盛中！

工藤堅太郎
斬り捨て御免　隠密同心・結城龍三郎
隠密同心・龍三郎が悪い奴らをぶった斬る！　役者が描く迫力の時代活劇、ここに開幕！

五十嵐佳子
わすれ落雁《らくがん》　読売屋お吉甘味帖
読売書きのお吉が救った、記憶を失くした少年――美しい菓子が親子の縁をたぐり寄せる。